ひきこまり
吸《きゅう》血《けつ》姫《き》の悶々《もんもん》
9
Hikikomari the Vampire Countess no Monmon

「え？　誰？」
「コマリさんコマリさんコマリさん」

「わ、私はキルティ・ブラン……！」

ひきこまり吸血姫の悶々 9

小林湖底

GA文庫

カバー・口絵　本文イラスト

りいちゅ

6　テロリストの目的は

〈ムルナイトのことはお願いします　世界はあなたの胸の中に〉

手紙――

吸血動乱の渦中《かちゅう》、核領域の宿でカルラのお兄さんから手渡された、ユーリン・ガンデスブラッドの手紙。

思い返してみれば、果てしなく謎《なぞ》めいたメッセージだ。

世界？　胸？　何かの比喩《ひゆ》だろうか？

母はよく「きみが世界を引っ張っていくんだよ」と言っていた。

だが、その真意は未《いま》だによく分からない。

駱駝《らくだ》のシャルロットによれば、あの人は傭兵《ようへい》団〝フルムーン〟のボスとして、世界を平和にするべく奮闘しているのだという。

宵闇《よいやみ》の英雄。

本当にすごい。あの人のようにはなれない。

私はこのまま志《こころざし》半《なか》ばで息絶えるのだ。

胸がズキリと疼《うず》いた。
身体《からだ》の痛みよりも、心の苦しみのほうがひどい。
ヴィルやコレット、エステルやネリア、そしてルミエール村の人々は無事だろうか。
私は途轍《とてつ》もない寂《さび》しさを感じて手を伸ばした。
星砦《ほしとりで》なんかに負けたくない。
はやくヴィルたちのところへ戻りたい。
でも身体が動かなかった。
お母さん。私はどうすればいいの――

「――簡単よ！　私と一緒に邪魔者を殺せばいいの！」

誰《だれ》かが私の手を握りしめた。
母ではない。
もっと邪悪で、冷たくて、無邪気でシニカルな吸血鬼。
これまで何度もぶつかり合ってきた、あの小さなテロリストの姿が浮かび上がる。

☆

ぱちり。

瞼《まぶた》を持ち上げた瞬間、私は信じられないものを見た。

上下を逆さまにしたスピカ・ラ・ジェミニの笑顔が、視界を埋め尽くすような感じですぐそこにあったのである。

絶叫しそうになったが、腹に力を込めてギリギリ堪《こら》えた。

……まだ慌《あわ》てるような時間じゃない。

あの凶暴なテロリストが私の部屋にいるわけがないのだ。

これはきっと夢とか幻にすぎなくて、目の前でにこやかに笑っているこの顔面も、一定時間が経過したら消えるタイプの顔面なのだろう。

「テ・ラ・コ・マ・リ!!　やぁっと起きたようねっ!!」

「うわあああ!?」

いきなり天地がひっくり返った。

むりやり毛布を引っぺがされ、私の身体はベーコンに巻かれるアスパラガスみたいな感じで回転し、そのまま「どしーん！」と床に突き落とされてしまった。

痛い。涙が出るほど痛い。

特にお腹《なか》の辺りがやばい。見下ろすと、包帯がぐるぐる巻かれており、薄《う》っすらと血がにじんでいるのが確認できた。

「……っ！」

麻痺《まひ》していた頭が徐々に動き出す。

そうだ、私はトレモロ・パルコステラに殺されかけたのだ。

あのまま死んじゃうのかと思ったけど、まさか生きてるなんて。

いや待て、もう天国に召されたわけじゃないよな……？

恐る恐る周囲の状況を確認する。

室内は薄暗く、窓から入り込んでくる西日が床を照らすのみ。

どうやら倉庫みたいな場所らしい。

黴《かび》臭い空間には、よくわからない木箱や、壊れた酒樽《さかだる》が並んでいる。

すぐ近くには粗末なベッド。私はこれに寝かされていたようだ。

そして、何よりも気になるのは――

「目覚めはどう？　最悪？　よかったわ！」

「……お前、幻じゃなかったの？」

「さあね？　幻かもしれないし、幻じゃないかもしれない」

スピカはポケットから取り出した飴《あめ》を口に含むと、まるで竹馬《ちくば》の友にばったり出くわした時のように友好的な態度で一歩近づいてきた。

「でも、あんたがこうして生きているのは現実よ！　あんたは星砦《ほしとりで》のトレモロ・パルコステラに打ちのめされた。あと少しで殺されちゃうところだったんだけど、私が間一髪で助けてあげたの！　感謝してよね」

「う、嘘《うそ》つけ！　私を助ける動機なんてないだろ⁉」

「行動するのに明確な動機が必要だと思ったら大間違いよ！　人間の心は無軌道に逍遥《しょうよう》する落ち葉みたいなもんだから、そこに因果を求めること自体がナンセンスなの」

「もっと簡単な言葉で話せ！　意味分かんねえよ！」

「同感ねっ！　だって今のは口から出任せだからっ！」

「お前、会話が苦手な人……？」

「心配しなくても動機ならちゃんとあるわ！　私があんたを助けた理由は簡単！　つまりね、あんたがお腹をぶっ刺されて痛そうにしていたから、慈悲深い私は情けをかけてあげることにしたの！」

「それこそ口から出任せだ！　お前みたいな激ヤバテロリストがそんな殊勝なことを考えているはずがない！　どうせ私を鍋の具とかにして食べるつもりなんだろ⁉」

「食べてほしいの？」

「食べられたくないよっ！」

「じゃあ食べちゃおっと！」

「こっちに来るなあああああ!!」

スピカが「あっはっは!」と笑いながら襲いかかってきた。

私は床を這《は》いつくばるようにして逃げ回る。

状況があまりにも意味不明だった。

せっかく〝7日後に死ぬコマリ〟を回避できたと思ったのに、結局テロリストに食われるとか冗談じゃねえ――いや、そういう差し迫った危機感もあるにはあるが、私の心を覆《おお》っていたのは「何故《なぜ》」という疑問符ばかりである。

怪我《けが》の治療をしてくれたのは本当にスピカなのだろうか。

トレモロは、ルミエール村は、仲間たちはどうなったのだろうか。

「――コマリさんっ!」

スピカが私の二の腕にかぶりつこうとした瞬間、声が聞こえた。

ハッとして倉庫の入口のほうに目を向ける。

孔雀《くじゃく》じみた衣装を身にまとった少女が、生き別れの家族に再会したようなテンションで私を見つめていた。

「り、リンズ……?　リンズだよな!?」

「よかった!　目を覚ましたんだね……!」

少女――アイラン・リンズは、涙を浮かべて駆け寄ってきた。

よく見れば目元に隈《くま》ができているし、きれいな緑髪はところどころ寝癖《ねぐせ》で跳ねている。そんな疲れのにじんだ姿とは対照的に、彼女の浮かべる笑みはどこまでも華やかだ。

「もう平気なの？　お腹は痛くない？　コマリさん本当に生きてるよね？　幽霊とかじゃないよね……⁉」

スピカが身を翻《ひるがえ》すと、軽《かろ》やかな動作で私から距離をとり、

「テラコマリは無事よ！　私と追いかけっこをするだけの元気があるんだもの！」

「そんな元気ねえよ火事場の馬鹿力《ばかぢから》だよっ！――い、いやそれよりも、」

私は緑髪の少女の顔を見つめ、

「リンズが無事でよかったよ……！　これまで何があったんだ？　どうしてここにいるの？　あと、そんなにペタペタ触られても困るというか……」

「ご、ごめんねっ！」

リンズは頰《ほお》を染めて一歩退いた。

モジモジしながら「でも、」と掠《かす》れた声を漏《も》らす。

「……でも、本当によかった。たくさん血が出てたから、すごく不安だったの。コマリさんが死んじゃうんじゃないかって」

「自分でも不思議だな……、まさか生きてるなんて」

「逆さ月のおかげだよ。私もスピカさんに助けてもらったの」

私はびっくりしてスピカのほうを見た。

不気味な笑顔で見つめ返された。

「そういうことよ！　干《ひ》からびそうになっていたリンズを拾ったのはこの私。死にかけていたテラコマリを助けたのもこの私。──つまり、スピカ・ラ・ジェミニは二人の恩人なの！」

にわかには信じられない。

だが、リンズの言葉を信じないわけにはいかない。

どうして逆さ月が常世《とこよ》にいるのか？

どうして私の命を救ってくれたのか？

こいつらはチンパンジーよりも凶暴なテロリストのはずだ。また何かとんでもない悪事を企《たくら》んでいるんじゃないか。気を許したら殺されるんじゃないか──スピカは私の心を見透かしたように「その通り！」と叫んだ。

「これは作戦の一環よ。あんたは私が目的を達成するための道具。そして私はあんたが目的を達成するための道具。私たちはお互いを利用し合って先に進まなければならない」

「……何を考えてるんだ？　返答によっては怒るぞ」

「協力しましょうって意味よ！　星砦を放っておけば、常世は千瘡百孔《せんそうひゃっこう》の大惨劇《だいさんげき》。あんただって、負けたままでは終われないでしょう？」

予想だにしなかった提案だ。

星砦。確かにあいつらはバカという言葉の化身みたいな存在である。

絶対に放置しておくことはできない――

が、同じくらいにこいつも危険だ。

私は逆さ月のせいで何度も死にかけたのだから。

「……信用できないな」

「傷の手当てをしてあげたのに？　言っておくけれど、ルミエール村を救ったのも逆さ月なのよ？」

「え」

「あんたの友達はみーんな無事。私たちが救助活動をしたおかげ」

ということは、ヴィルもネリアもエステルも助かったのだろうか。

だがこいつの言葉を鵜呑《うの》みにすることはできなかった。

私を騙《だま》すために適当をほざいている可能性もあるのだ。

「証拠を出せ。あいつらが無事だっていう証拠をな」

「魔法とかで私の記憶を覗《のぞ》いてみれば？」

「じゃあ信じられないよ！　私は今すぐルミエール村に戻る！」

「まあ待ちなさいったら！　私とあんたは同盟を結ぶべきなの！　これから協力する相手に下手な嘘を吐《つ》いたってしょうがないでしょ？」

「お前は私をボコボコにした敵だろ⁉　何か裏があるに決まってるんだ！　なあリンズ、お前もそう思うだろ？」

「え？　あ、えっと……」

「裏も表もないわよっ！　私を信用しないならお腹を裂いて殺すわ！」

「どうしようリンズ、こいつ怖い‼」

「黒いネコでも白いネコでもネズミを捕るのがいいネコなのよっ！　怖がってないで私を利用してみたらどう？　にゃんにゃん♪」

やつは両手で猫耳を作り、「怖くないにゃん♪」と満面の笑みを浮かべた。

余計に怖くなった。

とにかく、これでは埒《らち》が明かない。

誰か話の通じるやつはいないのか――

「――やめておけ。そんなことをしても逆効果だ」

「む」

スピカの背後に誰かが立っていた。

ひらひらとした和服を着こなす怜悧《れいり》冷徹な和魂種《わこん》。

カルラのお兄さん、アマツ・カクメイ。

「何よアマツ！　場を和《なご》ませようとしただけでしょ⁉　私みたいに甲羅《こうら》を経た吸血鬼が猫の

真似《まね》をしても不気味なだけって言いたいわけ⁉」

「言いたくはないが、言わなければならない時もある」

「それもそうねっ！　私を傷つけた罰として切腹を命じるわ！」

「場を和ませるどころではなくなるだろう」

「じゃあ許してあげるっ！」

私はすっかり閉口してしまった。

アマツがここに現れた理由も分からなければ、悪のテロリストと親しげに会話をしている理由も分からない。

二人は友達だったりするのだろうか？

脳の許容量が限界に達した時、スピカが「まあいいわ」と冷めた目つきで私を見下ろした。

「テラコマリが私に拒否感を抱いている理由は明々白々――私の思想が理解できていないからだ。誤魔化《ごまか》しナシで説明してあげましょう」

赤い飴がゆらゆらと揺れる。

星のような青い瞳《ひとみ》を煌《きら》めかせ、テロリスト系お嬢様はこうのたまった。

「逆さ月のこと、常世のこと、星砦のこと。あらましを知れば、協力したくなると思うわ。あんたは私と似た性質を持っているからね」

☆

リンズに支えられて倉庫の外に出た。

私の目の前に立ち現れたのは、茜色《あかねいろ》に染め上げられた廃墟《はいきょ》の風景だ。

アマツによれば、この村は戦乱に巻き込まれて滅亡の憂き目に遭ったのだという。

村人の姿はなく、土地は荒れ放題で、歪《ゆが》んだ風見鶏《かざみどり》が蕭々《しょうしょう》と吹く風に揺れていた。

常世の田舎では、こういう物寂《ものさび》しい景色がよく見られるらしい。

それもこれも、戦いを起こしている阿呆《あほう》どものせいなのだ。

やっぱり星砦は食い止めなければならない。

ならないのだが、それはそれとして──

「今宵《こよい》はシチューでございます。おひい様の好きなキノコをふんだんに使用しました」

「わあ、美味《おい》しそうっ！　褒《ほ》めてあげるわトリフォンっ！」

「身に余る光栄です」

エプロン姿の蒼玉《そうぎょく》が恭しく頭を下げた。

目の前のシチューは確かに美味しそうだが、これを作った男の顔を思い出すと、素直に「いただきます」をする気にはなれない。

トリフォン・クロス。

かつてムルナイト帝国を窮地《きゅうち》に陥《おとしい》れた超危険な殺人鬼は、にこやかな笑みを浮かべて椀《わん》にシチューをよそっていく。

ずょん。

何かが切り替わる気配がした。

「――水だ。飲め」

「げっ」

テーブルにコップを置いたのは、いつぞやの狐《きつね》少女だった。

フーヤオ・メテオライト。

去年の秋に天照楽土《てんしょうらくど》で大暴《あば》れしたテロリストである。

ぴくぴくと動く獣の耳と、ゆらゆらと揺れる金色の尻尾《しっぽ》がトレードマーク。

腰に佩《は》いているのは、以前私をスプラッターな感じに掻《か》っ捌《さば》いた、物騒な長物《ながもの》だ。

私はジーッとコップを見つめ、恐る恐るフーヤオのほうを振り返り、

「……辛子《からし》とか入ってないよな?」

ずょん。再び何かが切り替わった。

「やだなぁ! そういう安っぽい悪戯《いたずら》はしませんよぉ! 入れるとしたら毒ですが、毒なんぞを盛ったら助けた甲斐《かい》もありませせぬ!」

ずょん。

「助ける必要があったのか疑問だ。つくづくおひい様の考えは理解できない」

ずょん。

「理解はできませんが、今の私たちは協力関係なのですっ！　さぁさぁ積年の恨《うら》みは忘れて仲良くいたしましょうぞ！」

ずょん。

「言っておくが、私は天照楽土で受けた仕打ちを忘れていない。いずれ絶対に殺してやるから覚悟しておけ」

ずょん。

「というのは冗談ですっ！　あんまり険悪だとおひい様に怒られてしまうので、仲直りの握手をしておきましょうっ！」

「………………」

なんだこいつ……。

あまりにも怖すぎるだろ……。

喋《しゃべ》り方がコロコロ変わるのはわざとなのか？　それとも二重人格？

どっちにしろヤバイ。

というか、周囲はヤバイやつで埋め尽くされていた。

天井《てんじょう》が抜けた食堂、その真ん中で私たちは夕食をとっている。

端的に言って地獄。

かつてこれほど逃げ出したい食卓があっただろうか？　いやない。

死ぬ可能性が50パーセントくらいある第七部隊の宴会だって、もう少し楽しい。

「具合はどうだい、テラコマリン」

対面に座っていた白衣の人が話しかけてきた。

眼鏡《めがね》の奥で気怠《けだる》そうな瞳が輝いている。

誰だか知らないが、とりあえず初手はイキりから入るのがセオリーだ。

「へ、平気だぞ！　私は世界をオムライスにする七紅天《しちぐてん》だからな！」

「そうか、それはよかった。治療は専門外だから、どうにも勝手が分からなくてな。昔クーヤ先生に色々教えてもらっていなければ、きみは死んでいたかもしれないね」

「え」

ということは、この人が傷を治してくれたのか？

それにクーヤ先生って。

「……もしかして、あなたもお医者様？」

「いや。私は逆さ月の研究員、ロネ・コルネリウス。色々な研究をやらせてもらっているが、最近のトレンドは人体実験とシイタケの高速栽培だ。よろしくテラコマリン」

「よ、よろしく」

よろしくしていいのか非常に悩ましい。

逆さ月に所属している時点でロクでもない殺人鬼であることは分かりきっていた。

さらっと「人体実験」とか言いやがったのが何よりの証拠だ。

でも、恩があるのは確かだし——

「どうしたのテラコマリ⁉　シチュー食べないの⁉」

「スピカ……、いや食べるけどさ」

「遠慮してるのね！　その気持ちはよッく分かるわ！　トリフォンが針を入れた可能性があるもの」

「まさか」

トリフォンが呆《あき》れ気味に溜息《ためいき》を吐き、

「あなたをここで暗殺しても意味はありません。すでにテラコマリ・ガンデスブラッドは倒すべき敵ではなく、使い潰《つぶ》すべき道具なのですから」

「信用できるわけがないだろ。お前はヴィルにひどいことをしたんだぞ」

「そうですね。しかし私の仲間であるコルネリウスはあなたを治療しましたよ？」

「本当にちゃんとした治療だったのか？　私の身体に爆弾とか仕掛けてないよな？」

「失礼だな、きみは。その実験はもう別の人間で試したよ」

「ほら見ろ！　やっぱりこの人も危険なテロリストだったんだ！」

「どうでもいいでしょう。重要なのは、あなたが我々に借りを作っている、ということです。ルミエール村で民間人の救命活動をしたのは誰だと思っているのですか？　我々が動かなければ、村の被害はもっと拡大していたでしょうね」

「なっ……、そ、そうだ！　はやくヴィルたちのところへ戻らないと……！」

ずどんっ‼

立ち上がろうとした瞬間、いきなり目の前にフォークが突き刺さった。

リンズが「きゃあっ」と悲鳴をあげる。

私は驚きのあまりピンと背筋を伸ばしてしまった。

「勝手な真似は許しませんよ」

トリフォンが瞳を真っ赤《まか》に輝かせていた。

こいつがやったのだ。

物体を色々な場所にワープさせる魔法、いや烈核解放《れっかくかいほう》。

「あなたはおひい様の道具です。恩を感じて従っておくのがよいでしょう」

「あ、危ないだろ⁉　刺さったらどうするんだよ⁉」

「刺したつもりだったのですがね。私の【大逆神門《たいぎゃくしんもん》】は星の位置で座標を特定しているので、星座が異なる常世では手元が狂ってしまうのです」

「おいスピカ⁉　こいつ頭おかしいよ！」

「う～ん。このシチュー、吸血鬼にとっては物足りないわね。ねえテラコマリ、血を分けてくれない？　鍋が真っ赤になるくらいでいいわ！」

「お前もおかしい！　庶民《しょみん》的な感覚のやつはいないのかよっ⁉」

「安心してコマリさん……、私がついてるから」

リンズが私の手を握って励ましてくれた。

なんて優しいいんだ。この子がいなければ、今頃《いまごろ》私は恥も外聞もなく大絶叫して引きこもっていただろう。

「ありがとうリンズ。お前はまるで荒野に咲く一輪の花だな……」

「お、大袈裟《おおげさ》だよ。……それにね、この人たちは邪悪な気配がするけれど、今はコマリさんを傷つけたりしないと思う」

「どうしてだ？　さっきのやりとり見てなかったの？」

「スピカさんは私を助けてくれたから。砂漠《さばく》で行き倒れていたところを拾われて、お水や食べ物を分けてもらったの……」

リンズについての詳しい事情も知りたいところだった。

従者のメイファが見当たらないのも奇妙だし。

トリフォンが「とにかく、」と声を張り上げた。

「ルミエール村の安全は保障されています。あなたが余計なことを考える必要はない」

「お前ら、いったい何を企んでるんだよ」

「おひい様、そろそろ説明してやったらどうだ。放っておけばトリフォンの馬鹿《ばか》に壊されてしまうぞ」

隣のアマツが新聞をめくりながら口を挟んだ。

私はハッとした。

そうだ、この人も味方なのだ。

だって友達のお兄さんだし。これまで何度かアドバイスをくれたし。

そうと決まればアマツのそばにいるとしよう――私はリンズと手をつないだまま、ちょっとだけ椅子《いす》を動かして彼の近くに寄った。

「…………」

「…………?」

不審そうに見下ろされた。

微妙に気まずいけど、気にしている余裕はない。

何かあったらアマツを盾にしてリンズと一緒に逃走すると決めたのだ。

スピカが「そうね！」と嬉《うれ》しそうに笑い、

「もったいぶっても仕方ないわ！　本題に入りましょう！　最初に聞いておくけれど、私の最終目的はいったい何だと思う？　テラコマリ」

「殺人」

「ブーッ！　正解は『世界平和』っ！」

「嘘つけ!!　耳がびっくりして捥《も》げるかと思ったわ!!」

「まあでも、あんたが思い描いているような世界平和とは少し違う。私は『救われるべき人間だけが救われるべき』っていう考えよ。逆さ月では彼らのことを比喩的に〝引きこもり〟って呼んでいる。それ以外の人間はどんな惨《むご》たらしい死に方をしたって構わないの」

スピカは美味しそうにシチューを咀嚼《そしゃく》&嚥下《えんげ》して、

「私は引きこもりだけの世界、〝楽園〟を創りたかった。そこは心の優しい人間しか住むことが許されない幸福の箱庭。誰かに殺されることはなく、誰もが有意義に寿命を迎えることができる理想郷。逆さ月のスローガンである〝死こそ生ける者の本懐〟っていうのは、本当は〝有意なる死こそ生ける者の本懐〟ってするべきなのよね」

「じゃあ何でお前らはウキウキで人を殺すんだよ」

「言ったでしょ？　私は〝救われるべきでない人間〟ならいくらでも排除する。私が優しさを振り撒《ま》いてあげるのは、私と同じように心の優しい引きこもりだけ」

「それは自分勝手すぎやしないか……？」

しかし、こいつの言いたいことがだんだん分かってきた気がする。

ようするに、自分の認めた人間だけで楽しく暮らしたいってわけだ。

それを〝世界平和〟と表現するのは少し歪《いびつ》に感じられるけれど。

「まあいいや。……で、その楽園ってのはどこに創るんだよ」

「ここよ」

「ここ？　この廃墟ってこと？」

「あんたは身長だけじゃなくてスケールも小さいのねっ！　この廃墟だけじゃなくて、常世そのものが楽園として相応《ふさわ》しいのよっ！」

ブチ切れかけた私の腕をリンズがつかんで止めた。

クールになれ私。今はスピカの話を吟味するターンだ。

「……何で常世が相応しいんだ？　ここって戦争まみれの世界だぞ？」

「理屈じゃないわ。ここが思い出の土地だからよ」

スピカはスピカらしくない感傷的な表情を浮かべた。

年端《としは》もいかない少女の姿をしているのに、中空を見上げるその視線だけが老練の旅人のように哀愁《あいしゅう》を帯びている。

「――大昔、私には友達がいたんだ。その子と一緒に平和な楽園を創ろうとしていたの。でも愚者どもが邪魔してきたのよ。私はあっちの世界、つまり現世に追い出され、友達と離れ離れになった。しかも常世への入口は魔核《まかく》によって封じられちゃったのよね」

「愚者？　友達？　魔核……？　もう何が何やら……」

「愚者っていうのは、私を目の敵《かたき》にしていた愚かな六人組のこと。やつらは自分たちのことを〝天文台〟って呼んでたわ」

「そいつらは今どこで何をしてるんだ？」

「死んでるんじゃない？　もう六百年も経《た》ってるし」

「お前は何で生きてるんだよ」

「気合よ！」

「気合で長生きできたら苦労しねえだろ」

「とにかく、大昔は常世への〝扉〟は常に開いていたんだけど、そいつらが魔核を利用して扉を閉じてしまったんだ。だから私は常世へ行くために魔核を狙《ねら》っていた」

よく分からないが、こいつの意識は最初から常世に向けられていたらしい。

離れ離れになってしまった友達との、思い出の地。

てっきり魔核を悪用して世界征服でもするのかと思ってたのに。

「あんたも体験したでしょ？　魔核が壊れると扉が開くのよ。それはつまり、〝天文台〟の愚者どもが魔核に『扉を封印する』という役目を与えたからに他ならない。そして魔核は常世の魔力を吸い上げてあっちの世界、現世に供給している。だから常世には魔力も魔法もない。そのかわりに現世では常世の魔力を利用して魔法が使い放題ってわけ」

「なんだそりゃ……」

「そういう仕組みなのよ。ぜ〜んぶ私に対する嫌がらせ。楽園たる常世を干からびさせて、徹底的に叩《たた》きのめすつもりだったみたい」

スピカが言う「大昔」に何があったのかは分からない。

しかし私は少なくない衝撃を受けていた。

魔核がそういう役割を担《にな》っていたとは思いもしなかった。

それが本当かどうか確かめるすべはないけれど。

「話をまとめると、」

スピカが例の飴をシチューに浸しながら言った。

「私はかつて挫折《ざせつ》した楽園の創造を再開したい。だからこうして常世へやって来たってわけ。でもね、常世は私が目を離しているうちに戦乱の世界になってたの。これは全部、星砦とかいう不埒《ふらち》者のせい。私はやつらを駆除しなければならない」

「なるほど……？」

「意味のある死は生ける者の本懐よ。正しい人間が正しい死に方をできて、正しくない人間は無意義な死を遂げるしかない世界、それが常世のあるべき楽園としての姿。だから私は星砦の虐殺《ぎゃくさつ》が嫌いなんだ」

蓋《ふた》を開けてみれば、この少女にも筋の通った行動理念があったのである。

それに共感できるかどうかは別だが、とりあえず「星砦が許せない」という点では私たちと一致しているように感じられた。

でも――

「――どうして私に手を差し伸べたんだ？　ずっと敵同士だったのに」

「夕星《ゆうせい》が強大だからよ。あんたの力を借りたいの。逆さ月だけじゃ敵《かな》わない」

「だったら私よりも馬が合いそうなやつを捜せよ。世界にはお前と似たような野蛮人がたくさんいるってヴィルが言ってたぞ」

「この世で私と肩を並べられるのは、夕星とテラコマリ・ガンデスブラッドだけよ。――あんたもルミエール村の惨状《さんじょう》を見たでしょう？　星砦は道徳を忘れた禽獣《きんじゅう》の集まりなの。放っておいていいわけ？」

いいわけがない。

やつらのせいで大勢の人が悲しんでいるのだから。

「……やっぱりルミエール村に戻るよ。ヴィルたちと一緒に戦う」

「駄目」

シチューまみれの飴をぱくりと口に含み、

「それじゃあテラコマリを孤立させた意味がなくなる。ヴィルヘイズやネリア・カニンガムは優秀だけれど、私のことを絶対に受け入れないでしょ？」

「私がお前のことを受け入れると思っているのか？」

「受け入れないなら殺してシチューの具にするわよ」

「やっぱりお前おかしいよっ！」

「おかしいのはどっちかしら？　殺す殺すって気軽に言い合えるのは、それだけ平和ってことでしょ？　物騒な冗談が本気になってしまう世界なんて、息苦しいと思わない？」

「わけ分かんねえこと言ってんじゃねえ！」

「あっはっは！　だから冗談だって！　大丈夫大丈夫、あんたは器が大きいもの！　私の邪悪な心も受け止められるわ！」

そんな無邪気な笑顔で言われても困るんだが……。

まあ確かに、スピカとも仲良くできるならば仲良くしたい。

でもこいつらの行状《ぎょうじょう》を考えると、安易に頷《うなず》くこともできない。

かといって拒絶したら、「じゃあ用済みね！」という感じでブチ殺されそうだし――

「ここは素直に協力しておいたほうがいい」

アマツが諭《さと》すように語りかけてきた。

「星砦は危険だ。容赦《ようしゃ》のなさという点を比べると、やつらは逆さ月の数段上を行く。そんな連中との戦いに、大事な友達を連れて行くつもりなのか？」

「あ……、」

「ヴィルヘイズやネリア・カニンガムを戦いに巻き込みたくなかったら、おひい様を利用して

るのだろう。

スピカやトリフォンの言葉から察するに、ルミエール村にはある程度の安全が確保されてい

これ以上、あいつらに無茶をさせるわけにはいかない。

コレットにいたっては、腕が大変なことになっていた気がする。

ヴィルもエステルも怪我をしていた。

おくのが得策だろう」

それはたぶん、私に支払われる対価のようなものだ。

つまり――「仲間は助けてやったから、かわりに力を貸せ」。

「コマリさん、どうするの……?」

リンズが心配そうに私の顔を覗き込んできた。

迷いはあるが、私が取るべき選択肢は決まりつつあった。

「……ヴィルたちは無事なんだな?」

「もちろん!　ねえアマツ?」

「ああ。ルミエール村のことは心配しなくていい」

アマツの――カルラのお兄さんの言葉なら、少しは信じていいのかもしれない。

私はしばらく考えてから、こくりと頷くのだった。

「分かった、ひとまず一緒に行動しよう」

「賢明な選択だわ！　さっすが希代の賢者！」

スピカは上機嫌に笑っていた。

新しいオモチャを見つけた悪戯っ子みたいなツラだ。

早くも嫌な予感がしてきたのは気のせいだと思いたい。

「これで準備は整ったわね。私たちが力を合わせれば、乾いた夜空に橋をかけることだってできる。一緒に邪魔者を蹴《け》散らしましょう、テラコマリ！」

「う、うむ……」

スピカが手を差し伸べてきたので、少し躊躇《ためら》ってから握り返した。

冷酷なテロリストにも血は流れているらしく、意外とぷにぷにして温かかった。

こいつは私のことをどう思っているのだろうか。

少なくとも良い感情は抱いていないだろうに。

いや、もしかしたら、この少女は他人との適切な距離感が測れないタイプの吸血鬼なのかもしれない。

こうして触れてみると、どこか懐《なつ》かしい空気を感じるのだ。

まるで昔の私みたいな――

「さて！　新しい仲間も加わったことだし、今後の予定を説明してあげるわ！」

そう言って、スピカは隣の椅子に置いてあった鞄《かばん》に手を突っ込んだ。

しばらくゴソゴソ漁《あさ》って後、どんっ!!　とテーブルの上に何かを置く。

それは……無数の球体がくっついたリング、だろうか?

ブレスレットにしては大きすぎるし、インテリアにしては形が奇妙だった。

「これは神具《夜天輪《やてんりん》》。天仙郷《ようせんきょう》の星辰庁《せいしん》に保管されていた宝物で、あらゆる世界の夜空を映すことができる天球儀よ」

「なんで天仙郷にあった宝物をお前が持ってるんだ?」

「盗んだからっ!」

そんなことを堂々と発表するな。

リンズが微妙な顔をしているじゃないか。

「この《夜天輪》は星を通じて様々な恩寵《おんちょう》を授けてくれるの。たとえば……そうね、血液を登録した人間の位置情報が分かったりする。砂漠で遭難していたリンズを見つけられたのも、この神具のおかげよ」

「リンズの血も登録されてたの?」

「グド・シーカイがやったんでしょうね。リャン・メイファを含め、愛蘭朝《アイランちょう》の重要人物はだいたい登録されていたわ。彼らを自らの手で支配するのが目的だったんでしょうけれど――

まあそれはさておき」

スピカは《夜天輪》の球体を軽く撫《な》でた。

それまで淀《よど》んでいた星空の一点が、瞬《またた》くように淡い輝きを発する。

「これが位置情報？　誰の？」

「〝骸奏《がいそう》〟トレモロ・パルコステラよ」

ぎょっとした。

脳裏に蘇《よみがえ》るのは、「ずょん、ずょん」という不気味な琵琶《びわ》の音。

あいつは、まだ世界のどこかで悪事を企んでいるのだ——

「——あれ？　でも、位置を知るためには血が必要なんじゃなかったのか？」

「殴った時に血を採取したの！　どうしてそのまま殺さなかったのかって？　鈍いわねえテラコマリ！　わざと逃がして星砦のアジトを突き止めたほうが有意義でしょ⁉」

「ってことは……アジトの場所、分かったの？」

スピカは「もちろん！」と笑みを弾《はじ》けさせ、

「ここから遥《はる》か南にある鉱山都市、トゥモル共和国管轄《かんかつ》の〝ネオプラス〟よ。最近はゴールドラッシュで人口が爆増してるんだって。浅ましいわよねえ」

「ちなみに採れるのは金じゃないぞ」

コルネリウスが腕を組みながら口を開いた。

「金よりも希少価値が高い〝マンダラ鉱石〟だ。こいつは人の意志力に反応する特別な石で、常世では武器を作る際に重宝がられるらしい。ゆえにゴールドラッシュじゃなくて〝マンダラッシュ〟と呼称するのが妥当《だとう》であり――」

「呼び方なんてどうでもいいけれど、注意しておくべきことがあるわ。マンダラ鉱石は高濃度の魔力が存在する場所に発生するの。これが何を意味するか分かるかしら？」

「あれ……？　常世には魔力が存在しないんじゃなかったのか？」

「つまり、ネオプラスには〝魔核〟が眠っているってことよ！」

「………は？」

魔核？　魔核ってあの魔核？

世界に六つあって、それぞれの種族に無限の魔力と回復力を与える、あのめちゃくちゃ大事な神具のこと？

「魔核は魔力の塊《かたまり》よ。程度の差こそあれ、そこに存在しているだけで魔力を振り撒くの」

「ちょ、ちょっと待て⁉　なんで常世に魔核があるんだ⁉」

「常世にも魔核があるからよ。あっちの世界にも六つあるけれど、こっちの世界にも六つあるってこと。――その証拠に、ほら」

スピカはポケットから何かを取り出した。

それは、端的に言えば〝キラキラと輝く星のような球体〟だ。ネルザンピが持っていた弾丸に似ているが、それよりも遥かに強力なエネルギーを放っている。

「これは常世の魔核の一つ。星砦の傀儡《かいらい》国家に忍び込んで奪ってきたの。あっちの魔核とは込められた願いが違うから、原初の形態のままだけれど――」

頭がこんがらがってきた。

スピカは至高の神具を掌中《しょうちゅう》でもてあそびながらニヤリと笑い、

「マンダラ鉱石が湧《わ》く場所には魔核がある。そして魔核がある場所に星砦が潜伏している――これって由々《ゆゆ》しき事態だと思わない？」

「あいつら、こっちの世界でも魔核を集めてるってこと……？　っていうかそれ、お前が持っていいの……？」

「今これを壊すつもりはないし、私が持っていたほうが一億倍マシよ。魔核には『六つ集めると所持者の意志を世界に反映させる』っていう力があるわ――やつらの手に六つの魔核が渡ってしまったら、大勢の人間が死ぬから」

「………………」

星砦の目的はよく分からなかった。

それでも世界に危機が迫っていることは分かる。

とりあえず火を噴きそうな頭を冷やすため、私はスプーンを握ってシチューを口に運ぶのだった。意外と美味しかった。

☆

話が複雑になってきたが、ようするに星砦を止めればいいのだ。

《夜天輪》によれば、やつらは南方の鉱山都市〝ネオプラス〟をアジトとしており、そこに埋まっている（と思われる）魔核を掘り出そうとしている。

魔核がやつらのモノになれば、世界はさらなる戦火に包まれるだろう。

絶対に阻止しなければならないのだが――

「……スピカもスピカで信用できないよな」

「確かにスピカさん、ちょっと怖いよね……」

「リンズ、あいつに何かされたのか？」

「何回か……その、血を吸われちゃった」

「許せない!!　あいつに遺憾の意を叩きつけてくる!!」

「ま、待って！　いきなり走ったら傷に響くから……！」

「…………うぐぅ。リンズの言う通りだな……お腹がいたい……」

私は涙目になってその場にうずくまった。

夜。廃墟の一室で、私とリンズは寝る準備をしていた。

明日は南に向かって出発するらしいから、今のうちに休んでおく必要があるのだ。

しかし、どうにも目が冴《さ》えて眠れなかった。

逆さ月のこと、星砦のこと、そしてルミエール村に置いてきた仲間たちのこと。考えることが多すぎて悶々《もんもん》が限界を突破している。

私はベッドまで戻ってくると、傷を労《いたわ》りながらゆっくりと横になった。

天井を見上げながら、隣のベッドに向かって「なあリンズ、」と声を投げる。

「メイファはどうしたんだ？　聞いていいのか迷ったけど……」

「メイファは……」

リンズは少し躊躇ってから言った。

「メイファはネオプラスにいるみたい。《夜天輪》がそう示してるんだって」

「何で……？　いや、そうか」

魔核の崩壊による転送はランダムらしい。

つまり、全員が同じ場所に飛ばされるとは限らないのだ。

「スピカさんが言うには、少なくとも最悪の事態じゃないって。《夜天輪》で捜せるのは、生きている人間だけだから……でも、やっぱり心配だよ」

「なるほど……ネオプラスに行くしかないってことだな……」

リンズは不安そうに表情を歪めている。

私が呑気《のんき》に旅をしている間、この子は色々な苦労を味わってきたのだろう。

テロリストサークルの姫なんて、考えただけでもぞっとしない。

「……メイファも心配だけど、天仙郷も心配」

リンズがぽつりと呟《つぶや》いた。

「《柳華刀《りゅうかとう》》が壊れちゃって、たぶん、色々なところに色々な影響が出ると思う。世界はどんどん変わっていくと思うの……後戻りできないくらいに」

「そうだな……」

「ねえコマリさん。〝扉〟が開いた時、声が聞こえなかった？」

「声？　誰の？」

「そっか。じゃあ私の勘違いかな」

「……いや待て、その声は何て言ってたんだ？」

「『秩序を正す』って言ってた気がする。あと『殺す』って聞こえたような……そして、頭の中に映像が流れ込んできたの。誰かが戒《いまし》めから解き放たれるような映像が……」

意味不明だ。だいたい「殺す」と言いそうなやつに心当たりが多すぎる。

しかし、気のせいだと切って捨てるわけにもいかなかった。

「……大丈夫だよ。何かあってもリンズは私が守るから」

「え？」

「確かに世界はどんどん変わっていくかもしれないけれど、私がリンズと一緒にいたいって気持ちは変わらない」

「コマリさん、私と一緒にいて楽しい……?」

「うん。あと癒《いや》される。リンズには特別感があるんだよなあ」

この子は貴重な常識人枠だからな。話が通じる人間は特別なのだ。

リンズが顔を赤くして「私もだよ」とはにかんだ。

「……私もコマリさんが特別だから。守られるだけじゃなくて、あなたの力になれるように頑張りたい」

「そ、そう?」

「私は特別になることをやめた小物だけれど、だからって戦わなくていい理由にはならない。私にできることはしたいの。だから、コマリさんを支えたい……と思います」

アイラン・リンズは夭仙郷の公主《こうしゅ》であることをやめた。

しかし、この子にだって世界を変えたいという意志は宿っているのだ。

その気持ちが十分に伝わってきた。

私は心強いものを感じ、彼女の手を握り返していた。

「ありがとう! 支え合うのは当然だよな! 私たちは友達なんだからな!」

「うん。それに、私はコマリさんのお嫁さんだから」

「………」

どうしてリンズは余裕たっぷりにそんな恥ずかしいことが言えるのだろう?

しかもヴィルみたいな変態性が微塵《みじん》も感じられないから不思議だった。

返答に窮して脳が凍りついた直後——

どこかで何かが爆《は》ぜる音が聞こえた。

というか、すぐそこで大爆発《ばくはつ》が巻き起こった。

私とリンズは悲鳴を棚引かせながら吹っ飛んでいった。

部屋の壁や天井が弾け、ベッドが破壊され、視界がぐるぐると回転して吐きそうになった。

吹きすさぶ熱風は地獄もかくやという激しさであり、ごつごつした瓦礫《がれき》が雨のように辺りを蹂躙《じゅうりん》していった。

ずょん。何かが切り替わる気配。

「——敵襲！　敵襲ですぞっ！　やつらはついに痺《しび》れを切らしたようです！　さっそく《莫夜刀《ばくやとう》》の餌食《えじき》にしてやりましょうぞっ！」

外でフーヤオが高笑いをしていた。

別の部屋で寝ていたスピカやトリフォンも大慌てで外に飛び出してくる。

……何だこれ？　夢？　私はまだ寝ててもいいの？

そんな感じで現実逃避をしているうちに、第二撃が近くの建物に炸裂《さくれつ》していた。

ここにいたら死ぬ可能性が高い。

私はお腹の痛みを堪えながら、リンズを守ろうと必死で彼女に抱きついた。

「こ、コマリさんっ、大丈夫⁉」

「リンズこそ大丈夫か⁉　くそ、また私の周りの建築物が爆発しやがった！　おいスピカ、これはどういうことだ⁉」

「う～ん」

スピカは呑気に飴をしゃぶりながら、

「実は、三日前から敵軍に包囲されていたのよっ！」

「へ？」

「相手はアルカ王国の軍隊ねっ！　紆余曲折《うよきょくせつ》あって、殺し合う仲になったのっ！」

「何だよ紆余曲折って⁉」

「私が持ってる常世の魔核は、アルカから盗んだのよ！」

「怒られて当然だろうが！」

「ず～っと追いかけられてたのよ。この廃墟も嗅ぎつけられちゃったみたい。あいつら城壁の外で様子をうかがってたんだけど、私たちが寝静まった隙《すき》を突いて攻めてきたのね！」

さっそく同盟を解消したくなってきた。

スピカのやつに文句の嵐《あらし》を浴びせてやりたいところである。

しかし浴びせても事態が好転しないことは分かっていた。

「――リンズ、逃げるぞ！　こいつらを囮《おとり》にして助かろう！」

「あ、こら！　逃げたら殺すわよ⁉」

私はリンズの腕をつかむと、脇目《わきめ》も振らずに逃げ出した。

お腹がズキズキ痛んで死にそうだったけれど、泣き言をほざいている場合ではない。

やっぱり逆さ月なんかと関《かか》わっていたら、命がいくつあっても足りないのだ。

「さぁさぁアルカの鉄錆《てつさび》どもっ！　死ぬ覚悟はできておりますかな⁉」

「やれやれ。血腥《ちなまぐさ》い運動はしたくないのですがね……、【大逆神門】を調整するいい機会と捉《とら》えましょう」

殺人鬼どもが暴れ回る準備を始めていた。

容赦なく大砲が撃ち込まれ、廃墟はいっそう破壊されていく。

スピカが「しょ～がないわね～」と溜息まじりに立ち上がった。

彼女は新しい飴をポケットから取り出し、それを天に向かって翳《かざ》しながら、

「フーヤオ、アマツ、トリフォン、コルネリウス！　さっさとやつらを倒してテラコマリを捕まえるわよ！　逃げた罰として、骨と皮になるまで血を吸ってあげるわっ！」

骨と皮になるわけにはいかねえ。

私とリンズは爆風で何度も転びそうになりながら、廃墟の外を目指して直走《ひたはし》るのだった。

「はぁあぁあぁあぁあぁあぁあぁあ…………、死ぬかと思いました……」

天井《てんじょう》を見上げ、アマツ・カルラは軟体動物のように脱力した。

すると、目の前で苺《いちご》パフェを食い散らかしている忍者の少女・こはるが、感情のこもっていない声で「お疲れ様」と労《いたわ》ってくれた。

「カルラ様がいなければ、今頃《いまごろ》蒼玉《そうぎょく》たちの晩ご飯になってた」

「こはるのせいですからねっ⁉　いきなり襲いかかるなんてどうかしていますっ！　そんな子に育てた覚えはありませんっ！」

「ごめん。でも、カルラ様が危ないと思って……」

「うっ」

「あと、どこかのサクナ・メモワールさんが殺《や》る気満々だったから、もう戦いは避けられないと確信したの。あれはやばいよ、まじで」

「…………」

常世《とこよ》・喫茶店。

店の隅っこに視線を向けると、白銀の少女——サクナ・メモワールが、フォークで最中《もなか》を何度も突き刺しながら、ブツブツと呪詛《じゅそ》のような言葉を紡《つむ》いでいた。

「許さない許さない許さない許さない許さない許さない許さない許さない許さない……」

病《や》みすぎだろ、とカルラは思う。

あの少女のせいで大変な目に遭ったのだ。

〝扉〟を潜《くぐ》った捜索隊一行は、〝白極帝国《はっきょくていこく》〟なる国に転移を果たした。〝影〟——キルティ・ブランによれば、常世にはあっちの世界と似たような国々が存在しているらしいのだ。白極帝国とはつまり、白極連邦《はっきょくれんぽう》の鏡映しみたいな場所なのだろう。

が、それはともかく、さっそく諍《いさか》いが起きた。

白極帝国の蒼玉たちは、突如として現れた謎《なぞ》の侵入者に警戒を募らせていたし、捜索隊の武闘派（主にサクナ・メモワール）は、最初からすべてを殺す覚悟をキメていた。

ようするにバトルが始まった。容赦《ようしゃ》なく杖《つえ》を振り回すサクナ、先手必勝とばかりに突貫するこはる、慌《あわ》てて応戦してくる蒼玉たち——

本当に死ぬかと思った。

カルラの必死の説得でなんとか死にはしなかったものの、一歩間違えれば初《しょ》っ端《ぱな》から全滅していた可能性すらあったのだ。

「……サクナさんにも困ったものです。気持ちは分かりますが」

「あの人、顔が怖いよ。笑えばいいのに」

「笑っていられる状況ではありませんからね」

「こちょこちょしてみる？」

「やめてください、殺されますよ」

こはるは「冗談」と呟《つぶや》き、パフェを一口食べた。

一方サクナは、依然《いぜん》どす黒いオーラをまとったまま「コマリさんコマリさんコマリさん」と呪文を唱えていた。彼女の精神状態がやばめの境地にあるのは確かなようだ。

とはいえ、サクナ・メモワールだけではない。

捜索隊の面々は、誰《だれ》も彼もが似たり寄ったりな状況だった。

ネリアやリンズ、リオーナにプロヘリヤ――今回の事故で姿を消した少女たちは、いずれの国にとってもかけがえのない存在なのだから。

「サクナさんはそっとしておいてあげましょう。下手に刺激したら何をしでかすか分かりませんからね。正直言って私も怖いのでちょっと距離を――」

「カルラさん」

「ひゃあっ⁉」

サクナが真顔でこちらを見つめていた。

温度のない瞳《ひとみ》。二、三百人殺してるやつのオーラをまとっていた。

「は、はい。どうしましたか？」

「遅くないですか？」

「え？」

「いつまで喫茶店にいればいいんですか？　もう三十三分五十八秒ですよ？　ああ、たった今三十四分になってしまいました。時間がもったいない……コマリさんが寂《さび》しがっているかもしれないのに……ああ……」

まずい。激怒《げきど》していらっしゃる。

こはるが高速で立ち上がり、苺を頬張《ほおば》ったままカルラの背後に隠れた。

「カルラ様、怖い」

「あなたは私の護衛でしょう⁉　何があっても主人を守るという義務があるはずです！」

「一時的に義務を放棄する権利を行使する」

「そんな権利はありませんっ！」

「何をごちゃごちゃ言ってるんですか？」

「ふぇ⁉　こ、このパフェが美味《おい》しいので風前亭《ふうぜんてい》のメニューの参考にしようかな～って」

「コマリさんはどこかで助けを求めているんです。私を待っているんです。どうして神は私の行く手を阻《はば》むんでしょうか……やっぱり殺さなくては……」

サクナの身体《からだ》から冷気があふれ始めた。

常世には魔力も魔核《まかく》もない。ゆえに魔法の無駄遣いはやめておいたほうがいい。

しかし、そんな忠告をする余地はなかった。

何故《なぜ》なら超怖いから。

もう駄目だ。私はこのまま氷のオブジェにされてしまうのね――そんなふうに人生を諦《あきら》めかけた時、

「――あ、ああっ、あああ、あのっ‼」

上擦《うわず》った声が店内に木霊《こだま》した。

カルラもこはるもサクナも、その他の捜索隊のメンバーも、何事かと思って声の主《あるじ》のほうを見やった。

そこには幼女が……いや、少女が立っていた。

影のように真っ黒い衣服。

それとは対照的に、肌は白極連邦に降る雪よりも白い。

が、緊張と不安に見舞われているためか、頬《ほお》がリンゴのように真っ赤《まか》だった。

フードを被《かぶ》っているため、その目元はよくわからないけれど。

それにしても、種族は何だろう？

和魂《わこん》ではないし、翦劉《せんりゅう》でもないし、獣人でないことは確かだが――

とりあえず、カルラは優しい気持ちに努めて微笑《ほほえ》んだ。

「どうしましたか？　お母さんはどちらに？」

「っ……⁉︎⁉︎⁉︎⁉︎」

その瞬間、黒い少女が沸騰《ふっとう》した。

他国に侵略され、人質となって辱《はずかし》めを受けた姫君ですらこうはなるまいという、それは純粋な屈辱の表情だった。

拳《こぶし》を握ってワナワナと震え、すーはーすーはーと一生けんめい呼吸を整え、

「わ、私は、キルティ・ブラン……！」

え？　なんつった？——頭にハテナマークが浮かぶのを実感していると、少女はバッ！

と勢いよくフードを脱ぎ去った。

黒い髪、白い肌、赤い頬、涙でうるうるした瞳。

十人いたら十人が「可憐《かれん》だ」と言いそうな少女がそこにいた。

深呼吸をしてから、少女は口を開く。

「や、約束してたから、来ました……！　と、常世の、説明をするために……」

「「「…………」」」

捜索隊が喫茶店でたむろしていた理由。

それは……常世の案内人役たる〝影〟、キルティ・ブランと待ち合わせをしていたからなのだ。

しかし、なんというか、

……想像してたのと、かなり違うんだけど??

「〝抱影種《ほうよう》〟は……、自分の影を操作して、別の世界に送ることができるんですけど……私の役目は連絡役だから、あんまり本体が出向くことはなくて、直接顔を合わせるのにも慣れてなくて……、だ、だから、イメージ違ったらごめんなさい……」

こちらと目を合わせようとしない。

俯《うつむ》き、背を丸め、指と指を絡《から》ませながら椅子《いす》に座っている。

「影だと、別の自分になれた気がして、気持ちが大きくなって……でも、こうしてリアルで会話をするのは苦手で……影の時みたいに、かっこいい口調にしたいんですけど、こんなちんちくりんが偉そうに話してるのを客観的に想像してみると滑稽《こっけい》に思えてしまって足踏みをするというかなんというか……、あ、あの。私の髪に何か、ついてますでしょうか……?」

「ううん。いいこいいこ」

こはるがキルティの隣に座り、彼女の頭をぽんぽんと撫《な》でていた。

ちょっと意外だったけれど、まあ、誰にだってコンプレックスの一つや二つはある。

あまりツッコミを入れるのはやめておこう、可哀想《かわいそう》だから。

「キルティ、陰キャだったんだね。影だけに」

「うッ……、、、」

「こはる！　変なことを言うんじゃありませんっ！　ご、ごめんなさいキルティさん」

「いいんです、どうせ根暗なので……」

キルティは乾いた笑いを漏《も》らす。

サクナが「あの、」と恐る恐る切り出した。

「できればコマリさんのことを教えていただけませんか……？　キルティさんは、何か情報をつかんでいるんですよね？」

「そ、そうですね。それが目的ですもんね、私の根暗加減はどうでもよいのでした……、これをご覧ください」

リュックをごそごそ漁《あさ》り、古めかしい羊皮紙を取り出した。

カルラはテーブルに広げられたそれを覗《のぞ》き込んでみる。

どうやら常世の地図のようだ。

「見知らぬ国がたくさんありますね。天照楽土《てんしょうらくど》やムルナイトも、私たちが知るものとは位置がちょっと違います……というか、陸地の形が違いますね」

「はい。伝承によると、第二世界はほとんど人間がいない荒地だったんですけど、第一世界をコピーして今の形になっていったと……」

「第一世界？　コピー？」

「あ、いえっ、今はそれよりも大事なことがありまして……」

キルティは地図の一点を指差した。

常世の中央……から少し外れた場所、〝ジュール村〟と書かれた位置だ。

「ここに、ヴィルヘイズやエステル・クレール、ネリア・カニンガムがいると思われます」

「なっ……」

衝撃のあまり思考が止まる。

コマリたちは、もう見つかっていたのか……？

「正確にはジュール村ではなく、この近くの隠れ里――〝ルミエール村〟なのですが。この村では近く戦乱があり、復興のためにムルナイトの兵士が派遣されました。紛《まぎ》れ込ませた仲間によれば……、どうやら、その三人は無事のようだと」

「三人？」

サクナが慌てて口を挟む。

「他の方々は……コマリさんは、どうしたのですか……⁉」

「プロヘリヤ・ズタズタスキーやリオーナ・フラットの消息は不明です。それと、テラコマリは……スピカ・ラ・ジェミニに攫《さら》われたって報告がありました」

「はあ……⁉」

わけが分からなすぎて頭の整理が追いつかなかった。

キルティは何故か申し訳なさそうに目を伏せる。

「仲間の駱駝《らくだ》によれば、テラコマリ、ネリア、ヴィルヘイズ、エステルの四人は同じ場所に飛ばされて旅をしていたそうです。砂漠《さばく》を渡って、ムルナイト帝国を目指していたみたいなんですが、途中のルミエール村で星砦《ほしとりで》と戦闘になり……テラコマリだけが、あの〝神殺しの邪悪〟に拉致《らち》されてしまったのだと……」

〝神殺しの邪悪〟――スピカ・ラ・ジェミニ。

かつて六国《りっこく》に混乱を招いたテロリストが、どうして常世にいるのか。

「……逆さ月は、私の家族をめちゃくちゃにしました」

サクナである。魂まで凍るような声。

「あいつらは、コマリさんや……ヴィルヘイズさんにもひどいことをしました。他人のことを道具としか思っていないんです。放っておけません」

サクナはキルティに向き直り、

「キルティさん、どうしてそんなことになったのですか？　また逆さ月はコマリさんを傷つけようとしているのですか？」

「分かりません……、スピカ・ラ・ジェミニが何を考えているのか……いちおう逆さ月にスパイを放ってるんですが、まだ探り当てられていないようで……それに、敵は逆さ月だけじゃなくて。むしろ星砦のほうが危ないと私は思うのですが……」

「はい？　何を言っているのですか？」

「ひいっ⁉」

鋭い眼光で睨《にら》まれ、キルティが悲鳴をあげた。

サクナが怖い顔になるのも無理はないだろう。

この少女は逆さ月のせいで家族を失い、血に塗《まみ》れた人生を送ってきたのだから。

「私はあの組織にいたから分かるんです。逆さ月のほうが危ないです。……カルラさん、今すぐ出発してコマリさんを捜しましょう」

「そう言われましても。手がかりがないことには……」

「一応、手がかりはあります」

キルティがおずおずと切り出した。

「さっきも言いましたが、我々は逆さ月にスパイを送り込んでいます。その人は本当に気まぐれで、情報を寄越したり寄越さなかったり、ひょっとしたら寝返っちゃってるかもしれないんですけど、」

カルラは軽く嘆息《たんそく》した。

「それはスパイとして考え物ですね。たとえ情報を渡されても鵜《う》呑みにはしないほうがいいでしょう」

「あ、あれ？　もしかして、先代大神《おおみかみ》から伝えられていないのですか……？」

「？　何をでしょうか？」

「あなたの従兄《いとこ》のアマツ・カクメイですよ……、そのスパイって」

「　」

たぶん、頭の中の何かがいくつか破裂した。

……は？　覺明《かくめい》お兄様？

今までずっと行方《ゆくえ》不明だった、あの覺明お兄様？

「で、先日珍しくアマツから鳩が来て……といっても、『月は金の海に』っていう暗号じみた内容だったんですけど」

「——ちょ、ちょっと待ってください⁉　お兄様も常世にいるのですか⁉　あなたはお兄様に会ったのですか⁉」

「え？　あ、会ったというか、えと、同じ傭兵《ようへい》団〝フルムーン〟の一員なので……、アマツには、いつもお世話になってます……」

先代大神が消えた後——

カルラは遺《のこ》された手紙から、世界に隠された大きな秘密を知った。

先代が時空を超えて来訪した未来の自分だったということ。

逆さ月を放置しておけば、世界が壊れてしまうということ。

コマリがいなくなってしまわないように、しっかり見守っておく必要があること。

だが、その中に天津《あまつ》覺明の情報は書かれていなかった。キルティの口ぶりからすると、未来の自分はお兄様の居場所を知っていたはずなのに。

どうして？

どうして教えてくれなかったの、私⁇

脳が混乱して死にそうになるカルラであった。

「『いつもお世話になってます』だって。キルティに寝取られたかもね」

脳が破壊されて死にそうになるカルラであった。

「あの、話を戻しますが、」

キルティが恐縮したように言う。

「これに加えて、確証はないのですが、スピカ・ラ・ジェミニらしき人影を見たという情報がいくつも舞い込んできてまして……、あの恰好《かっこう》ですから、目立つんだと思います」

「どこですか？」

「み、南のほうです……、この、地図の真ん中の〝神殺しの塔〟よりもさらに南で、目撃情報を総合すると、たぶん逆さ月は南下していて……それでですね、『月は金の海に』という言葉も含めて考えてみると、たぶん、逆さ月はこの辺りに向かってるんじゃないかって……」

彼女が指し示したのは――

ラペリコ王国と、トゥモル共和国という国の、ちょうど境にある地域。

後から書き加えたような荒々しい文字で、〝鉱山都市ネオプラス〟と書かれていた。

「近年造営された人工都市で、人々の欲望が渦を巻く魔鏡……、近頃はゴールドラッシュに沸いていて、多くの傭兵が集まっているみたいです。……私は、忙しいボスにかわって、あなた方と一緒にテラコマリを奪還するように命令されています」

「…………！」

目的地は定まった。

星砦、逆さ月、コマリ――

そして、はるか昔に幼いカルラを置き去りにして消えた、愛《いと》しのお兄様。

やるべきことは山ほどあるが、南へ向かえばすべて解決するに違いない――カルラにはそんな気がしていた。

☆

世界の南方、トゥモル共和国の端っこにその街はあった。

鉱山都市ネオプラス。

政府主導で開発が進められること八年、かつて長閑《のどか》な農村にすぎなかったこの地は、欲望に塗《まみ》れた人間が集《つど》う魔境と化している。

暴力沙汰《ざた》は日常茶飯事《にちじょうさはんじ》で、ついたあだ名は〝戦場ではないもっとも危険な場所〟。

唯一、秩序らしい秩序がある場所といえば、知事の館であろう。

ネオプラスの一等地、分厚い擁壁《ようへき》に囲まれた豪奢《ごうしゃ》なネオプラス知事府――その執務室において、二人の人間が向かい合っていた。

一人は金の髪飾りをつけた少女。

露出の多いエキゾチックな衣装に身を包み、これまたキラキラと輝く黄金の椅子にふんぞり返っている。あらわになった柔肌は、日焼けでは有り得ない小麦のような褐色で、彼女が〝よくある六種族〟のどれでもないことを示していた。

「――で？　負けたの？」

組んだ脚の爪先《つまさき》をぐるぐると回しながら、少女は問う。

「いえ、負けてはおりません」

答えたのは、死に損ねた兵士のようにぼろぼろの少女だった。

衣服には解《ほつ》れが目立つし、殴られた傷が癒えないのか、顔の辺りが腫れている。

星砦の一員、〝骸奏《がいそう》〟トレモロ・パルコステラ――旅の琵琶《びわ》法師は、褐色の裸足《はだし》を見つめながら、弁解じみた言葉を続けた。

「そもそもネフティさん、局所的な勝ち負けを論ずる必要はありません。因果を考えれば我々星砦の満願成就《じょうじゅ》は確実であり、余人の目には敗退のごとく映るでしょうが、実際は――」

「うっさいなぁっ!!」

「あうっ」

派手なペディキュアが塗られた爪先で小突かれ、トレモロはよろめく。

褐色の少女――ネフティは、苛立《いらだ》ちを隠そうともせず立ち上がり、

「あんた、本当にやる気あんの？　ネルザンピもそうだけど、無様に負けてあたしを頼ってくるなんて、情けなくならないの？」

「繰り返しますが、勝ち負けの問題ではない。我々が考えるべきなのは、ひとえに悲願が達成されるべきか否《いな》かであります」

「は～やだやだ！　言い訳する大人ってみっともないよねっ！　あんまりふざけたこと言ってると、棺桶《かんおけ》に閉じ込めて木乃伊《ミイラ》にすっぞ？」

「話を聞いてくだされ。戦略的撤退だったのです。あのまま戦ったとしても勝ち目はない。神殺しの邪悪がいかに手強《てごわ》いか、知らぬあなたではないでしょう？」

「知ってるけど、態度がムカつくんだよ。あたしの力を借りたいんだったら、地面に這《は》いつくばって懇願《こんがん》すれば？　ついでに踏んであげるよ？」

「いや、我々は仲間では……」

「知らないの？　親しき仲にも礼儀ってもんがあるんだよ？」

「あなたと縁がつながっていることを奇跡に思います。我々はここまで相容れぬ性格なのに、夕星《ゆうせい》という思想を柱にして手を取り合っている。まさにあの方は融和という言葉を体現するか

のような存在ですね」

「はぐらかすなっ！　もーいい、めんどくさい」

ネフティは衣服を翻《ひるがえ》し、ぼすんっ！　と背もたれに寄りかかった。

鋭い瞳でトレモロを見下しながら、「それで？」と話題を変える。

「どうするの？　夕星、怒ってるよ？」

「どれほどのお怒りでしょうか」

「う〜ん、そうだなぁ〜」

ネフティは斜め下を見つめた。

そこには、ウサギらしき生物をモチーフにした奇妙なぬいぐるみが座っている。

しばらくぬいぐるみと視線を交錯させて後、褐色の少女は「あ、そう」と頷《うなず》いた。

それからトレモロを振り返ると、意地悪な笑みを浮かべ、

「ざんねんでしたぁっ！　トレモロには死んでほしいって！」

「では汚名返上いたしましょう」

「……ちっ、からかい甲斐《がい》のないやつだな」

執務室には薄い西日が差し込んでいる。

ネフティはつまらなそうに溜息《ためいき》を吐《つ》き、ウサギのぬいぐるみを抱きしめた。

耳を引っ張ったり、お腹《なか》を揉《も》んだり、素手で無遠慮に弄《もてあそ》びながら、「ねえ」とトレモロに

声を投げかける。

「魔核のほうはどうなってんの？」

「新しいものは見つかっておりません。ちなみにアルカ軍に貸与しておいたものは、スピカ・ラ・ジェミニに奪われました」

「最悪じゃねーか‼」

ぬいぐるみをトレモロに向かって投擲《とうてき》した。

彼女はそれを華麗にキャッチすると、嘲笑《あざわら》うように口角を吊《つ》り上げ、

「お互い様ですよ。あなたは八年も星洞《せいどう》の掘削《くっさく》をしているのに、未《いま》だに魔核を掘り当てられていないではないですか」

「それとこれとは話が別でしょーが！　あたしは反対だったんだよ⁉　いくらアルカ軍が強化されるからって、魔核をそのまま預けておくのはどう考えても無防備だよ！」

「それは夕星が決めたことなので」

「ぐっ……それはそうだけど……」

「とにかく、作戦は次の段階に入りました。あなたは私が泣きついてきたものとお考えのようですが、策は自前で用意してあります」

トレモロがぬいぐるみを投げ返した。それを慌ててキャッチしながら、

「……じゃあ何であたしのところに来たの」

「ネオプラスの〝星洞《せいどう》〟が決戦の地に相応《ふさわ》しいと思ったからです。匪獣《ひじゅう》の力を借りれば連中も敵ではありません。場所代といってはなんですが、魔核の捜索もお手伝いしますよ」

「スピカがここに来るわけ？」

「〝神殺しの邪悪〟は私を見逃しました。追いかける準備ができているということです。やつらは必ずここに来るでしょう。いえ、スピカやテラコマリだけではありませんね——八年前に蒔《ま》いた悲劇の種が、綺麗《きれい》な花を咲かせて戻ってきました」

「意味分かんない」

ずょん。何かがしなる音が聞こえた。

指に絃《げん》を装着しながら、トレモロはくるりと踵《きびす》を返す。

「それと、戻ってきた理由はもう一つあります。あなたの顔が見たくなったのです」

「なにそれ？　きもいんですけど？」

「悲願達成のための仲間ですから。元気でやっているか心配なのです」

「…………」

「ふふ……敵を始末した暁《あかつき》には、第一世界に寄ってネルザンピ卿《きょう》を救出いたしましょうね。まだ殺されてはいないようですので」

「どうだかね。あいつ、メンタルクソ雑魚《ざこ》だから、今頃自殺してるかもしれないよ？」

「まさか。——では、私はこれにて」

旅の琵琶法師は、「ずょんずょん」と琵琶の音を響かせながら去っていった。

執務室に残されたネフティは、ぬいぐるみを抱きしめながら天井を見上げる。

彼女の周りには、無数の柩《ひつぎ》が飾られていた。

遺体さえ残しておけば、人は二度目の生を迎えることができる——それがネフティの故郷の教えだ。

星砦の面々は、それぞれ死に対して独特の感性を持っていた。

たとえ人類が滅亡しても、救われる方法は残されている。

「夕星。私たちは正しい道を歩んでいるんだよね」

ネフティの呟きは、夕闇《ゆうやみ》の静寂に虚《むな》しく響いた。

ぬいぐるみに話しかけたつもりだったが、返答はなかった。

7 ゴールドラッシュ！

廃墟《はいきょ》の街から南に一週間ほど進むと、目的の鉱山都市——〝ネオプラス〟に到着した。

四方を山に囲まれた、賑《にぎ》やかな街だった。

スピカによれば、ネオプラスでは空前のゴールドラッシュが巻き起こっているらしい。

といっても、人々の目的は金ではなく〝マンダラ鉱石〟とかいうよく分からん石ころだ。

魔核《まかく》がある場所に発生するという、摩訶《まか》不思議な宝石。

その鉱脈が発見されたのが十数年前らしい。

それまでネオプラスは何もない農村だったのだが、八年ほど前から急速に開発を進めたおかげで、今では人口数万人の大都市へと発展したという。

全国から一攫千金《いっかくせんきん》を夢見た傭兵《ようへい》たちが集まってくるのだ。

熱意と欲望まみれの、どろどろとした空気。

こうして少し道を歩いただけでも胸焼けするほどだった。

「——やっと着いたわね！　さあみんな、さっそく善良なる一般市民を恐喝《きょうかつ》して今日の宿代を稼ぐわよっ！」

「待て待てっ！　お前はいきなり何を言い出すんだ⁉」

「冗談よっ！」

「冗談に聞こえないっ！」

「ええっ、嘘《うそ》でしょ⁉　これが冗談に聞こえないの⁉　やっぱりあんた、殺戮《さつりく》の覇者《はしゃ》って呼ばれてるだけあるわねっ！　でも冷静に考えたら分かるはずよ？　もし無実の人間を殺《あや》めてその財物を奪ったりしたら、軍や警察が動くわ。そしたら行動に支障が出るでしょ？」

「…………」

なんで私が異常者扱いされてんの……？

こいつ、やっぱり変な人なの……？

「……なあスピカ。お前と上手《うま》くやっていける気がしないんだけど」

「そんなことないわ。憎しみ合っている者同士でも、嵐《あらし》で舟が転覆しそうになれば協力し合うものでしょ？」

「お前に協力し合う気はあるの？」

「もちろん！　だからあんたたちを捕まえたんでしょ？　今度逃げたら素揚げにして食べちゃうからね！」

リンズがビクリと震えて私の背後に隠れた。

その気持ちはよく分かる。誰《だれ》だってこんなやつに食われたくない。

あの廃墟での騒動の後——

逃げた私とリンズは、一瞬でスピカに捕獲された。

言っちゃなんだが、「そりゃそうだ」という感じである。

私なんかが俊敏《しゅんびん》なテロリストどもから逃げられるわけもないのだ。

かくして私とリンズは強制的に〝旅のパーティー〟に加えられ、ネオプラスを目指して一週間ほど歩かされる羽目になった。

まあしかし、殺されないだけマシなのだろう。

こうなってしまったら逆さ月と協力するしかないのだ。

スピカがリンズの顔を覗《のぞ》き込んで「あれれ？」と笑った。

「どうしたの？　私が怖いの？」

「こ、怖くないです……」

「怖いのねっ！　逃げられないようにこの首輪をつけてあげるわ！」

「やめろ！　リンズが変な性癖に目覚めたらどうするんだ！」

「あんたもつけてほしいの？　いいわ、二人まとめて私のペットになりなさいっ！」

「なってたまるかあああああ‼」

スピカが笑いながら襲いかかってきた。

こんなやつに飼われたら命がいくつあっても足りねえぞ——そんなふうに危機感を募らせ

ながら走り回っていると、すぐ近くで誰かが「はぁ」と溜息《ためいき》を吐《つ》いた。

「……おひい様。目立つ行動は避けたほうがいい」

私はびっくりして振り返った。

狐《きつね》の獣人——フーヤオ・メテオライト。

億劫《おっくう》そうな瞳《ひとみ》が、神殺しの邪悪に向けられていた。

「なぁにフーヤオ？　私に逆らうわけ？」

「こいつらが今更逃げ出す道理はないだろ」

「でもネオプラスでは女子供を狙《ねら》った凶悪犯罪が横行しているらしいわ。ちゃんと私がリードを握っておかないと！」

「そいつらがただの女子供だと思っているのか？　それに——同盟は対等であってこそだ」

「………、一理あるわねっ！」

ばきんっ。

スピカの持っていた首輪が握《にぎ》り潰《つぶ》されてしまった。

なんという握力……いやそれよりも、

「フーヤオ……お前ってマトモな感性もあったのか……？」

ずよん。

何かが切り替わる気配がした。

「私はマトモですぞっ！　見苦しいペットを二匹も連れていたら、おひい様の品格に傷がつくかと思いまして！」

「はあ⁉　見苦しい……⁉」

　ずょん。

「……おひい様の品格などどうでもよいが、同盟を組んでいる以上、苛烈《かれつ》すぎる対応は得策ではない。ペットをイジメすぎれば、反感を抱いて飼い主の手を噛《か》むだろう？」

「コマリさん。この人って二重人格なの……？」

「さ、さあ……？　案外、二重人格を演じている中二病って線もあるかもしれないが……」

　いずれにせよ不気味である。

　上司が上司なら、部下も部下だ。

「どーでもいいわ！　作戦会議を始めましょう！」

　スピカが喜色《きしょく》満面でフーヤオの腕をつかみ、

「とりあえずお店に入りたいんだけど、オススメとかない？　フーヤオ」

「あるわけないだろう。私は初めてここに来たんだぞ——、」

　そこでフーヤオは不自然に言葉を止めた。

　狐耳をピンと立て、きょろきょろと辺りを見渡す。

　その視線が、ある一点で止まった。

路地の端っこ。あれは……古びた井戸、だろうか？

「どうしたの？」

「いや、――」

ずょん。

何かが切り替わる気配がした。

そうして私は奇妙なものを目撃した。

フーヤオの表情が、二つの人格のどちらでもない、まるで幽霊に怯《おび》える子供のように幼く歪《ゆが》んだのである。

「……何でも、ないです。……はやく、お店を、探しましょう」

あまりにもフーヤオらしからぬ台詞《せりふ》、いや雰囲気だった。

誰だよこいつ――私もリンズもびっくりして立ち止まり、スピカにいたっては目を真ん丸に見開いて狐少女の顔を見つめ、

「何でもないってことはないわよね？　変なものでも食べたの？」

「大丈夫です……、朝ごはんは普通のメニューでした……」

「明らかにおかしいわ。その性格は〝裏〟でも〝表〟でもない」

ずょん。

再び何かが切り替わる気配がした。

「——何でもないと言っている。気にするな」

今度はいつもの殺人鬼じみたフーヤオだった。

彼女は蟀谷《こめかみ》に手を添えながら歩き出す。

何だろう？　どう見ても様子が変だったけど——まあいいか。

今は深く考えずにレストランを探すとしよう。

☆

逆さ月は二つのグループに分けられることになった。

簡単に言えば、『メイン』と『裏方』だ。

星砦《ほしとりで》と直接戦闘し、メイファを救出するのが『メイン』の仕事。私とリンズ、スピカ、フーヤオがここに含まれる。

そして『メイン』の仕事を補佐し、裏で色々とネオプラスの情報を仕入れるのが『裏方』の仕事。アマツ、トリフォン、コルネリウスの担当である。

毎回毎回、どうして私は攻撃系の集団に配属されてしまうのか。

まあ、文句を言える状況でもないので黙っておくことにする。

というわけで——

私たちはネオプラスの酒場でコソコソと会議を始めるのだった。

「マンダラ鉱石の採掘場――通称〝星洞《せいどう》〟。《夜天輪《やてんりん》》によれば、トレモロやメイファはここにいるみたいねっ！」

店は昼間だというのに大変混雑していた。

客層の大部分は屈強な傭兵。私たちみたいな女の子集団は明らかに場違いなのだが、スピカもフーヤオも気にした様子はなかった。

「つまり！　連中は星洞の地下にある魔核を狙ってるってわけ！　放っておけば世界が滅亡しちゃうわ！」

「その星洞っていうのはどこにあるんですか……？」

「ネオプラスの中心部です」

リンズの質問に答えたのはトリフォンである。

酒場で合流したのだ。ちなみにアマツとコルネリウスは別の場所で暗躍しているらしい。

「先ほど確認してきましたが、入口付近は傭兵たちで大賑わいでしたね。しかし入るためには採掘権が必要なのだとか」

「……面倒だな。力尽《ちからず》くで突破してしまえばいい」

「フーヤオ、あなたは暴力的すぎますね。むりやり侵入すると他の傭兵たちから袋叩《ふくろだた》きにされるという素敵なルールがあるのです。騒ぎを起こせば夕星《ゆうせい》に感づかれる可能性もあるので、今回は慎重に行動するべきかと」

意外だ。てっきり「構うもんか突撃だ！」とか言って暴走するかと思ってたのに。

少なくとも第七部隊だったら確実にそうするだろう。

あれ？　だとすると、あいつらってテロリストよりも野蛮なの？

「採掘権は知事に認められた傭兵にのみ付与されるそうです。ちなみに知事というのはトゥモル共和国の行政単位〝県〟の長官のこと。このネオプラス県には知事府があって、そこで行政に関する仕事を取り仕切っているのだとか」

トリフォンが懐《ふところ》から紙を取り出した。

ネオプラスの地図らしい。彼が指で示すところに〝知事府〟と記されている。

「……知事ってどんな人なの？」

「今の知事はサンドベリー伯爵という人物ですね。この知事が赴任してから採掘の規制が大幅に緩和されたので、傭兵たちから絶大な支持を集めているようです」

「ふーん」

トマトジュースを飲みながら身を縮こまらせる。

偉い人には苦手意識があるんだよな。無礼を働きまくって怒らせちゃうことが多いから
――そんなふうに内心でモヤモヤしたものを感じていると、トリフォンが「ああそうそう」と神妙な顔をして付け加えた。

「無事に採掘権を入手できても、星洞を探索する際には注意が必要です。星砦に悟られないように――というのも無論ありますが、ギルドにたむろしていた傭兵によれば、近頃は〝匪獣《ひじゅう》〟なる怪物が出てくるのだとか」

「何それ？」

「詳細はアマツたちが調査中です。姿形としては、黒々とした影のような猛獣――らしいのですが、これが星洞に何匹も棲《す》みついているようです。しばしば人を襲うため、近頃はマンダラ鉱石の採掘も滞っているそうですね」

なんだか不穏な情報だ。

ラペリコの動物軍団より凶暴なのかな？

「なるほどねぇ、それは星砦が構築した防衛システムかもしれないわ」

「その可能性も考慮しております」

スピカは「うんっ！」と大きく頷《うなず》いて、

「つまり気をつけろってことね！　ありがとうトリフォン！　おかげでこれからの方針が定まったわ！　匪獣とかいうのは後で考えるとして、まずはナントカベリー知事に会って採掘権を強奪すればいいのね？」

「いえ、できれば平和的な方向で」

「私ほど平和主義者な吸血鬼はいないわよっ！」

スピカは満足げに笑みを深め、フーヤオの注文した油揚げをつまみながら、

「情報収集ご苦労様。何かご褒美《ほうび》をあげるわ」

「ありがとうございます。ですが与えられた仕事をこなしたまでのことです」

「私の飴《あめ》とかどう⁉ あんたも好きでしょこれ⁉」

「遠慮させていただきます」

「どういたしましてっ！」

「ぐえッ」

トリフォンの口に飴が突っ込まれた。

「オエエエ‼」という断末魔が木霊《こだま》する。

薄々気づいていたが、逆さ月ってパワハラが横行するブラック企業なのかもしれない。

スピカが「さて！」と手を叩き、

「最初の目的地は知事府ね！　さっそく採掘権をもらいに行きましょう！」

そんな簡単にもらえるとは思えない。

私は前途多難なものを感じながらトマトジュースを飲み干すのだった。

☆

「いいよ。欲しいならあげる」

知事の館。

高い擁壁に囲まれた、城みたいな建物である。

「関係者以外立ち入り禁止」といった覇気《はき》がひしひしと感じられたが、受付で採掘権の交付を申請すると、あっさり知事の執務室へと通された。

そしてあっさり採掘権が交付されてしまった。

いや、あっさりすぎて逆に心配なんだが――

「――不審そうな顔だね？　でも大丈夫だよ、あたしがこの目でちゃんと審査したから。あんたらは欲に目が眩《くら》んだ傭兵どもとは少し違う」

執務室には金ぴかの棺桶《かんおけ》が並んでいる。

その棺桶に囲まれながら、一人の少女が横柄な態度で椅子《いす》に座っていた。

サンドベリー知事――つまり、ネオプラスでいちばん偉い人だ。

いったいどんな豪傑なのかと思っていたが、実際の知事は〝知事〟という肩書きにそぐわない小さな女の子だった。まとう衣服はペラッペラかつキンキラキンの布切れで、すらりと伸びた手足は見事な褐色。傍《かたわ》らには何故《なぜ》かウサギのぬいぐるみが鎮座していた。

あんまり私の周りにはいないタイプの子だ。

だいたい、種族が分からない。

「なぁに？　あたしの顔に何かついてる？」

「え？　いや別に……」

「どうかお気を悪くしないでください知事。そこのテラコマリはあなたの寛大《かんだい》なる御心に感謝を捧げているのです」

私は「げっ」と声を出してしまった。

今しゃべったのはスピカ・ラ・ジェミニ――のはずなのだが、いつもの酔っ払いみたいな大声とは打って変わって月のように落ち着いた声色である。

聖都《せいと》レハイシアで教皇をやっていた時の人格だ。

いや、人格というか、単に猫を被《かぶ》っているだけなんだろうけど。

にしても気味が悪い。

本人曰《いわ》く、「偉い人と会う時は正体を隠さなくっちゃね！」とのことだが、姿形がそのまんまな時点で頭隠して尻《しり》隠さずもいいところである。

「あっそ。まー感謝されて悪い気はしないけどね」

サンドベリー知事は椅子の傍らにあった戸棚を開けると、〈採掘許可証〉と書かれた羊皮紙を取り出してスピカに差し出した。

スピカは「ありがとうございます」とそれを受け取り、

「話の分かる方で助かりました。治安最悪と言われるこの地を束《たば》ねているだけありますね」

「何それ皮肉？　面白《おもしろ》いね、あんた」

知事はどこか嗜虐《しぎゃく》的に笑う。

「採掘者名簿への登録とかはこっちでやっておくよ。あんたらは何もせず、思う存分星洞を探検するといい。ただし、匪獣には気をつけてね？」

「匪獣ですか？　星洞に出るバケモノだと聞いたことがありますね」

「バケモノっちゃバケモノだね。やつらは見境なく人を襲うの。怖くなったらすぐに逃げないと駄目だよ？　特にそこの弱そうな吸血鬼」

指を差されてビックリしてしまった。

私は条件反射的にイキることにした。

「よ、弱いわけあるかっ⁉　私は一億もの人間を小指一本で串刺しにした最強の吸血鬼なんだからな⁉」

「ぷっ——あはははははははははは‼」

知事が大笑いしていた。

確かに「一億人を串刺し」は滑稽《こっけい》だったかもしれない。小指が長すぎる。

「あは、あはは、あはははは……もうっ、笑かさないでよ！　でもね、そうやって必死に虚勢を張ってる子は大好きだよ」

「はあ……」

「踏んづけて、跪《ひざまず》かせて、現実を思い知らせて——それまでの自分が井の中の蛙《かわず》だったって
ことを思い知らせてあげたいよね。そいで棺桶に閉じ込めて飼ってあげるの」

「ねえリンズ、怖いから隠れてていい？」

「こ、コマリさんには小指一本触れさせませんっ！」

リンズが両手を広げて私の前に立った。

真面目《まじめ》な感じが可愛《かわい》い。サクナからは失われてしまった何かを垣間見た気がした。

……あれ？　サクナもリンズと同じで清楚《せいそ》だったはずだよな？

うっ、頭が……。

まあいいや。

とにかくこのサンドベリー知事という人物、ただのドSというわけでもない気がする。

何故なら私がカタツムリ以下の戦闘能力であることを見抜いているからだ。

スピカのキモい演技がバレるのも時間の問題だろうな。

知事は「まあとにかく」と話をまとめた。

「これであんたらもゴールドラッシュの波に乗る採掘者ってわけね。言っておくけど、採掘税
をちょろまかしたら承知しないよ？」

「もちろんそんなことはいたしません。神に誓って」

「あっそ。それと一つだけ留意事項なんだけど、」

知事は戸棚から別の紙を取り出すと、それを私たちに見せびらかした。

奇妙な図が描かれている。端的に言い表すならば〝キラキラと輝く星のような球体〟。

あれ？　なんかどこかで見たことがあるような――

「これは知事府で探している爆弾だよ。大昔の戦争で使われた不発弾で、星洞の中に埋まっている可能性があるの。もし見つけても絶対にいじくり回さず、あたしに連絡してよね」

いや、それって魔核じゃね？

知事はいったい何を企《たくら》んでいるのだろう？

スピカが「分かりました」と頷いて、

「爆発《ばくはつ》したら大変ですものね。発見した際には迅速にご連絡いたします」

「本当に？」

「本当です」

「ふ～～～ん……」

知事とスピカの視線が交錯する。

私には理解できない駆け引きが繰り広げられているらしい。

やがて褐色の少女は「ありがとうっ」と足を組み、

「じゃあ死なない程度に頑張ってね！　ネオプラスの発展は、あんたら採掘者がどれだけ心を削れるかにかかってるんだから」

私たちは採掘許可証を手にして知事府を後にした。

これで星砦が潜《ひそ》んでいると思われる採掘場〝星洞〟に入ることができる。

なんだか緊張してきたな。

トレモロは私の知り合いの殺人鬼の中でもトップクラスにヤバイ超・殺人鬼だ。

生きて帰れればいいけど――うう。なんだかトイレに行きたくなってきた。

「独特な方でしたね。あのサンドベリーという知事は」

スピカが紅色《べにいろ》の飴を片手に呟《つぶや》いた。

「あれは腹に一物《いちもつ》抱えている者の立ち居振る舞いでした。表面的には善良な統治者ですが、何か壮大な陰謀を胸に宿している気配があります」

「同感だな。私を棺桶に閉じ込めたいとか言ってたし」

「それもそうだけど……スピカさん、さっきのあれって魔核ですよね……?」

リンズがおずおずと切り出した。

スピカは「そうですね」と邪悪に笑い、

「知事は星砦の活動に関与している可能性があります。あの方が星砦のメンバーなのか、それとも利用されているだけなのか分かりませんが――傭兵たちは採掘と同時に魔核の捜索をさせられているのでしょう。つまり魔核はまだ星砦の手に渡っていない」

「そうなの……？　じゃあ知事をもっと調査したほうがよくないか？」

「アマツやトリフォンに命令しておきましょう」

あの少女がトレモロのような殺人鬼だとは思えない。

が、私は物事を表面的な印象で判断してしまうきらいがあるので、スピカのように観察眼を養ったほうがいいのかもしれなかった。

「あるいは何らかの手段を講じておく必要がありますね。知事が星砦であるならば、我々のネオプラス潜入作戦はすでに敵に知られたことになるので」

「どうでもいいけど、いつまでその演技するんだ？」

「――つまりっ！　サンドベリー知事には注意しておくべきだってことよ！　あの場で殺してもよかったかもねっ！」

急に五月蠅《うるさ》くなりやがった。

リンズが「あの、」と言いにくそうに口を開いた。

「もしかして、スピカさんも二重人格なんですか？」

「まさか！　私はフーヤオみたいに気持ち悪くないわ！」

無言で歩いていたフーヤオの耳がぴくりと動いた。知事の部屋では物言わぬ地蔵と化していた狐少女である。スピカはそんな部下を無視して青空を見上げ、

「私のは演技にすぎない。憧《あこが》れから派生した演技――だから教皇時代は何度かバレそうになっ

て苦労したもんよ」

「……おひい様。気持ち悪いからやめたほうがいいぞ」

「ひどいわねえフーヤオ！　人に向かって気持ち悪いだなんて！　私が静かな人格を演じるのは他者を騙《だま》すための作戦――っていうのもあるけれど、ユリウス6世みたいに落ち着きのある人間になりたいからよ。あの子は私と正反対でクールだったから」

「お前、不思議ちゃんなの？」

「何も不思議なことはないわ。他人になりたいっていう願望は、誰にでもあるものよ。それを烈核解放《れっかくかいほう》にまで昇華させたのは、私の知る限りだとフーヤオしかいないけれどね」

意味不明すぎて無性に叫びたくなってきた。

あと尿意がそろそろヤバい。

私は街角に設置されていた公衆トイレを指差して言った。

「……ちょっとお手洗い行ってきていい？」

「私の話がつまんないのね！　五秒以内に帰ってこないと首輪をつけるわよ⁉」

「やだよ！　五分くらい待っててくれ！」

スピカはケラケラ笑っていた。

私は逃げるようにしてトイレに向かう。

☆

「星洞には匪獣がうじゃうじゃいるってさ。これじゃあ採掘もままならんね」

「聞いたかい、最近じゃ穴の外にも出てくるらしいぜ」

「人が襲われたんだっけ？」

「どうにか根絶やしにできんもんかねえ」

――壁が薄い。

向こう側、つまり男子トイレの雑談が私の耳に入ってくる。

それにしても引っかかる内容だ。聞き慣れない単語も出てきたが、「人が襲われた」だの「根絶やしにする」だの、物騒なことこの上ない。

それに――〝匪獣〟。

トリフォンもサンドベリー知事も言っていたけれど、本当にそんなものが存在するのだろうか？　影のような猛獣？　クロネコとかの見間違いじゃないの？

「まあいいか」

考えても仕方ない。

私はトイレを流して個室を出た。

次はおそらく星洞へ向かうのだろう。とりあえず深呼吸をして心の準備をしておく必要があるな――しかし私は奇妙なモノを目撃して固まってしまった。

目の前に三人の男たちが立っていた。

ん？　男……？　ちょっと待て、

「――あ、あのっ⁉　ここ女子トイレですけど⁉」

「私は女だが？」

「あ……」

とんでもない失礼をしてしまったのかもしれない。

あまりに逞《たくま》しい筋肉だったので勝手に男性だと思い込んでしまったが、声の高さや服装から察するに、私の目の前に立っているこの翦劉《せんりゅう》は女性に他ならなかった。

となれば、彼女の取り巻きらしき二人も女性なのだろう。

右のやつは髭《ひげ》が生えているし、左のやつにいたっては上半身が裸だけれど――

「いやいや⁉　その二人はどう見ても男の人だよな⁉」

「男が女子トイレに入っちゃ悪いのかよッ‼」

「ぐえ」

いきなり胸倉をつかまれた。

あまりにも突然すぎて頭が追いつかなかった。

何だこれ？　カツアゲ？　お金なら全部スピカが持ってるんだけど？――しかし翦劉の女

は予想外の言葉を口にした。

「お前、テラコマリ・ガンデスブラッドだな？」

「………………」

私の生存本能が警鐘《けいしょう》を鳴らしていた。

落としたハンカチを届けてくれたという感じじゃない。この場で「はいそうです！」と馬鹿《ばか》正直に即答すれば、たぶん私はボコボコのタコ殴りにされるだろう。

「だ、誰？　そのテラなんとかって……」

「賞金首だよ。これを見な」

女がペラリと紙を見せつけてきた。

そこには私の似顔絵（激似）とともにこんな文句が添えられていた。

〈ＷＡＮＴＥＤ――この二人をぶっ殺したら１００万ヌコ！〉

目がぐるぐる回るような気分。

しかも私だけじゃない。〝この二人〟である。手配書には私の他にも見覚えのあるツラが描かれていた。奇妙な帽子を被《かぶ》った金髪の少女――スピカ。これももちろん似顔絵であるが、あまりにも似すぎていて描いたやつに拍手を送りたくなるほどだった。

私はしらばっくれることにした。

「あ、あははは……ずいぶん怖そうな人たちだね。どんな犯罪者なの？」

「知らねえよ。だがこいつらをぶっ殺せば100万ヌコ手に入るんだ」

「ヌコって何？」

「ヌコはヌコだよ。――てめえがテラコマリ・ガンデスブラッドで間違いないな？　一緒にいた変な格好の小娘がスピカ・ラ・ジェミニか？」

「ち、違うっ！　私はギガコマリだ！」

ばこーん!!

私の隣で何かが破壊される音が聞こえた。

取り巻きの男（髭）が、トイレの壁を素手でぶち破っていたのだ。

とんでもない腕力だった。サクナと同じくらい力持ちかもしれない――

女が飢えた蠍《さそり》のような目つきで凄《すご》んできた。

「くだらねえ嘘は嫌いなんだよ。さっさと殺して依頼者に届けてやるか」

「待て待て待て！　殺し屋に命を狙われる心当たりなんてないぞ⁉　だいたいその手配書は誰が発行したんだ⁉」

「どうでもいいだろ――おいお前ら」

「「了解です姉貴！」」

男がノコギリのような武器を装備した。

あんなもんで掻《か》っ捌《さば》かれたら確実に死んでしまうだろう。

意味不明すぎる。何でさっそく命を狙われてるんだよ。今までの殺し屋はもうちょっと脈絡ってもんを大事にしていたぞ——そんなふうに絶望しながら硬直していた時、

「くたばれ」

ノコギリが一直線に私の首筋を狙った。

死んだ。そう思った瞬間のことだった。

ずょん。

何かが切り替わる気配がした。

「へ、」

気づいた時には男（裸）の身体《からだ》が傾《かし》いでいた。

一瞬にして意識を刈り取られてしまったらしい。その表情は疑問と困惑に満ちあふれ、ろくに悲鳴をあげることもせず汚い床に倒れ込んだ。もう一人の男（髭）が何事かと振り返った時にはすでに手遅れで、その太い首筋を狙って刀の峰がまっすぐ突き進んでいた。

「ぐえ」

男（髭）が回転しながら撃沈する。

驚愕《きょうがく》した女が私の胸倉から手を離して振り返った。

彼女の背後に立っていたのは——

「て、てめえ……何をしやがるッ⁉」

「それはこっちの台詞だ。遅いと思って来てみれば——こんなところで何を遊んでいるんだ、お前は」

前半は女に向けられた言葉で、後半は私に向けられた言葉だった。

ぴくぴくと動く狐の耳、ふさふさと揺れる狐の尻尾《しっぽ》。

抜き身の刀を構えたフーヤオが、呆《あき》れた目で私を見下ろしていた。

女が懐から手品のように短刀を取り出して、

「はっ、テラコマリの仲間か！　見逃してやったのに間抜けなやつ！　ちなみにだけどな、私たちは木級傭兵団〝黒蠍《くろさそり》〟だぞ⁉　狐は巣に帰って油揚げでも食ってな——」

刀の柄《つか》が鼻っ面に叩《たた》き込《こ》まれた。

〝黒蠍〟の女は鼻血を噴き出しながら吹っ飛び、「あれ死ぬんじゃないか？」という勢いで壁に叩きつけられる。それからわずかに身体を痙攣《けいれん》させたが、間もなく意識を失ったらしく、再び突っかかってくる気配もなくなった。

あっという間に三人の悪党が退治されてしまったのである。

私は脱力してその場に座り込んだ。

どうやら間一髪で命が助かったらしい。

この狐少女のおかげで――

お礼を言うべきだ。

でも以前殺されかけたトラウマのせいで咄嗟《とっさ》に言葉が出てこなかった。

しかしフーヤオが刀を握ったまま気絶している〝黒蠍〟に近づいていくのを見て、私は蒟蒻《こんにゃく》で頭を叩かれたような衝撃に見舞われた。

「ま、待て！　殺しちゃ駄目だ！」

私はフーヤオにしがみつこうとしていた。

しがみつけたのは彼女の胴体ではなく巨大な尻尾のほうだった。

もふんっ‼――心地よい柔らかさが全身を包み込んだ。

「こんッ⁉」

同時にフーヤオの口から不思議な悲鳴が聞こえた気がした。

しかし構っている余裕はなかった。

「こいつらは確かに悪いやつだけど、殺すのは間違ってるよ！　色々と取り調べしなくちゃいけないから、警察に突き出すのが一番だ！　だから刀をしまえ！」

「な、な、なな……、何を勘違いしているっ！」

「うわあっ⁉」

ぶぉんっ！――と力強く尻尾が躍動した。私は勢いに負けて手を離してしまった。

フーヤオが怒り心頭といった有様で振り返る。

やばい。死ぬかもしれん。

しかし私に投げかけられたのは予想外の言葉だった。

「……殺すわけがないだろ。こいつらは死ぬ覚悟もできていない小物だ。《莫夜刀《ばくやとう》》で刻まれるに相応《ふさわ》しくない」

「覚悟……？　でもお前って見境なく人を殺すテロリストなんじゃ」

フーヤオはムスっとした様子で踵《きびす》を返した。

私の制止を無視して黒蠍どもに近寄ると、遠慮会釈《えしゃく》なしに衣服を物色し始める。出てきたのは財布やギルドカードだ。それらを掌中《しょうちゅう》で弄《もてあそ》びながら「ふん」とつまらなそうに鼻を鳴らし、

「傭兵というのは本当のようだな。三人とも翦劉。女の名前はユジナ・スコルピン、男の名前はそれぞれヒルゲ・ヘッジ、ハンラー・ヘッジ……こいつら兄弟だったのか」

敵の身元を確認したかっただけらしい。

私が早とちりをしていたのだ。

「ご、ごめん。てっきり殺しちゃうのかと」

「……死にたくない人間を殺したことは一度もない」

「え？」

刀を鞘《さや》に納め、腕を組み、

「私にだって信条はあるんだ。お前ごときには理解できぬだろうが――」

「コマリさん、どうしたの⁉　怪我《けが》とかしてない⁉」

「ありゃまあ！　さっそく破落戸《ごろつき》に襲われたってわけね！　さっすがネオプラス、治安の悪さには定評があるわ！」

リンズやスピカが大慌《おおあわ》てで駆け込んできた。

私はそこでようやく我に返った。

フーヤオの発言も気になるが、それ以上に警戒しなければならないことがあった。いきなり殺されかけた理由を突き止めなければならない。黒蠍の女によれば、私とスピカは殺し屋どもに狙われているらしいが――

スピカが「なるほどなるほど」とニヤニヤしながら床に落ちている紙を拾う。

それは〈ＷＡＮＴＥＤ〉と書かれた例の人相書《にんそうがき》だ。

「こういうことだったのねっ！　さっきから殺気立った連中に尾行されていた理由が分かったわっ！」

「気づいてたの⁉　教えろよ⁉」

「気づかれてたのよっ！　こんなもんが出回っている理由は一つしかない――星砦のやつらは私たちがネオプラスに来るのを予期して準備してたんだ」

え？　それってマズイんじゃないか？

私たちの作戦は「こっそり星洞に侵入して星砦を不意打ちすること」だったはずだ。

これじゃあ最初から失敗しているようなもんである。

「――おひい様。新手だ」

フーヤオが殺気をにじませて呟いた。

「そう。もうコソコソする必要はないってわけね」

「新手？　まさか」

嫌な予感がしてトイレの入口のほうに目を向けた。

そこには数人の男たちが立っていた。彼らの手に握られていたのは――銃？　プロヘリヤが持っているやつよりも遥《はる》かに無骨な感じがするけれど、

「死ね」

一斉に引き金が引かれた。

次の瞬間――まるで大地を蹂躙《じゅうりん》する雹《ひょう》のような勢いで弾丸が掃射された。

「うわあああああああああああ!?」

ズガガガガッ!!――すさまじい音を立てながら女子トイレが穴ぼこだらけになっていった。

私は恥も外聞も忘れてその場にうずくまる。窓が割れてガラスが飛び散った。通行人が悲鳴をあげて逃げていく気配。何だこれ。容赦《ようしゃ》なさすぎだろ――

「おひい様！　トイレの外に敵が渋滞しているぞ！」

フーヤオが《莫夜刀》で弾丸を弾《はじ》きながら叫んだ。

リンズが「コマリさん大丈夫⁉」と絶叫して鉄扇を展開。彼女は私に迫りくる弾丸を器用に弾いていった。もはや声をあげることもできなかった。

スピカが懐から謎《なぞ》の球体を取り出して、

「退《ひ》くわよっ！　こんなところじゃ狭くってしょうがないわっ！」

それを軽い手つきで放り投げた。

フーヤオとリンズはスピカの意図に気づいたようである。

いきなりリンズに抱きしめられた。視界が一気に真っ白に染まっていく。スピカが投げたのは煙玉だったのだ――その事実に気づいた時にはすでに私の身体は窓の外にあった。

リンズに抱えられて運び出されたらしい。

スピカやフーヤオも軽《かろ》やかに窓から飛び出してきた。

トイレ内部では殺し屋どもが「てめえ！」『ふざけがやって！」などと怒声をあげている。

私はリンズにつかまりながらよろよろと立ち上がった。

「な、何が起きたんだよ⁉　あいつら乱暴にもほどがあるだろ⁉」

ネオプラスの路地裏。野良猫がびっくりして逃げていく。さらに通行人たちが何事かといった様子で私たちを凝視してきた。

スピカが「決まってるわ！」と嬉《うれ》しそうに笑い、

「私とテラコマリを刺客《しかく》が殺しに来たのよ！　やつらは金のことしか頭にないんだわ！　金に群がる馬鹿どもの群れ――まさにゴールドラッシュね！　卑しいったらありゃしない！」

「呑気《のんき》に笑ってる場合じゃないだろ！」

「その通りだ。囲まれているぞ」

フーヤオが《莫夜刀》を構えながら低い声を出した。

いつの間にか路地裏には大勢の男たちが集まっていた。

リンズが「ひっ」と怯えたような悲鳴を漏《も》らす――無理もない。どいつもこいつも金に目が眩んだ殺人鬼だったのだから。

「随分と手厚い歓迎ねっ！　誰に頼まれて来たの!?」

入れ墨《いずみ》顔の男が「へへっ」と笑い、

「てめえらを殺せば金がもらえるんだよ！　悪いがここで死んでくれ！」

男たちが剣を構えて突撃してきた。まずはスピカを仕留めるつもりらしい。

私は思わず走り出しそうになった。スピカは極悪非道のテロリストだ――でもこんなところで理不尽に殺されていいわけがなかった。

「スピカ――！」

しかしすべてが杞憂《きゆう》だったらしい。

スピカは懐から取り出した飴をぱくりと口に咥《くわ》えた。

拳《こぶし》を握り、腰を落とし、迫りくる殺人鬼どもをまっすぐ睨《にら》み据え——彼らの武器が振り下ろされようとする直前、身体を捻《ひね》ってまっすぐに拳を突き出した。

衝撃。

世界がぶっ壊れたのかと思った。

男たちは悲鳴をあげながら吹っ飛んでいった。すさまじい突風が巻き起こる。周囲の建物の窓ガラスが一斉に砕け散り、道路の舗装《ほそう》がべりべりと捲《めく》れて紙屑《かみくず》のように宙を舞った。

私とリンズは呆然《ぼうぜん》とその場に立ち尽くしていた。

魔法でもない。烈核解放でもない。

ただのパンチでこの威力——ゴリラでもこんなことはできない。

「おひい様の武器は拳なのです」

いつの間にかトリフォンが横に立っていた。

マジでいつからいたんだよ——そんな私の驚きに構う素振りも見せず、蒼玉《そうぎょく》のテロリストはまるで娘を自慢する父親のようなツラで滔々《とうとう》と語る。

「あの方は魔法も烈核解放も規格外ですが、もっとも特筆すべきは〝腕力〟と〝握力〟でしょう。あらゆる障害を持ち前の身体能力だけで打ち砕く究極のステゴロ——それがスピカ・ラ・ジェミニの戦闘スタイルなのです」

何だそりゃ。パワータイプにもほどがあるだろ。

スピカは動揺する殺し屋どもを見つめて「あっはっは！」と馬鹿笑《ばかわら》いしていた。

「まだまだ湧《わ》いてくるようねっ！　どれだけ欲深いのかしら⁉」

「なっ……」

安心している場合ではなかった。

路地のあらゆる物陰から続々と新手が姿を現したのである。

やばい。敵の数が多すぎる――

「テラコマリ！　そっちは任せたわ！　私は目の前のこいつらの相手をするから」

「え……？『そっち』ってどっち？」

私は何気なく振り返った。

死ぬかと思った。

反対方向から殺し屋どもが襲いかかってくる光景を目撃した。

「死ねやゴラァ――――――‼」

「わあああああああああああああ‼」

「危ないコマリさんっ！」

鉄扇が男の顔面に叩きつけられた。意識を失った肉体がどさりと地面に崩れ落ちる。

いつの間にかリンズが私を守るようにして仁王立ちしていた。

「リンズ⁉　お前って戦えたの⁉」

「う、うんっ、小さい頃から鍛えられてるから……！」

そういえば、この子も天仙郷《ようせんきょう》の将軍だったのだ。

しかし感心している暇はなかった。

殺し屋どもが四方八方から飛びかかってきた。

リンズが大慌てで鉄扇を振り回す。その防衛網を掻《か》い潜《くぐ》った一人が剣を構えて私に突貫してくる――しかしフーヤオの峰打ちで意識を刈り取られてしまった。

「小賢《こざか》しいですね。大人しくしておきなさい」

トリフォンの烈核解放が発動。

転送された針がやつらの足の甲を貫き、悲鳴が路地裏に木霊した。

それでもやつらの勢いは衰えを見せなかった。

背後からはスピカが人間を殴る音が断続的に聞こえてくる。もはや何が何だか分からない。人は何故争うのか――そういう哲学的な問いすら浮かんでくるほどの修羅場だった。

このままでは数に圧《お》されて殺されてしまう。

何か決定的な一手を打てればいいのだが――

「なぁるほどねっ！　手配書を発行したのは知事なんだって！」

スピカが叫んだ。

彼女は一人の男の首を絞めながらニコニコと笑っていた。

「どういうことだよ⁉　知事は星砦の手下なのか⁉」

「分からないわ――でも放置しておけばネオプラス中の殺し屋から狙われることになる！　これってちょっと鬱陶《うっとう》しいと思わない？」

「ちょっとどころじゃねえよ‼　ものすごく怖いよ‼」

「舐《な》められているからいけないのよっ！　圧倒的な力を見せつければすべてが解決するわ――テラコマリ！　手を抜かずにぶっ壊しちゃいなさい！」

「は？　え――」

スピカが血のついた右腕を勢いよく突き出した。

飛沫《しぶき》が飛ぶ。

雫《しずく》となった血が飛んできて――

そのまま私の口元に付着した。

「コマリさんっ！」

リンズがびっくりしたように叫ぶ。しかしもう何もかもが遅かった。

血を摂取した時点ですべての筋書きは書き換えられてしまうのだ。

鼓動が加速する。気分が高揚《こうよう》する。

常世《とこよ》に存在しないはずの魔力があふれ出す。

しだいに世界は紅色の光に包まれていった。

☆

殺し屋どもは「楽な仕事だ」と思っていた。

知事府がネオプラスの暗部に向けて発信した指名手配――小娘二人を殺すだけで大金が転がり込んでくる夢のような仕事のはずだった。

だが、フタを開けてみればどうだ？

どちらもとんでもないバケモノではないか。

スピカ・ラ・ジェミニのほうは尋常《じんじょう》ではない膂力《りょりょく》を誇り、拳一つで屈強な傭兵どもが面白いように吹っ飛んでいく。こんなの月級傭兵団でも敵《かな》うかどうか分からない。

そしてもう一人のほうは――テラコマリ・ガンデスブラッドは。

「ああ……」

殺し屋どもは絶望して天を仰《あお》いだ。

深紅《しんく》の殺意をまとった吸血鬼がフワフワと宙に浮いている。

そう、神仙《しんせん》種でもないのに浮いているのだ。いったいどんな奇術を使ったというのか。しかも彼女の周りにはバチバチと光る紅色のエネルギーが滞留していた。立っているだけで肌が焼けるような痛みが襲う。それほどまでに強力な殺気。

理屈が少しも分からなかった。

分かるのは――今まさに狩る側と狩られる側が逆転したという事実だけ。

「馬鹿な……能力者か⁉」

「た、退却だ！　こいつら匪獣なんて目じゃねえバケモノだよ！」

殺し屋どもは蜘蛛《くも》の子を散らしたように逃げ出した。

ケンカを売る相手を間違えた。これは人間ごときに太刀打ちできる相手ではない。

しかしバケモノが見逃すわけもなかった。

「まて」

指が振り下ろされた。

直後、紅色の稲妻が世界を蹂躙した。殺し屋たちは絶叫しながら吹っ飛ばされた。

辺りの建築物が破壊され、通行人どもがきゃあきゃあ言いながら逃げていく。

しかし稲妻が襲うのは殺意を持った傭兵のみだった。襲撃者たちは地を這《は》いつくばりながら逃げ惑った。こんなの人間の所業じゃねえ――！

「テラコマリ！　すべての元凶は知事よ！　知事はあそこにいるわ～！」

ツインテールの吸血鬼が嬉しそうに叫んでいた。

テラコマリの殺意が方向転換する。

その瞳が捕捉したのはネオプラスの象徴たる知事府。彼女の腕がゆっくりと持ち上げられていく。紅色の稲妻がその小さな指先に収束していく――

――まさか、こいつ、

生き残りの殺し屋たちは鳥肌を抑えられなかった。

テラコマリは期待を裏切らずに小さく呟いた。

「はんせいしろ」

世界が壊れる音がした。

その指先から、知事府を目がけて馬鹿《ばか》みたいに巨大なビームが発射された。

☆

「ピザピザ～♪　うまうま～♪　チーズに玉ねぎべーコンたくさん～♪」

その頃、サンドベリー伯爵ことネフティ・ストロベリィは、知事府の執務室でピザを食べていた。

お昼ご飯である。煩《わずら》わしい仕事の後のピザは格別だな――そんなふうに至福の気持ちを味わいながらとろ～りとしたチーズに舌鼓《したつづみ》を打つ。

〝枢人《きゅうじん》〟ネフティ・ストロベリィ。

星砦のメンバーにして盟主の護衛を担当している砂漠《さばく》の姫である。

しかし現在の主な仕事は、知事として鉱山都市ネオプラスを管理することだった。

その目的は「マンダラ鉱石をエサに傭兵たちを集め、彼らに魔核の捜索をさせること」。

あるいは「条例で定めた〝採掘税〟により、星砦の活動資金を調達すること」。

我ながら頑張っているな、とネフティは思う。

何より大変だったのは知事に就任することだった。クッソむずい公務員試験に合格し、熾烈《しれつ》な出世争いを勝ち抜き、ようやくこの鉱山都市に赴任することができた。ネフティの弛《たゆ》まぬ努力により、星砦の基盤は盤石なものとなりつつあるのだ。

トレモロやネルザンピはもっと感謝するべきなのである。

誰のおかげでお金に困らないテロ活動ができると思っているのか。

「あたしがいなきゃ星砦はおしまいだね。もぐもぐ」

特にトレモロのやつは世話が焼ける。

あいつは星洞に罠《わな》を張ってスピカやテラコマリを待ち構えるつもりのようだが、そんな悠長《ゆうちょう》なことをしていたら日が暮れてしまうだろう。

だから刺客を放ってやったのだ――やつらを指名手配することによって。

今頃《いまごろ》スピカたちは金の亡者《もうじゃ》に襲撃されているはずだ。

殺害できるとは思えないが、腕の一本でも持っていってくれれば御の字である。

「ネオプラスは全《すべ》て事もなし。星砦の作戦は順調だよ」

あとはどうやって魔核を見つけるかだ。

傭兵どもは意外とアテにならない。トレモロが手伝ってくれると言っていたが——しかしネフティが何年も探しているのに成果ゼロなのだ。昨日今日来たあいつに何とかなるとは思えなかった。

まあピザを食べてから考えよう。

もぐもぐ。ごくり。

「——ん？」

窓の外が光った。

ネフティは次のピザに手を伸ばしながら振り返る。

光ったというか、窓の外が血のような赤色に染まっていた。

それは膨大な魔力の反応だった。

いったい何が起きたんだ？——そんなふうに首を傾《かし》げてピザを口に運んだ瞬間、
窓が割れた。壁がぶっ壊れた。

力士ですら吹っ飛ぶような突風が巻き起こった。

ずどどどどどどど!!——脳味噌《のうみそ》を揺さぶるような衝撃。

足場が崩れ、ピザが滑り落ち、横殴りの嵐のように瓦礫《がれき》が襲いかかってきた。

「のわあああああああああああ!?」

ネフティは椅子から落っこちてゴロゴロと転がっていった。

不意打ちすぎて防御もできなかった。紅色の稲妻は執務室を包み込み、そのまま室内のあらゆる物体を抉《えぐ》りながら突き進んでいった。これはやばい。やばすぎる。死んでしまう。どうにかして体勢を立て直さなければ、

「ぷぎゃっ⁉」

後頭部を瓦礫に強打した。

くらくらする。視界が真《ま》っ赤《か》に染まっていく。

そんな馬鹿な。有り得ない――

がくり。

ネフティは事情を一切《いっさい》呑《の》み込めないまま失神した。

☆

気がついたら市街地がボロボロになっていた。

辺りには気絶した傭兵どもの山。

そして私に恐怖の視線を向けてくる住民たち――

なるほどなるほど。

これまで何回も烈核解放を発動してきた私だからこそ分かる。

これはアレだ。いつも通りに色々とやべー展開になったってことだ。

「あっはっはっは！　よくやったわテラコマリ！　それでこそ〝殺戮の覇者〟ね！」

スピカが呵々大笑《かかたいしょう》しながら私の背中をバシバシ叩いてきた。

現実逃避したくなってきた。たぶん死者はいない。そういうふうに調節した覚えがあるからだ。でも破壊した建築物は数知れなかった。これが全部私の責任になったら船に乗ってマグロを釣りに行かなければならないかもしれない。

「ああああああ⁉　どうしようどうしよう⁉　明らかに弁償できる額じゃねえぞ⁉」

「どーでもいいわ！　さっさと知事府に行くわよっ！」

「それどころじゃ——うわわ、引っ張るなっ！」

私はスピカに手を引かれてネオプラスの路地を走った。

遠くで警報が鳴っていた。警察が動き出したのかもしれなかった。

通行人たちは悪魔にでも遭遇したかのような悲鳴をあげて逃げていった。

もはや指名手配がどうでもよくなるレベルのやらかしだった。

「ねえリンズ……私って捕まるのかな……」

「だ、大丈夫だよ！　コマリさんの無実は私が証明するから……！」

併走するリンズが健気《けなげ》に勇気づけてくれた。

その向こうでフーヤオが「無実は無理だろ」とツッコミを入れていた。テロリストのくせに正論を吐くんじゃねえ。

「大丈夫！　世界はひっくり返るのよ！　ほらご覧なさい——知事府よ」

どうやら目的地に到着したらしい。

そうして私は目玉が飛び出るかと思った。

ついさっき訪れた壮麗な館は見るも無残に破壊されていた。

吹っ飛んだ天井《てんじょう》。丸見えになった内装——辺りは瓦礫で埋め尽くされ、知事府で働いている人たちが周章狼狽《しゅうしょうろうばい》して右往左往していた。

「スピカ……？　これ私がやったの……？」

「そうよ！　でもあんたが罪に問われることはないわ」

スピカは飴を舐めながら上機嫌に歩を進めた。

瓦礫の向こう——高そうな調度品の残骸《ざんがい》が散らばっている空間。

たぶんサンドベリー知事の執務室だった場所だろう。

そのど真ん中に椅子が立っていた。

あの褐色少女が座っていた派手な椅子である。どうやらギリギリ破壊を免れたらしい——と思っていたら、スピカが「よっこらしょ」とその椅子に腰かけるではないか。

「おいスピカ！　何をやって——」

「今日から私が知事よっ！」

「あ？」

耳が遠くなったのかと思った。でも違った。

スピカは満面の笑みを浮かべてこんなことをのたまうのだった。

「だーかーらっ！　私がサンドベリー伯爵に代わってネオプラス県の知事をやるのっ！　この鉱山都市はぜーんぶ私のものよっ！　テラコマリの超凶悪犯罪も許してあげるっ！」

「「「…………………」」」

私もリンズもフーヤオも石像のように固まってしまった。

いつの間にか現れたトリフォンだけが「素晴らしいですね！」と拍手をしていた。

ネオプラスに到着してから数時間――

私たちは何故か都市の制圧に成功してしまったのである。

☆

「――はっ⁉」

ネフティ・ストロベリィは目を覚ました。

嫌な夢を見ていた気がする。巨大な竜巻に巻き込まれて空のかなたに吹っ飛ばされるような夢。あまりにもリアルだった。未《いま》だに目が回っているし、何故か後頭部がジンジンと痛みを発している。

水でも飲んで落ち着こう――そう思って立ち上がろうとした瞬間、

「あ、あれ？」

身体が思うように動かなかった。

何故か手足をロープで縛られている。どれだけ暴《あば》れても解《ほど》ける気配がない。どうやらマンダラ鉱石で編まれた強固なロープらしい。ネフティの膂力では破れるはずもなかった。

わけが分からなかった。

しかも自分は冷たい床の上に放置されていたらしい。

いったい何が起きたというのか。テラコマリやスピカと面会し、お昼ご飯のピザを食べて、視界が紅色の魔力に覆《おお》い尽くされて、そして、

「――そして星砦の野望は打ち砕かれましたとさ！　めでたしめでたし！」

「ッ――⁉」

頭上から幼く明るい声が降ってきた。

ネフティは弾かれたように顔を上げた。

ボロボロに破壊された執務室。その中央にたたずむ椅子――ネフティが日頃座っている知事の椅子だ――にツインテールの吸血鬼がふんぞり返っていた。

スピカ・ラ・ジェミニ。

足を組み、紅色の飴を舐めながら、ネフティのことをゴミでも見下ろすかのように見下ろしている。

「な、何が起きたの⁉　ここはあたしの部屋のはず……」

「『あたしの部屋』？　違うわ！　今日から『私の部屋』よっ！」

高速で頭が回転する。

世界を壊す紅色の光。椅子に腰かけたスピカ。その隣にはアイラン・リンズ、フーヤオ・メテオライト、トリフォン・クロス、そして——申し訳なさそうな顔をして縮こまっているテラコマリ・ガンデスブラッド。

すべてに気づいてしまった。

あれは、あの光は、テラコマリの魔法だったのだ。

そしてネフティはまんまとこいつらに捕らえられてしまったのだ。

屈辱。なんたる屈辱。

だが——そもそも何故知事府を狙った？　こちらが星砦であることが露見したのか？　それに「今日から私の部屋」だって？　状況がまったく分からない——しかしここは虚勢を張らなければならなかった。柩《ひつぎ》は手元にない。つまりこいつらを殺すことはできない。

「ふ、ふ〜ん。これ、あんたらがやったの？　こんなことしていいと思ってるわけ？」

「いいに決まってるでしょ？　だってあんたは悪のテロリストだもの！」

「何のこと？　言っておくけど、クーデターは大罪だよ？　知事府の衛兵に見つかったらどうなると思う？　生皮剝《は》がされるだけじゃ済まな――むぎゅっ⁉」

いきなり頭を踏んづけられた。靴が痛い。

くそ生意気な吸血鬼は「あっはっは！」と馬鹿みたいに高笑いして、

「今日から私が知事よ！　ネオプラスの法律は私が決めるの！」

「なっ……ち、知事はあたしだよ？　あんまりふざけたこと言ってると牢屋に――」

「フーヤオ！　あんたの力を見せつけてやりなさいっ！」

「やれやれ……」

スピカの隣にいた狐の瞳が赤く光った。

ぼふんっ‼　と煙が辺りに充満する。

やがてその奥から姿を現したのは――砂漠風の衣装に身を包んだ褐色の少女。毎朝鏡で見ている〝ネフティ・ストロベリィ〟が、鏡もないのにそこに立っていた。しかもそいつはネフティとまったく同じ口調でこんなことをのたまうのだ。

「あたしはサンドベリー伯爵！　このネオプラスの知事だよ！」

「ちょっ……ちょっと待てええええええええ⁉」

ネフティは踏みつけられながら絶叫した。

余裕たっぷりの仮面は砕かれてしまった。

スピカやテラコマリの悪辣《あくらつ》なる企みが分かってしまったからだ。

「フーヤオの烈核解放は【水鏡稲荷権現《みずかがみいなりごんげん》】って言ってね、他人の姿形をそっくりそのままコピーする能力なの。あんたの地位や権力は、すべて逆さ月がいただくわ！」

「こ、このっ、そんなことが……！」

「あんたは牢屋行きねっ！　でも安心しなさい、まだ殺しはしないわ！　拷問《ごうもん》して夕星の情報を引き出す必要があるもの！」

「知らんわ夕星なんて！　あたしは清く正しい知事だってのー！」

「それも拷問すれば分かるでしょ？」

ニッコリとした微笑《ほほえ》み。

まさに悪魔の笑みだった。

悪魔はネフティの額を靴先でつつきながら言った。

「私のためにネオプラスを発展させてくれてありがとうっ！　この豊かな街はぜ～～～～んぶ私のモノよ！　今までご苦労様っ♪」

「…………」

ネフティの脳裏に走馬灯のようなものが駆け巡る。

毎日夜遅くまで公務員試験の勉強を頑張ったこと。合格発表の看板に自分の名前を発見した時、飛び跳ねて喜んだこと。コネを作るために上司や同僚にお菓子を配って歩いたこと。ネオプラスを発展させるために汗水たらして働いたこと。仕事を頑張った後に執務室で頬張《ほおば》るピザは最高だった――

精神が限界を迎えた。

「ああああああああああああ‼　スピカ・ラ・ジェミニぃいいいいいいいいい‼　絶対に殺してやるからなあああああああああ‼」

「あっはっはっは‼　負け犬の恨《うら》み節ほど心地いいメロディはないわ～‼　さあトリフォン、五月蝿いからさっさと連れて行きなさいっ‼」

「御意《ぎょい》」

ネフティはトリフォンに引きずられて執務室を後にした。

こいつらは鬼だ。人が一生懸命努力して得たものを簡単に奪いやがって。

というか、トレモロをサポートしてやるつもりだったのに、これではむしろ迷惑をかけているではないか。

星砦はこれからどうなってしまうのだろう？

ネフティは己《おのれ》の不覚を懺悔《ざんげ》しながら牢屋にぶち込まれるのだった。

※

後日、ネオプラス知事府から正式な布告が出された。

その内容はだいたい以下の通りである。

・採掘税の撤廃
・採掘量の制限撤廃
・というか、あらゆる税金や規制を全部撤廃

住民どもが喜んだのは言うまでもない。

そのかわりと言ってはなんだが、知事は「知事府をぶっ壊した者たちの無罪放免」を宣言。

しかしこれは大した反発もなく受け入れられることになった。

さらにネオプラスの暗部に流布した指名手配書を撤回することにより、スピカやテラコマリが殺し屋に狙われる可能性も潰してしまう。

かくして、サンドベリー知事（偽物）を傀儡《かいらい》とした逆さ月の政権が誕生した。

スピカ・ラ・ジェミニの行き当たりばったりな計画は順調と言えよう。

あとは夕星だのトレモロだのをぶち殺せばいいだけなのだ。

8　星洞《せいどう》の獣

ネオプラスがスピカのものになってから数日が経過した。

街の人々は口々にサンドベリー知事の善政を賞賛している。

彼らは知らないのだ——つい先日、本物のサンドベリー知事が牢屋にぶち込まれたことを。

そしてわけの分からん吸血鬼が知事になり替わっていることを。

まったくもって出鱈目《でたらめ》な話である。

知事府をぶっ飛ばした私も私だが、それを利用して国盗《くにと》りを成功させてしまったスピカもスピカだ。というかフーヤオの能力が凶悪すぎる。あいつが知事に化けて指示を出すだけで、あらゆる物事が都合のいいように進んでしまうのだった。

「う～ん、全然ダメねっ！」

ボロボロの執務室——その中央で、知事の椅子《いす》に座ったスピカが大きく伸びをした。

リンズが「どうぞ」とテーブルに紅茶のカップを置いていく。それを礼も言わずにゴクゴクと飲み干してから、ネオプラスの新支配者は「困ったわねえ」と嬉《うれ》しそうに笑い、

「知事府には星砦《ほしとりで》に関する資料が全然残されていない。どこかにあるはずなんだけど——テ

ラコマリが建物ごと破壊しちゃったのねっ！　罰として私の飼い犬になりなさいっ！」

「なるわけねえだろ」

「でも資料がないのは痛手だわ！　こうなったらサンドベリー知事に口を割らせるしかないわね。トリフォン、そっちの調子はどう？」

「芳《かんば》しくないですね」

　トリフォンが紅茶を啜《すす》りながら眉《まゆ》をひそめた。

「針を刺して拷問《ごうもん》しているのですが、大した反応を示しません。彼女が星砦の〝ネフティ・ストロベリィ〟であることは状況証拠的に明らかなのですが……」

　ちなみにそのネフティとかいう名前はトレモロが漏《も》らしたらしい。

　あの琵琶《びわ》法師も意外と口が軽いところがあるようだ。

「ただの頭の悪い子供だと思ったんだけどねえ」

「どんな手段を使ってでも吐かせます。時間はかかるかもしれませんが」

「そうね！　あの小娘には何をしても構わないから、絶対に吐かせなさいっ！」

　夕星《ゆうせい》の居場所は未《いま》だにつかむことができなかった。

　まるで雲のような存在だ。いったいどんな人物なのだろう？

　どうせロクでもない凶悪殺人鬼なのは間違いないけど。

「おひい様。これからどうするんだ」

フーヤオが尋ねる。スピカは勢いよく椅子から立ち上がり、

「どうするもこうするも！　こうなったら直接乗り込むしかないわ！」

「乗り込む？　どこに……？」

彼女の青い瞳《ひとみ》が星のように輝いた。

「もちろん、魑魅魍魎《ちみもうりょう》が犇《ひし》めく〝星洞《せいどう》〟に！」

☆

星洞とは、ネオプラスの中心部にぽっかりと開いた穴のことだ。

掘削《くっさく》が始められてから、まだ八年程度しか経《た》っていないという。

しかし、数多《あまた》の傭兵《ようへい》たちが昼夜を問わず開発してきた結果、今では〝地下の大迷宮〟と言われるほど広大な面積になっている。近頃は地盤沈下も懸念されており、無軌道な拡張に警鐘《けいしょう》が鳴らされているのだとか。

というわけで、私たちはその大迷宮の入口までやって来た。

私は「行きたくない行きたくない！」と連呼したのだが、スピカが「殺すわよ」と脅迫してきたので抵抗は無意味だと悟った。どのみち逆さ月に協力するしかないのだ。知事府をぶっ壊した時点で、私はこのテロリストどもと共犯なのだから——

「すごい熱気だね……天照楽土《てんしょうらくど》の天舞祭《てんぶさい》みたい」

リンズが感心したように呟《つぶや》いた。

入口付近には大勢の傭兵たちがたむろし、彼らを狙《ねら》った露店も数多く並んでいるため、お祭りのような様相を呈《てい》していた。スピカの放縦《ほうしょう》な政策により空前の採掘ブームが巻き起こっているとかなんとか。

「……ん？」

ふと、フーヤオが屋台の前でぼーっと突っ立っているのを目撃した。

何だろう？　彼女が見ているのは……『稲荷《いなり》寿司』？

「どうしたの？　あれ食べたいの？」

「……。……いらん」

「でも稲荷寿司好きだろ？　お店でも油揚げ食べてたし」

「稲荷寿司と油揚げを一緒くたにするな。殺すぞ」

怖すぎる。

もちろん私のコミュ力のなさにも原因はあるのだろうが、この狐《きつね》少女のメンタルが殺人鬼すぎるのも問題だと思う。

やっぱり仲良くするのは無理かもしれないな。

私の生存本能が「やめておけ」と大絶叫しているのだ。

とりあえずフーヤオのことは放置しておこう。

「すごいすごい！　人であふれ返っているわ！　しかもこいつら全員、お金のことしか考えてないみたい！　人間こうなったらオシマイね！」

「でかい声でそんなこと言うなよ！　あそこの怖い人がこっち睨《にら》んでるよ！」

「睨み返してやりなさいっ！　さあ探検に出発よっ！」

私は思わず溜息《ためいき》を吐《つ》いてしまった。

「おい、まさかいきなり本格的な調査を始めるわけじゃないよな？　まだ心の準備ができてないぞ？」

「このままピクニック気分で夕星やトレモロをぶっ殺すのも無謀で面白《おもしろ》いけれど、今回はちょっとした瀬踏《せぶ》みね。トリフォンが情報を引き出すまでの下調べよ。星洞がどんな場所なのか、匪獣《ひじゅう》がどんなヤツなのか、魔核《まかく》は本当に埋まっているのか——この目で確かめておくのは大事だと思わない？」

スピカはそう言って呑気《のんき》に歩き出した。

しかも受付のところで「子供四人!!」などと自信満々に宣言してやがる。

テーマパークじゃないんだぞ。

受付のおじさんが胡散《うさん》くさそうな顔をしているじゃないか。

「……採掘許可証はあるようだが、お前ら、本当に大丈夫なのかね」

「大丈夫よっ！　このテラコマリって子、見た目はひ弱だけれど、小指で一億人を串刺しにした最強の吸血鬼なのっ！」

「やめろ。恥ずかしいからマジでやめろ」

「ついでに世界征服をして全人類を殺す予定なんだって！」

「お前は六国《りっこく》新聞か‼」

「……そりゃ大層なことだが、ちょっと今は立て込んでてなぁ」

スピカの戯言《ざれごと》を軽く流し、受付のおじさんは眉をひそめて唸《うな》った。

「何かあったの？」

「匪獣が出たんだ」

リンズがくいくい、と服を引っ張ってくる。

よく見れば、広場には奇妙な人だかりができていた。

誰《だれ》もが困ったような表情。その中でもいっそう悲愴《ひそう》感を漂わせているのは、傭兵たちに縋《すが》りついて何かを訴えている女性だった。

「……あれは何？」

「匪獣どもは最近星洞の外にも出てくるんだが、ついさっきそこの広場で暴《あば》れ回ったんだ。傭兵たちが何人か負傷して、結局取り逃がしちまった。しかも子供が一人、星洞に引きずりこまれちまったのさ」

「なっ……」

「あそこで傭兵に縋りついている人は、攫《さら》われた子供の母親だな。うちの子を助けてくれって傭兵たちに頼んで回っているようだが、しかし……」

傭兵たちに動く気配はない。

気の毒そうにしながらも、「我関せず」といった態度を貫いている。

「匪獣に攫われた人間は、こう言っちゃなんだが、無事に戻ってきた試しがない。傭兵たちだって骨折り損のくたびれ儲《もう》けは嫌なんだろうよ」

「何だよそれ……」

匪獣とかいう怪物が実際に暴れ回っていたことにも驚いたし、子供が攫われたというのに無関心な大人たちにも開いた口が塞《ふさ》がらなかった。

「あの傭兵たちは、」

フーヤオが無表情で広場を見つめている。

「子供を見殺しにしているのか？　まだ死んでいるかも分からないのに」

「人聞きの悪い言い方をすりゃそうなるけどな。しかし傭兵だってビジネスだぜ。割に合わない仕事をホイホイ引き受けてちゃ、商売あがったりだろうよ」

「………」

「というわけで、今は匪獣がうろついている可能性が高いから、星洞に入るのはオススメしないってわけさ。傭兵のやつらも気が立ってるみたいだぜ？　せっかくの採掘日和が台無しだってな。お前らも大人しく家に帰って——あ、おい」

私はおじさんの話を最後まで聞かず、人だかりに向かって歩を進めた。

傭兵たちが「なんだこいつ」みたいな目で睨んでくるのは無視。

必死に哀願している女の人の前まで来ると、ぎゅっと拳《こぶし》を握って彼女を見上げ、

「お子さんは、どんな特徴ですか……？」

「え……」

夢でも見ているかのような視線が突き刺さった。

分かっている。七紅天《しちぐてん》としての知名度がない常世《とこよ》において、テラコマリ・ガンデスブラッドは〝ただの一億年に一度の美少女〟にすぎないのだ。

「教えてください。私が星洞に向かいます」

「そんな……何を言っているの？　あなたも子供でしょう……？」

「子供だけど！　でも私は将軍で、傭兵だから」

ポケットからギルドカードを取り出した。

それを目撃した瞬間、女の人が息を呑《の》んで固まった。

「本当に、行ってくれるの……？」

「はい」

私ごときで役に立てるか分からないけれど。

それでも全力で頑張らなければならなかった。

「──見ろよあれ。信じらんねえ」

誰かが囃《はや》し立てるように口笛を吹いた。

周囲の傭兵たちが、私を指差して笑っていた。

「命知らずだなあ」「正義のヒーローごっこ？」「あのガキ死ぬんじゃね？」──薄々感じていた
けれど、この街は空気がどんよりしている。

人の心が腐りかけている気配があるのだ。

お金に目が眩《くら》んだせいなのか、あるいは元からそうなのか。

ともすれば挫《くじ》けそうになるほどの悪意。

「──おい。余計な仕事を背負ってくれたな」

目の前にフーヤオが立っていた。

彼女は不機嫌《きげん》そうに私を一瞥《いちべつ》して、

「早く行くぞ。悠長《ゆうちょう》に構えている暇はない」

「あ、うん」

尻尾《しっぽ》を揺らしながら星洞のほうへと歩き出す。

なんだろう。あいつ、実はいいヤツだったりするのか……？

でもカルラを傷つけた極悪テロリストだし、吸血動乱でも散々暴れ回ったらしいし……分からない。逆さ月って、いったい何なんだ？

「コマリさん、スピカさんはもう星洞に入っちゃったよ」

リンズが慌《あわ》てて私のもとまでやって来た。

「『星砦の仕業《しわざ》かもしれない！』ってぷんぷん怒ってた。あの人、けっこう正義感が強いのかもしれないね」

本当にそうなのだろうか。スピカもスピカで分からなかった。

あいつに振り回されるフーヤオやトリフォンは大変なんだろうな——いや待て。テロリストに同情なんかしても仕方ないだろ。私もちょっと疲れているらしいな。

「……ふふ、コマリさんはまっすぐだね」

「まっすぐ？　どういう意味だ？」

「私を助けてくれた時と一緒で、困ってる人の力になりたいっていつも思ってる。だからコマリさんと一緒にいると、勇気が湧《わ》いてくるんだよ」

「買い被《かぶ》りすぎだ。今は一刻も早く攫われた子を助けなくちゃ」

「そうだね。私も頑張る」

私はリンズと一緒にスピカやフーヤオの後を追った。

何が何でも星洞を攻略しなければならない。

星砦、メイファ、匪獣、攫われた子――不安要素は山ほど積もっているけれど、怖気《おじけ》づいている暇はないのだ。

☆

入口の大穴を潜《もぐ》ると、紫色の異世界が広がっていた。
肌を舐《な》め回すような、ひんやりとした空気。
人々の足音が幾重にも折り重なって、生物の呻《うめ》き声のような震動が耳朶《じだ》を打つ。
道幅は意外に広く、私たちが横に並んで歩いてもお釣りがくるほどだ。
この辺りは入口付近の通用路なので、整備が行き届いているのだという。
日頃は傭兵でごった返しているそうだが、今は匪獣騒ぎでろくに人影が見当たらない。
「……思ってたより明るいな」
「マンダラ鉱石って光るんだね。きれい……」
リンズがうっとりした声を漏らす。
星洞の内部は、きらきらとした紫色に彩《いろど》られていた。
壁面に埋まっているマンダラ鉱石が発光しているのである。
これならわざわざ松明《たいまつ》を用意する必要もなさそうだった。

「この辺りの鉱石は採掘してはいけないことになっているんだ。ようするに光源だな。純度も低いから大物狙いの傭兵たちは目もくれないらしい」

白衣の少女――ロネ・コルネリウスが、星洞の地図と睨めっこしながら説明してくれた。

彼女は一足早く星洞に潜伏して情報を集めていたのだ。

「ちなみにマンダラ鉱石の輝きは魔力によるものだな。常世の人間たちは魔法を使うすべを知らないから、宝の持ち腐れもいいところだね」

「無知って可哀想《かわいそう》よねえ。ところでコルネリウス、そのピッケルは何？」

「ん？　採掘しようかと思って」

「ここのは採掘しちゃいけないって言ってなかったっけ？」

ガンッ!!　ガンッ!!

容赦《ようしゃ》なくピッケルを叩《たた》きつけながら、コルネリウスは不気味な笑みを浮かべた。

「ネオプラスは逆さ月のモノになったんだ。今更ルールを守らなくちゃいけない道理はないのさ――おっ、とれたとれた！　すごいぞ！」

この人、大丈夫なの？

後で他の傭兵にボコボコにされるんじゃないか？

「ふふふ……見てくれ、この素晴らしい輝きを！　これを上手《うま》く利用すれば新しい研究に着手できる！　光るシイタケとか面白そうだな」

「すみませーん！　ここに違法採掘してる泥棒がいるんですけどー⁉」

「おわあああ⁉　おひい様、チクるんじゃないっ‼」

スピカはケラケラと笑っていた。

呆《あき》れたフーヤオが「おい」と睨みをきかせ、

「遊んでいる場合じゃないだろ。匪獣の情報を教えろ」

「うぐっ……、」

この白衣の少女は日頃から雑な扱いを受けているのかもしれない。

逆さ月内部の力関係を垣間見た気がした。

コルネリウスは「分かってるさ」と不服そうに手帳をめくる。

「広場の騒動は私も目撃したよ。どこからともなく黒い獣が現れたかと思ったら、次から次へと広場の人間を襲ったんだ。傭兵たちも負けじと応戦したんだが、すばしっこくて仕留められなかった。手をこまねいているうちに、やつは子供を咥《くわ》えて星洞の中へ逃げてしまったってわけだ。あれはまさに猛獣って感じだったね」

「普通の動物じゃないの？」

「いい質問だね、テラコマリン」

眼鏡《めがね》の奥の瞳がキラリと光ったような気がした。

「実際に見れば分かると思うが、あれは断じて一般的な動物では有り得ない。墨を塗りたくったように真っ黒いし、変幻自在に形を変えるから輪郭が一定しないんだ」

「やっぱりクロネコなんじゃ……」

「それだと面白みがないねえ。基本的な形態は動物に似ているけれど、あれは生物ではなく魔法現象に近いな。あるいは誰かの意志力が作用した結果なのかもしれない——いずれにせよ星砦が関《かか》わっていることは間違いないが」

理論や理屈にはあんまり興味がなかった。

人を襲う怪物が潜《ひそ》んでいる——その事実が鼓動を加速させる。

「無事かな、攫われた子……」

「さあねっ！　今頃《いまごろ》食べられちゃってるかもしれないわよ?」

「そんな不謹慎なこと言うなよっ！　早く見つけなきゃ……」

「見つけたところでテラコマリも食べられちゃいそうよねっ！」

「うっ、確かに……私たちで何とかなるレベルなのか……?」

「そう不安がるなよテラコマリン、きみには烈核解放《れっかくかいほう》があるだろう?【孤紅《ここう》の恤《とむらい》】を使えば匪獣なんてイチコロさ」

コルネリウスは楽天的に笑っている。

「実は【孤紅の恤】に興味があってね、せっかくなら生で拝見したいところだ。吸血種、翦劉《せんりゅう》種、和魂《わこん》種、神仙《しんせん》種——この四つは記録が取れているから、あとは蒼玉《そうぎょく》種の完全バージョンと獣人種だな。ちょうどそこに狐がいるから吸ってみないか？」

「え？　ちょっ……」

コルネリウスに背中を押され、私はむりやりフーヤオの前に立たされた。

鋭い眼光に晒《さら》される。

私は思わず「うっ」と呻きを漏らしてしまった。

「…………」

「…………」

あまりにも気まずい。ここで「吸うわけないだろ」と主張するのはフーヤオに失礼かもしれないし、だからといって「吸っていい？」と聞くのもどうかしている。

見かねたリンズが私の背中をつんつんと突いた。

「……いざとなったら、私の血を吸って？」

「そ、そうだな！　備えあれば患《うれ》いなしって言うもんな！」

「……ふん」

フーヤオは尻尾を揺らしてそっぽを向く。

スピカが面白そうに目を細め、

「ねえフーヤオ。あんた、最近大人しくない？」

「べつに」

「あっちの子はどうしたの？」

「〝裏〟のことか？　いや……」

キラキラと輝く天井を見つめ、やがてフーヤオは小さく嘆息《たんそく》した。

「……やつは寝ているようだ。どうにも調子が狂う」

私は不思議な気分で狐少女を観察した。

困惑しているような、恐れているような――冷血な殺人鬼にしては、妙に感情豊かな顔をしているのが引っかかる。

☆

星洞は一本道ではなかった。

いくつもの坑道が縦横無尽に交差し、初めて訪れた者ならば迷子になること必至の地下迷宮を形作っている。これは傭兵たちが〝自分だけの穴場〟を発見しようと無作為に掘削を繰り返した結果であり、今でも新しい道は開発され続けているのだという。

その全容は星洞を管轄《かんかつ》する知事府ですら把握できていなかったようだ。

地図に描かれているのはメインのルートのみで、それ以外の支流――傭兵たちが勝手に作った無数の細道――をすべて網羅するのは構造的に不可能なのである。

「うおおおおお⁉　すごいすごい‼　高純度のマンダラ鉱石でいっぱいだ‼　これ全部盗んでもいいかな⁉　いいよな⁉」

コルネリウスが子供のようにぴょんぴょん飛び跳ねる。

星洞を探索すること一時間、私たちは開けた空間に辿《たど》り着いていた。

メインルートの最前線なのだろう。

あちこちに採掘道具が散らばっているし、休憩用の椅子やテーブルも置かれている。

天井《てんじょう》は高く、ラペリコ王国のキリンが楽勝で入るほど。

私たちは知らない間にかなり地下深くまで降りてきていたようだ。

そして――何より目を引いたのは、正面にたたずむ紫色の壁である。

コルネリウス曰《いわ》く「高純度」のマンダラ鉱石で埋め尽くされ、目を覆《おお》いたくなるほど眩《まぶ》しい光を発していた。

確かにあれほど綺麗《きれい》な石だったら高く売れてもおかしくはない。

なんだか私も欲しくなってきたな。あれで首飾りとかペンダントを作ったらヴィルに似合いそうだし――いや、今はそれどころじゃない。

「コルネリウス！　攫われた子がどこにいるか分かるか⁉」

「何を言ってるんだテラコマリン、そんなの後でいいだろう⁉　他の採掘者たちが留守の間に全部拝借してしまおうじゃないか！」

なんだあいつ……やっぱり逆さ月は逆さ月ってことか。

あの研究者は無視しておこう。

私はリンズと手分けをして広場の調査をすることにした。

ここは最前線、つまり行き止まりだから、どこかの物陰に潜んでいる可能性があるのだ。

「……いないね。やっぱりもっと奥深くなのかも」

「むむむ……」

一通り捜索してみたが、それらしき影は見当たらなかった。

こうなったら別の道も虱潰《しらみつぶ》しに見て回るしかないだろう。

スピカが「困ったわね！」と絶叫し、

「魔核も星砦も見当たらないわ！　全部爆破《ばくは》しちゃおうかしら？　ねえコルネリウス、国一つを吹き飛ばす威力の爆弾持ってない～⁉」

「爆破なんぞしてたまるかよ。貴重な鉱石が吹っ飛んだら人類にとっての損失だ」

「こんな石ころの何がいいの？　人類って物好きよねぇ。おりゃっ」

「あんたも人類だろうが――って握《にぎ》り潰《つぶ》すなよ⁉　それいちばんでかい塊《かたまり》だったんだぞ⁉」

声がぐわんぐわんと反響する。

鉱石の明かりに照らされた星洞は目に毒なほどキラキラしていた。

「……メイファも、匪獣に攫われたのかな」

リンズは不安そうに紫色の壁面を見つめている。

「分からない。……けど、有り得ない話じゃないと思う」

「だよね。みんな無事だといいけど……」

無責任な励ましをするのは躊躇《ためら》われた。

とはいえ、無闇《むやみ》に悲観するのもよろしくない。

泣いたり悲しんだりするのは、星洞を調べ尽くした後でいい。

「行こうリンズ」

「うん……」

私はリンズの背中に手を添え、別のルートを探すために踵《きびす》を返した。

ところが――

「――待て。何か音がする」

フーヤオは刀の柄《つか》に手をかけたまま微動だにしない。

その表情に尋常《じんじょう》ならざるものを感じ、私は思わず足を止めた。

「音？　気のせいじゃない？」

「空気が妙に震動しているんだ」

緊張しながら耳をすませてみる。

空気の振動とか言われてもよく分からなかった。

反響する自分たちの足音、スピカとコルネリウスのじゃれ合う声、何者かが頭上を這《は》い回るような気配――

「だーかーらーっ！　貴重なマンダラ鉱石を握り潰すんじゃないっ！」

「でもこれ、握力を鍛えるのにちょうどいいわよ？」

「これ以上鍛えてどうすんだよ！　あんたは何ッにも分かってない！」

「それもそうね！　でも分かっていないのはコルネリウスだわ」

「いいや、おひい様のほうが分かってないね！　マンダラ鉱石は世界に革命をもたらすエネルギーになるかもしれないんだぞ⁉　あんたは握力で革命を起こせると思ってるのか⁉」

「違う違う。あんたは死が迫ってることに気づいてない」

「は？　死？――」

スピカが楽しそうにコルネリウスの上を指差した。

白衣の少女は何気ない調子で天井を仰《あお》ぎ見る。

そして――彼女に巨大な〝影〟が襲いかからんとしているのを私は目撃した。

「ちょっ、」

私は驚愕《きょうがく》のあまり動くことができない。

かわりにフーヤオが「ちっ」と舌打ちをして走り出す。リンズも慌てて懐《ふところ》から鉄扇を取り出して――しかし何もかもが遅かった。

影は、コルネリウスを叩き潰すような勢いで墜落した。

ずどおおおおんっ!!――すさまじい衝撃が星洞を揺らす。

私もリンズも悲鳴をあげてひっくり返ってしまった。

頭上からパラパラと砂が落ちてくる。尻餅《しりもち》をついたせいか腰が痛い。

私はリンズを支えながら、よろよろと立ち上がった。

視界を塞ぐようにして立ち上がる砂煙。

その奥に、巨大な黒い影がたたずんでいた。

「なるほど……これが匪獣か」

フーヤオが不敵な笑みを湛《たた》えた。

実物の匪獣は思っていたよりも遥《はる》かに大きかった。てっきり大型犬くらいのサイズかと思っていたのに、でかめのゾウすら凌駕《りょうが》するほどの身長である。

前脚が二本、後ろ脚が二本。

形は犬に似ているが、噂《うわさ》通りに身体《からだ》が真っ黒で、影のように輪郭がにじんでいた。

「ひっ……」

リンズが口元を押さえて後退した。

匪獣のやつが、むしゃむしゃと何かを咀嚼《そしゃく》していたのである。

いったい何を食べているのだろう?　エサでも落ちてたのかな?――衝撃のあまり無体な

現実逃避をしていると、やつは「ごくん」と喉《のど》を鳴らしてソレを飲み込んだ。

スピカが手を叩いて笑った。

「あっはっはっは！　コルネリウス、食べられちゃったのねっ！」

おい。おいおい。

笑ってる場合じゃねえだろ……⁉

恐怖がほとばしった瞬間、匪獣が大地を蹴《け》った。

風のような速度で黒い塊が近づいてくる――私とリンズのほうに。

「わあああああ‼」

私は再びその場に尻餅をついてしまった。

コルネリウス一人では満足できなかったらしい。私もこのままムシャムシャと食べられてしまうのだろう。まさか初めての死が猛獣のエサだなんて思いもしなかった――

いや、待て、

〝初めての〟なんて悠長なことを言ってる場合じゃない。

ここは常世なんだぞ？　ムルナイトの魔核はないんだぞ？　死んだら死ぬんだぞ？

今更ながらその事実に気づいて愕然《がくぜん》とした瞬間、

「コマリさんっ！」

甲高《かんだか》い音が星洞に響き渡った。

孔雀《くじゃく》みたいなヒラヒラした衣装が風に乗って揺れている。

リンズが鉄扇を匪獣の顔面に叩きつけて食い止めていた。

助かった――などと安堵《あんど》している暇はなかった。

匪獣がすさまじい咆哮《ほうこう》を放った。リンズは「ひゃっ」と声をあげてよろめいた。一瞬にして均衡《きんこう》が崩れ、その小さな身体はボールのように吹き飛ばされてしまった。

「リンズ――」

殺気。

仲間のほうを振り返る余裕もなかった。

私の眼前には、真っ黒い瞳を輝かせる獣がたたずんでいた。

怒りや悲しみ、苦しみといった負の感情が、強烈な波動となって肌を撫《な》でていく。

私は蛇に睨まれた蛙のように動けなかった。

何だこいつ。

気配があまりにも邪悪すぎやしないか？

「ま、待って……、」

待ってくれるはずもなかった。

匪獣の前脚がゆっくりと持ち上げられる。あんなもので叩き潰されたら骨折どころではすまないだろう――私は来たる衝撃に備えてぎゅっと目を瞑《つむ》り、

その瞬間、

「お前は死にたいのか」

ぴんっ！、と何かが閃《ひらめ》くような音が聞こえた。

次いで、おぞましい叫び声が木霊《こだま》する。

恐る恐る目を開けてみれば、匪獣が苦悶《くもん》の表情を浮かべてのたうち回っていた。

まさかと思って視線を上に向ける。切断された真っ黒い前脚が、星洞の宙をくるくると錐《きり》もみ飛行しているのを見た。フーヤオは刀に付着したどす黒い瘴気《しょうき》を振り払い、子供だったら大泣きするような目つきで敵を睨みつけ、

「死ぬ覚悟はできているようだな」

身を低くして加速した。

しかし匪獣の立ち直りも早かった。

メリメリと気味の悪い音が聞こえたかと思ったら、前脚の切断面が窯《かま》に入れたパンの生地のように隆起し、そこから刃物のような形をした新・前脚が生えてきたのである。

フーヤオの刀が横から襲いかかった。

金属同士（？）がぶつかり合って壮絶な烈風が巻き起こる。

一撃で砕けないと悟ったフーヤオは一度身を引いて体勢を立て直すと、再び突貫して今度はがら空きの胴体を狙う――だが匪獣も相手の狙いを瞬時に察知したらしく、今度は胴体から

メリメリと第五の脚を生やして攻撃を防ぐ。

再び咆哮が轟《とどろ》いた。

フーヤオは耳をぺたんと伏せて爆音をやり過ごすと、採掘道具の山を踏み台にして大きく跳躍。

その黒々とした背中に、勢いよく刀を突き刺した。

今後は苦痛による叫びがぶちまけられる。

フーヤオがぐりぐりと刀で傷口を抉《えぐ》るたび、匪獣は陸にあげられた魚のように身をよじらせた。地団太《じだんだ》を踏み、壁に全身をぶつけ、地震でも起きたのではないかと思うほどの衝撃が辺りを駆け巡る。

私はポカンと口を開けたまま硬直していた。

暴れる匪獣。食べられたコルネリウス。超人的な戦闘能力を見せつけるフーヤオ――夢でも見ているのだろうか?

「コマリさんっ! フーヤオさんを助けないと……!」

リンズが慌てて駆け寄ってくる。

頬《ほお》のあたりに切り傷ができているが、大事には至っていないようなので一安心。

それはさておき――

加勢したいのは山々だ。

けど、私があんなのに突っ込んでも蟻《あり》んこみたいに潰されるのがオチじゃないか？

「あれは意志力の塊のようねっ！」

いつの間にかスピカが隣で飴《あめ》を舐めていた。

瞳を爛々《らんらん》と輝かせ、スポーツ観戦でもするかのように笑っている。

「それもただの意志力じゃない。怒りや悲しみによって生み出されたエネルギーよ。趣味が悪いったらないわ、いったいどこのテロリストが作り出したのかしら！」

「どうでもいいよっ！　それよりフーヤオは大丈夫なのか⁉」

「フーヤオは強いわ。単純な腕っぷしの強さだけなら、朔月《さくげつ》の中でも随一よ。前にテラコマリにボコボコにされてから自信なくしちゃったみたいだけどねっ！」

「コメントしづらいこと言うなよ⁉」

「でも大丈夫！　あの子は自分の野望を達成するまで折れたりはしないから……、あれ？」

そこで私は驚くべきモノを見た。

匪獣の身体から新しい腕が何本も生えてきたのである。

いや――それは腕というよりも触手に近いのかもしれなかった。

「ぐっ……」

フーヤオが初めて苦しそうな声をあげた。

ウネウネと磯巾着《いそぎんちゃく》のように動く無数の触手が、匪獣の背に乗っていたフーヤオの身体に絡《から》みつく。千切《ちぎ》っても千切っても意味はなかった。むしろ千切った箇所から枝分かれのように新しい触手が再生し、獲物を縛り上げようと躍起《やっき》になって襲いかかる。

爪先《つまさき》が宙に浮いた。

手から刀がこぼれ落ちた。

あっという間にフーヤオは拘束され、そのまま逆さ吊《づ》りにされてしまう。

「まずいわね！　あれを見て！」

私は息を呑んでしまった。

匪獣は新しい触手をメリメリと作り出すと、それを槍のような形に変化させていた。

鋭い切っ先が向けられたのは――もちろん、身動きがとれないフーヤオの心臓だった。

リンズが悲鳴をあげた。私も悲鳴をあげてしまった。

このままではいけない。あいつが殺人鬼だとか、カルラやカリンを騙《だま》した卑怯《ひきょう》者だとか、今更そんなことを考えている余裕はなかった。

「リンズ！　ごめんっ！」

「え？――えええええっ⁉」

私はリンズの肩をつかむと、その頬に向かってゆっくり顔を近づける。

スピカが「おおっ！」と野次馬のような声をあげた。

「やるのねテラコマリ⁉　ぶちかましてあげなさいっ！」

言われなくても分かっている。
私はリンズの頬に薄《う》っすらと刻まれた傷口に狙いを定め、ぺろりと舐めた。
――どくん、
心臓が急速に躍動するのを感じた。
虹色の魔力があふれ、星洞の広場がいっそう輝きを増していく。
やがて天井がミシミシと軋《きし》み、壮絶な音とともに崩れ落ちてきた。

※

「……おや」
トレモロ・パルコステラはピッケルを叩きつける手を止めた。
どうにも上階が騒がしい。
またしても傭兵どもが諍《いさか》いを起こしたのであろうか――
その時、一緒に採掘をしていた小さな獣たちが一斉に飛び上がった。
真っ黒い影のような動物、匪獣。
彼らはトレモロの脚に身体を擦《こす》りつけ、しきりに何かを訴えていた。

「……なるほど。そうですか。スピカとテラコマリが……ついに星洞まで入ってきてしまったのですね」

匪獣たちは意志力を介してつながっている。

一匹が得た情報は、瞬間的にすべての個体に伝達されるのである。

この小さな獣たちによれば、スピカやテラコマリたちが上層で中型個体と戦っているらしかった。

ヘルメットを脱ぎ、手拭《てぬぐ》いで汗を拭《ふ》きながら、トレモロは薄く笑う。

どうやら読みは当たったようだ。

ルミエール村から尾行されていたのか、あるいは別の手段を用いたのかは知らないが、やつらは星砦のアジトを突き止めたのである。

『満願成就《じょうじゅ》の障害は〝神殺しの邪悪〟と〝深紅《しんく》の吸血姫《きゅうけつき》〟と〝天文台〟である』――夕星はそう主張して憚《はばか》らなかった。

三つの障害のうち二つが現れたのだから、ここでまとめて処理するのが効率的だ。

「どうですか？　羅刹《らせつ》」

トレモロの傍《かたわ》らには巨大な黒い塊がうずくまっている。

悲しみの意志力の集合体。

夕星の烈核解放によって生み出された、究極の匪獣――〝羅刹〟。

彼は獣らしい唸り声をあげるばかりだった。

それは「時、可ならず」の合図に他ならなかった。

「なるほど。今は魔核の採掘が優先ですね。疲れますが……一緒に頑張りましょう」

ずょん。ずょん。

儚《はかな》い琵琶の音色が星洞に染みわたる。

トレモロはピッケルを握り直すと、再び壁に向かって何度も振り下ろした。

星洞の匪獣たちを借りる対価として、魔核捜索を手伝わなければならないのだ。

それにしても、今頃あの褐色少女は何をしているのだろう?

常世には通信用鉱石が存在しないため、こまめに連絡をしたくてもできない。

まあ、どうせ執務室でピザでも食べているのだろう。

今は自分の仕事に専念しておけばいい。

※

虹色の魔力に触発されて天井が落ちてきた。

大量の瓦礫《がれき》が豪雨のごとく降り注《そそ》ぎ——ブチブチブチっ!! という不気味な効果音が反響。

フーヤオを戒《いまし》める触手が次々に引き千切れていく。蜥蜴《とかげ》の尻尾のように暴れ回る影の残骸《ざんがい》を踏みつけながら、私は大声をあげて突撃を敢行《かんこう》していた。

「覚悟しろぉ〜っ!!」

我ながら不格好にもほどがある。

普通に考えればハエのように叩き潰されるのがオチだ。

しかし、これで確信することができた。

リンズの血を吸うと、奇妙なほどに運が味方してくれるのだ。

「ぶべっ！」

鞭《むち》のように襲いかかる触手を、転んだ拍子に偶然回避する。

背後でスピカが「スゴい！　ダサい！」と喜んでいた。やかましい。お前も戦え。

「前！　危ないよっ！」

ずばっ！　という小気味のいい音がした。

正面から迫っていた触手を、リンズが鉄扇で両断してくれたのだ。

「ありがとう」を言う暇もなかった。

瓦礫に潰されて歪《ゆが》んだ匪獣の体軀《たいく》から、新しい触手が次々と生み出されて私に特攻を仕掛けてきたのである。もう駄目だと思った直後——私の身体がフワリと宙に浮いた。

「え？　え、えええええ⁉」

「捕まってて。落ちたら大変だから……」

「リンズ、飛べるの⁉ 常世だと魔法が使えないって聞いたけど⁉」

「天仙《ようせん》はそもそも〝飛べる種族〟。手足を動かすのと同じように飛ぶことができるの」

世界には不思議がいっぱいだった。

リンズは私を抱えたまま、みるみる高度を上げていった。

それを追いかけるようにして無数の触手が襲いかかってくる。

あ、これ死んだ——そういう諦念《ていねん》を抱いた瞬間、リンズも高速で飛び回って匪獣の攻撃を回避した。

右へ行ったり左へ行ったり。急上昇したり急降下したり。

あるいは曲芸師みたいに宙返りをしたり。

リンズが急激な方向転換をするたびに「ヒュンッ！」と空を切る触手の音が聞こえ、同時に私の胃《い》の腑《ふ》からも色々ヤバイものが込み上げてくるのを感じた。

「り、リンズ、もうちょっと優しくして……」

「ごめんねっ！ でも止まれないの！」

「お前の三半規管、どうなってんの……？」

触手が背後の壁に激突して「ばごぉん！」と衝撃を轟かせた。

私は目を回しながらリンズにしがみつく。

落ちたら死ぬ。いや落ちなくても死ぬ気がする。だって死ぬほど気持ち悪いから。

おや？　何かキラキラしたものが見えるぞ？　あれはお花畑だろうか？

あはは、そろそろ死神の足音が聞こえてきたな。

「よくやった、アイラン・リンズ！」

フーヤオの高揚《こうよう》した声が聞こえた。

遠のきつつある意識の中、私は辛《かろ》うじて地上に視線を向ける——すると、ちょうどフーヤオが強烈な一太刀を匪獣に浴びせている光景が見えた。

私とリンズが囮《おとり》になっていたため、致命的な隙《すき》が生じたのだろう。

痛みに耐えかねたのか、空気を震わせるような咆哮が轟く。

返す刀が匪獣の胴体を切り刻んだ。

傷口から流血するかのごとく瘴気が飛び散る。

フーヤオは顔色一つ変えずに猛攻を続けていた。まさに鬼神のような迫力だった。黒い獣の身体は豆腐のように解体されていく——

「駄目……どんどん再生していっちゃう……！」

リンズが絶望に染まった呟きを漏らす。

彼女の言う通りだった。どれだけ攻撃を加えても、瘴気が瘡蓋《かさぶた》のように傷を覆ってしまうのだ。あれは普通の生物ではない——痛覚はあるようだが、物理的な攻撃がそのまま通用しているわけではないらしい。

「どうすりゃいいの……？　いつまで飛び回るの……？　そろそろ限界が……」

「わあっ⁉　しっかりしてコマリさんっ⁉」

「――簡単よっ！　こういう手合いには〝コア〟があるって決まってるの！」

スピカが上機嫌に叫んだ。

やつは休憩所の椅子に座って飴を舐めていた。ふざけてんのか？

「ずっと観察していたんだけど、真っ黒い身体のどこかにコアが――巨大なマンダラ鉱石が埋め込まれているわ！　どうやら匪獣っていうイキモノは、マンダラ鉱石に何らかの意志力をまとわせることで動いているみたいねっ！」

気づく。匪獣のおでこの部分が薄っすらと発光しているのだ。

たぶんあれが原動力たるマンダラ鉱石なのだろう。

「フーヤオ！　ぶっ壊しちゃいなさいっ！」

「分かっている」

フーヤオは触手の抵抗を捌《さば》きながら匪獣の頭部へと回り込み、間髪《かんはつ》入れずに剣戟《けんげき》を叩き込《こ》んだ。真っ黒い皮膚が抉れ、ばしゃばしゃとあふれ出るどす黒い瘴気をかき分けながら、何度も何度も斬撃《ざんげき》を浴びせ続ける。

匪獣が絶叫を漏らして横転した。

それを好機と見るや、フーヤオは大きく踏み込み、力強い刺突《しとつ》を繰り出した。

やがて――切り裂かれた頭部の内側から、紫色に光る鉱石が姿を現した。

あれこそがマンダラ鉱石だ。

「さあ、死ぬ覚悟は――」

最後の最後で気が抜けてしまったのかもしれない。

お決まりの台詞《せりふ》を紡《つむ》ごうとした直後、背後から忍び寄ってきた触手がフーヤオの右手首を縛り上げてしまった。

「なっ、」

刀を封じられ、さらに足首を絡めとられて転倒。

スピカが「なぁに油断してんのよ‼」とぷんぷん怒っていた。

怒ってなんとかなる問題ではない。

はやく助けに行かないと――しかし、そこで私にも限界が来てしまった。

酸っぱいものが口の中に広がっていった。

「うぷっ……、」

「え？　コマリさ――、きゃあああ⁉」

さっき飲んだトマトジュースがリンズの胸にぶちまけられた。

ごめん。後で洗濯して返すから。

しかし悲劇はそれだけでは終わらなかった。

びっくりしたリンズの手から力が抜けた。

もちろん私にも彼女にしがみつくだけの握力なんて残っていなかった。

私の身体は吐瀉物《としゃぶつ》とともに自由落下を始めた。

リンズが私の名を叫んだ。スピカはやっぱり馬鹿《ばか》みたいに笑っている。そしてフーヤオは驚いた様子で降ってくる私を見上げた。

ん……？　〝降ってくる私〟？

そこで気づいた。どうやら私は匪獣やフーヤオの真上からダイブしているらしい。

「テラコマリ！　受け身をとれ！」

受け身の取り方なんぞ知らなかった。

木からリンゴが落ちるように自然な動作で地面に吸い込まれていき——

ゴチンッ‼

頭にものすごい衝撃が走った。

「いたあっ⁉」

次いで、すぐ近くから断末魔の咆哮がほとばしる。

匪獣だ。私が落っこちたのは、地面ではなく匪獣の身体の上だったのだ。

このままでは触手の餌食《えじき》になってしまう。

はやく逃げなければ……、

しかし、意識がどんどん遠のいていった。

上空でリンズが「コマリさん、コマリさん！」と叫んでいる。

私は気力を振り絞って手を伸ばし、
その瞬間、
ぱぁんっ‼――黒々とした瘴気が霧散した。

何が起きたのか見当もつかなかった。

私の身体は再び落下を始め、ああ今度こそ死ぬんだろうなと人生を諦《あきら》めかけた直後、見覚えのある虹色の魔力が私の身体から拡散していった。

リンズの血で発動した【孤紅の恤】が終わりを告げたのだ。

「……運だけはいいやつだな」

そうして、いつの間にかフーヤオに抱きかかえられている自分に気がついた。

呆れと、わずかな安堵がにじむ表情。

どうやら彼女が受け止めてくれたらしい。

お礼を言わなければ――そう思って唇を動かそうとするのだが、頭を強打したせいで上手く声を発することができなかった。

リンズの声を聞きながら、私は静かに意識を手放した。

9 邪悪の裏側にあるもの

「くっそ……何であたしがこんな目に……」

知事府の地下牢。

ネオプラス県知事にして星砦《ほしとりで》のメンバー〝柩人《きゅうじん》〟ネフティ・ストロベリィは、小汚い床に突っ伏しながら歯軋《はぎし》りをしていた。

知事の地位は失った。仲間が助けに来てくれる気配はない。大切なウサギのぬいぐるみもどこかへ消えてしまった。

全部あいつらを舐《な》め腐っていたことが原因だった。

――ネフティさん、あなたは強い。しかし慢心によって身を滅ぼすでしょう。

トレモロの馬鹿《ばか》がよくそんな忠告をしてきたことを思い出す。

普段は「あーはいはいそうですね」とシカトしていたが、実際に窮地《きゅうち》に陥《おちい》ってみて初めて彼女の言葉の価値が実感できるのだった。

「お腹《なか》すいた……」

かれこれ五日ほど牢獄《ろうごく》に閉じ込められている。

この間、トリフォン・クロスとかいうケチな蒼玉《そうぎょく》が何度も拷問《ごうもん》を仕掛けてきた。針をチクチクとぶっ刺してきて、「あなたは星砦のメンバーですよね？」「夕星《ゆうせい》はどこにいますか？」『星砦の目的は？』『仲間は他に何人います？』などと詰問してくるのである。

だが、痛みなんてネフティには効かない。

砂朧種《さろう》は一時的に身体《からだ》の一部を——正確には全身の約九分の一を——砂礫《されき》に変換することができる。来ると分かっている物理攻撃ならば、この〝砂礫化〟を用いることによって無効化することが可能なのだ。

それにしても空腹がヤバイ。

そろそろ晩ご飯の時間なのだが——

「こんばんは。夕飯を持ってきました」

「！」

ネフティはハッとして顔をあげた。

例のトリフォン・クロスがピザの載った皿を持って現れたのである。

「ぐう」とお腹が鳴るのを抑えられなかった。

だってピザだぞ？　肉やチーズのいい匂《にお》いがこれでもかと漂ってくるんだぞ？

でも喜んでいると思われたくなかった。

ネフティはわざとすました態度で腕を組み、

「ふ、ふ〜ん？　今日はピザなんだ？　普段はカチカチの黒パンなのに、どういう風の吹き回し？」

「たまには趣向を変えようかと。ピザはお嫌いですか？」

「べつに嫌いじゃないけど？　まあ大好きってほどでもないけどね」

「そうですか」

ネフティの視線はピザに釘付けになっていた。

口の中が涎《よだれ》でいっぱいになる。ゴクリと勝手に喉《のど》が鳴る。

食べたい。美味《おい》しそう。食べたい。食べたい。食べたい――トリフォンは皿に乗ったピザの一切れをフォークで刺すと、それをそのまま自分の口に運んでいって、

「いただきます」

ぱくりとかじりついた。

「お前が食うの⁉⁉」

ネフティは鉄格子《てつごうし》にしがみついて絶叫した。

トリフォンは「はい？」と不思議そうに首を傾《かし》げ、

「だってこれは私の夕食ですからね」

「な、な、な……、」

そうか。そういうことか。腐った根性してやがる！――ネフティは目を血走らせながらピ

ザに舌鼓《したつづみ》を打つトリフォンを睨《にら》みつけた。やつは「トマトソースとチーズのハーモニーがダイナミックでデリシャスですねえ」などとご丁寧《ていねい》に食レポしていた。

「へえ～……美味しそうだね。でもそれ全部食べるの？　ちょっと量多くない？　太っちゃうよ？」

「大丈夫です。半分食べたら残りは捨てますので」

「もったいねえだろ‼」

「ネオプラスの税金で買ったピザですよ？　金は腐るほどあるので問題ありません。それにしても公金を無駄遣いして食べるピザは美味ですねえ」

「…………、」

怒りと屈辱のあまり全身が震えてきた。

なんてやつだ。このネフティ・ストロベリィが手玉に取られるなんて――

「食べたいですか？」

トリフォンが近づいてきた。

ネフティの目と鼻の先でピザを揺らしながらニコリと笑う。

「恵んであげてもいいですよ。星砦の情報を包み隠さず教えてくれたらね」

「…………」

ピザ。星砦。ピザ。星砦。ピザ。星砦。ピザ。星砦。ピザ。星砦。ピザ。

空腹と憎しみで頭がどうにかなりそうだった。

目の前で揺れるピザ。とろ~りとしたチーズが美味しそうなピザ。

理性が崩れていく音がした。

夕星、あたしはいったいどうしたらいいの？

ネフティは本能の赴くままに鉄格子から手を伸ばし——


数分後。

ネフティは牢屋の中で黒パンをかじりながら泣いていた。

「う……うぅうぅ…………うぅう……あの野郎ぉおおおおおおおおっ…………!!」

腹の虫が「ぎゅるるる」と空腹を訴えていた。

同時に逆さ月に対する怒りが炎のように燃え上がってくる。

あんな卑怯《ひきょう》な手を使うとは思ってもいなかった。ギリギリのところでプライドを保つことはできたが、次に同じことをされたら我を忘れる自信があった。

当のトリフォンは「宴会がありますので」とか言って去っていった。

ネオプラスの金でどんちゃん騒ぎをするつもりらしい。

許せなかった。脱獄した暁《あかつき》には連中の頭をかち割ってやろうじゃないか。

だが——

今のところ逃れるすべがないのだ。

柩《ひつぎ》のないネフティは普通の少女と何ら変わらない。

このままではネオプラスが食い物にされてしまう。

それどころか星洞《せいどう》の奥にある大事なモノまで奪われる恐れもあった。

「どこまであたしを馬鹿にすれば気がすむんだ………ん？」

ネフティはふと気づく。

牢屋の奥。壁がはがれて土がむき出しになっている。

いったい何故《なぜ》——

そうだ。テラコマリの魔法だ。

あの衝撃で地下牢の一部が崩れていてもおかしくはない。

このタイミングまで気づかなかった自分の愚かさを呪いたくなった。

「見せてやる、あたしの本気ってやつを……！」

ネフティはパンにバターを塗るためのスプーンを取り出した。

泥くさくったって構わない。他人のミスはいくらでもカバーしてあげるけれど、自分のミスは自分で帳消しにしなければ気が済まないのだ。

☆

後でリンズに聞いた話によれば、私は匪獣《ひじゅう》のコアに頭突きをかましたらしい。

その衝撃でマンダラ鉱石が破壊され、影のような巨体は粉々に砕け散ってしまった。

あまりにも馬鹿げた話だが、神仙種《しんせん》の血によって発動する【孤紅《ここう》の恤《とむらい》】には運が良くなるというデタラメな効能がある。

私の捨て身タックルが成功したのも、ある意味必然だったのだろう。

そして――

砕け散った匪獣の中から、攫《さら》われた子をはじめ、ネオプラスで行方《ゆくえ》不明になっていた数人が発見された。

全員命に別状はなく、病院に運び込まれた後、すぐに目を覚ましたという。

スピカ曰《いわ》く、「意志力だけ奪い取られていた」とのこと。

よく分からないが、みんな無事で本当によかった。

攫われた子のお母さんなんか、私が意識を取り戻すとすぐに駆けつけてきて、目に涙を溜《た》めながら「ありがとうございます」と繰り返していた。

曰く、

「なんてお礼を言ったらいいか……私のお願いを聞いてくださったのはガンデスブラッドさんだけだったんです。しかもあの子を本当に救い出してくれるなんて……」

「ぐ、偶然だよ！　たまたま頭突きが効いたみたいで」

「頭突きで匪獣を……⁉　お強いのですね……」

ちなみにこの人だけじゃない。

匪獣のお腹から救出された行方不明者の縁者も、堰《せき》を切ったように押し寄せてきた。

彼らは号泣《ごうきゅう》してお礼を述べ、中には神に祈るような調子で「ガンデスブラッド様っ！」と叫ぶ者もいた。

なんだか雲行きが怪しくなってきたぞ？

だいたい、私はゲロ吐いて落っこちただけなのだ。

神扱いされるのは（不本意ながら）慣れているが、今回はあまりにも居心地が悪い。

「――良かったわねテラコマリ！　ネオプラスはあんたの話題で持ちきりよ⁉」

「よくないよ。なんでこんなことになったんだ……」

「二つ名もついたみたいね！　〝石頭のコマリ〟だって！　羨《うらや》ましいわ～、かっこいいわ～、私もそういう二つ名が欲しいわ～！」

「思ってもないことを口にするなっ！」

何が〝石頭のコマリ〟だ。私ほど柔軟な頭脳を持った人間はいないというのに。

ニヤニヤと揶揄《からか》ってくるスピカから目を背《そむ》け、私は大きな溜息《ためいき》を吐《つ》いた。

ネオプラスの病院・個室である。

匪獣と激突して気絶した私は、救出された人たちと一緒に救急搬送されたらしい。

とはいえ、大した傷じゃなかったのは幸いだ。

でかいタンコブはできてしまったが、一時間もしないうちに意識を取り戻したのである。

これもたぶん、虹色の魔力の効果なのだろう。

「ありがとうリンズ。私が助かったのはリンズの血のおかげだな」

「うん。吸いたくなったら、いつでも言ってね……」

リンズは頬《ほお》を赤らめてソワソワしていた。

ちなみに彼女は市場で買ったTシャツを着ている。

私の胃から飛び出たトマトジュースを浴びてしまったからだ。

私は気恥ずかしくなって目を逸《そ》らし、

「ま、まあ、私以外に怪我《けが》人がいなくてよかったよ。匪獣に食べられた人は気を失ってるだけなんだよな?」

「そうね！　匪獣の目的は人を食べることじゃなかったみたい」

スピカが新しい飴《あめ》を取り出しながら笑い、

「おそらく意志力を吸い取ってエネルギーにしてたのよ。意志力は心が存在している限り無限に湧《わ》いてくるから、やつらが人を襲う理由はお腹の中で飼うためでしょうね。タマゴを生むニワトリを飼育するようなもんよ」

「何でそんなバケモノが存在するんだよ……」

「お腹から出てきた人たちには〝星痕《せいこん》〟が――星のマークがついていた。これは夕星に魅入られたことを示す消尽病《しょうじんびょう》の兆候よ。つまり匪獣は星砦の手先だったたってわけ」

悪趣味にもほどがあった。

やっぱり星砦は普通のテロリストではないようだ。

「そして――今回の探索ではトレモロも夕星も現れなかった。もっと奥深くに、まるで春を待つ虫どものように閉じこもっているんだわ――《夜天輪《やてんりん》》がそう示している。巣穴に水を流し込んで溺死《できし》させてあげなくちゃいけない。ねえ、アイラン・リンズ」

「え？　あ、」

リンズはしどろもどろに、

「溺死はともかく……、メイファは、まだ見つかってませんから……」

そうだ。私たちの目標はまだ達成されていなかった。

いつまでも安心している場合じゃない――

そこで私はふと気づいた。

「……そういえば、コルネリウスは大丈夫なのか？　あいつも匪獣にムシャムシャやられてたけど」

「コルネリウスは逮捕されたわ」

「は？」

「無許可で採掘した罰よ！　あんまり罪人を許しすぎると知事府の信頼が揺らいじゃうから、通報してあげたのっ！」

「ええ……」

リンズもドン引きしていた。

たぶん面白《おもしろ》がってやっているに違いない。

スピカは呆《あき》れる私たちに構いもせず、「さ〜て！」と嬉《うれ》しそうに立ち上がった。

「今回で星洞や匪獣の特性が分かった。トリフォンの拷問を待つまでもない——あれは星砦のアジトで間違いないわ。あとは敵どもを見つけ出してぶっ叩《たた》くだけね」

「また星洞に潜《もぐ》るのか？」

「ただ潜るだけじゃないわ！　知事の職権を濫用《らんよう》してイベントを開こうと思っているの。名付けて〝大探検〟」

「何だそれ」

「そのうち正式に布告するつもりよ」

嫌な予感しかしなかった。

こいつの考えるイベントが物騒《ぶっそう》でないわけがないのだ。

スピカは私の腕をむぎゅっと握って笑みを浮かべた。

「とにかく決戦の日は近いってこと！　だから大探検に備えて決起会をしましょう！　さっさと退院しなさい、テラコマリ！」

「はあ？　私はまだ寝足りないんだが？」

「入院費もバカにならないのっ！　あんたが一万ヌコ払ってくれるならいいけどねっ！」

払えるわけがなかった。

ネオプラスの税金で賄《まかな》ってもらうのは憚《はばか》られたし、大人しく退院するとしよう。

☆

鉱山都市の夜は騒がしかった。

酔漢たちで埋め尽くされた繁華街には、多種多様なお店が並んでいる。

あちこちからお酒や料理のにおいが漂い、笑い声や怒鳴り声、果てにはすすり泣く声までもが混ざり合う。

それにしても怖そうな見た目の人ばっかりだ。

またトイレで絡まれたら今度は号泣する自信があるため、コソコソと行動しようではないか——と思っていたのに、スピカが馬鹿でかい声で「人を殺してそうな顔のやつがたくさん歩いてるわね～!!」と絶叫しやがった。

やめろ。マジでやめろ。

私は赤の他人のフリをするためにスピカから距離を取った。

「こらぁっ！　逃げたら目玉に指を突き刺すわよ⁉」

「おわあああぁっ⁉　逃げないっ‼　逃げないから指はやめろ‼」

スピカは嫌がる私の腕を強引《ごういん》に引っ張り、往来の真ん中に建っている賑《にぎ》やかな酒場へと強制連行しやがった。

ちなみに連行されたのは私だけではない。

おどおどしているリンズをはじめ、フーヤオ、トリフォンといった逆さ月の面々も一緒である。あとアマツも。ちなみにコルネリウスは警察署の牢屋にいるのでパス。

「とりあえず生で！」

席につくなりスピカが大声で注文をした。

「……お酒飲んで大丈夫なの？　スピカって何歳？」

「正確な年齢は忘れたわ。でも少なくとも六百歳は超えているはずよ」

「嘘《うそ》つくなよ。人間がそんなに生きられるわけないだろ」

ツッコミを入れながら、私はメニューをぺらぺらと捲《めく》る。

あ、オムライスがある……！

しかも〝ゴールド風味〟って書いてあるぞ。気になるので私はこれにしよう。

スピカが「何言ってんのよ」とケラケラ笑い、

「天仙《ようせん》だって長生きするでしょうに！　ちなみに私は半分吸血鬼で、半分天仙」

「スピカさん……、いくら天仙でも六百年は生きられないんじゃ」

「気合があれば長生きできるのよ！　人が死ぬのはね、『ああもうワシは駄目じゃな』って諦《あきら》めた時なのよ。この世の法則は人の意志力によっていくらでも書き換えることができるから、『生きたい』って願い続ければ永遠に生き長らえることも不可能じゃないの」

「下らない」

スピカの正面にはフーヤオが座っている。

「生きたいと思いながら死んでいく人間などいくらでもいる。おひい様のそれは弱者への侮辱《ぶじょく》に等しい」

「フーヤオはそう思うのね！　でも私はそうは思わないわ！　そしてどっちも正解なのよ。この世には人の意志の数だけ真理が存在するからねっ！」

「……お前の考えは身勝手すぎるな」

「フーヤオ！　おひい様に逆らうのはおやめなさい」

トリフォンが慌《あわ》てた様子で口を挟んだ。

「申し訳ございません。この狐《きつね》は未《いま》だに朔月《さくげつ》としての自覚がないようです」

「別にいいわ、今日は楽しい飲み会なんだから！　星砦を倒すための力をつけておきなさい！

ほらトリフォン、あんたも何か注文しなさいな」

「寛大《かんだい》な処置、感謝いたします。——しかしこの店の料理はどれも不味《まず》そうですね。金を払う価値があるとは思えない。私は水と豆だけにしておきましょう」

「なぁに、私が選んだ店に文句をつけるつもり⁉」

「申し訳ございません。腹を切ればよろしいですか」

「お店に迷惑がかかるでしょ⁉ そんなことも分からないの⁉ 罰としてここは全部トリフォンの奢《おご》りねっ！」

「…………、承知、いたしました」

腹を切るより嫌そうな顔をしていたのが印象的だった。

アマツが「ふっ」と小馬鹿《こばか》にしたように笑い、

「ならば好きなだけ注文するとしよう。手始めにメニュー表に書いてあるものを全部運んできてもらおうか」

「アマツ、貴様……！」

「何だトリフォン。このくらいの出費は痛くも痒《かゆ》くもないだろう？ 白極連邦《はっきょくれんぽう》の共産党員だったくせに、ケチすぎて私有財産が腐るほどあるそうじゃないか」

「はっ、貧乏人の僻《ひが》みですか？ 老後を見据えて貯蓄することの何が悪いのです？ 私としては大事な資産があなたの胃袋に消えるのは甚《はなは》だ不本意なのですよ」

「お前のジメジメした懐《ふところ》で飼い殺されているほうが資産にとっては不本意だろう」

「減らず口を……。そもそも見てください、この質の低そうなメニューの数々を。金を払うのだったらもっとマシな店で払いたいですね。いえ、おひい様のセンスを侮辱しているわけではないので悪しからず」

「俺《おれ》の目にはお前が作った料理よりもよっぽど美味そうに見えるぞ」

「なっ……、それこそ侮辱ですッ！　座って食べるだけだったあなたに言われたくありませんよねぇ⁉」

「食事当番は俺もやった。概《おおむ》ね好評だったと記憶している」

「絶賛したのはコルネリウスだけだったでしょうに！　ああもう分かりました、金輪際シチューは作ってあげません。むしろアマツの皿にだけ毒をトッピングして差し上げましょう」

フーヤオが「うるせえな……」と舌打ちしていた。

スピカが運ばれてきたジョッキを手に取り、乾杯もせずにゴクゴクと飲み始め、

「――ぷはあっ！　ほらほら喧嘩《けんか》はやめなさいっ！　さっさと料理を頼まないと明日になっちゃうわよ⁉　兎《うさぎ》も烏《からす》も待ってくれないわ！」

「そうだな。ではすべてのメニューを――」

「ちなみに残したら死刑だからねっ！」

「……俺はうどん一杯でいい」

アマツが真顔で軌道修正した。トリフォンが勝ち誇ったように笑う。

私もオムライスを注文しようではないか——と思っていたら、いきなりギュッとスピカが私の脇腹《わきばら》をつまんできた。

「つまーり！　テラコマリなんかよりも私のほうが遥《はる》かにお姉さんってわけ！」

「さ、触るなっ！　というか何の話だよ⁉」

「年齢の話よっ！　これからは私のことをきちんと敬うように〜っ！」

声がいつもより三割増しで大きい。

顔が真《ま》っ赤《か》になっているのを見るに、ビール一杯で酔っ払ってしまったのだろう。

逆さ月の連中は、スピカの一挙手一投足にかなり気を遣っているように見える。

それはたぶん、こいつが組織の盟主であり、ここにいる人間を一瞬で殺せるだけの超パワーを持っているからだ。

しかし、私はこのテロリスト系少女に奇妙な感覚を抱いていた。

なんというか、こいつって本当に子供みたいだよな。

あるいは、単に他人との距離の詰め方が下手なのだろうか？

たぶん、スピカみたいな子がクラスにいたら浮いていると思う。

彼女の真意はさておくとして——無駄に背伸びをした言葉遣いとか、不気味なまでに明るい笑顔とか、突拍子《とっぴょうし》もないことをして他人を驚かせようとする姿勢とか、大して仲良くもないのに段階をすっ飛ばして微妙なボディータッチを仕掛けてくるこの感じとか。

傍《はた》から見れば、少し痛々しい面があるのだ。

いやまあ、頭のおかしいテロリストに分析を加えても意味はないのだろうけれど。

そういうヤツだと言われてしまえばそれまでである。

「さて、食べたいものは決まったわね！　店員さ〜ん、注文お願いしまぁ〜す！」

スピカが笑顔で手を振った。

とりあえず、今はつままれた脇腹をそのまま千切《ちぎ》られないか心配だ。

☆

今回は何事もなくトイレを終えることができた。

リンズは「私がついていくよ」と心配してくれたが、さすがに恥ずかしいので丁重にお断りし、不埒者《ふらち》に舐められないよう目つきを鋭くして（当社比）リベンジしたのである。

「は〜……スピカのやつ、無駄にテンション高いよな……」

水道で手を洗いながら、私は軽く溜息を吐いた。

ある意味で地獄のような飲み会である。

テロリストの機嫌《きげん》を損ねれば殺されるかもしれない。

ようするに、私とリンズは籠《かご》の中のハムスターみたいなものなのだ。

ちょっと前までの私だったら、尻尾《しっぽ》を巻いて逃げ出していたはずである。

未だにそうなっていないのは――

単に〝目的を同じくする同盟相手〟だからだろうか。

それとも、あいつらの為人《ひととなり》が徐々に分かってきたからだろうか。

「……とりあえず、席に戻ろう」

リンズを一人にしたのは失敗だった。

スピカにイタズラされて泣いてしまう恐れもあるのだ。

私はハンカチで手を拭《ふ》くと、小走りでお手洗いから飛び出した。

「待て」

兎のように飛び上がってしまった。

またチンピラが絡《から》んできたのか⁉――私は戦々恐々《せんせんきょうきょう》として声のしたほうを振り返った。

女子トイレ入口付近の壁に、和装の男が腕を組んで立っていた。

「あ、アマツ……？　どうしたの？」

「ミス・ガンデスブラッド――いや、テラコマリ。お前に話しておきたいことがある」

カルラよりも遥かに鋭い視線が私を捉《とら》えた。

考えてみれば、この人には不可解な点がいくつもある。

逆さ月と仲がいい理由は？　カルラのところに戻らない理由は？

そして何より――どうしてお母さんの手紙を持っていたの？

「悪いがこのタイミングしかない。おひい様に感づかれないよう、一緒に抜け出そう」

「抜け出すって……どこに？」

「すぐそこだ」

――烈核解放《れっかくかいほう》・【今昔渡月橋《こんじゃくとげつきょう》】

アマツが刀を抜いた。

ぎょっとしたのも束《つか》の間《ま》、彼はそのまま滑らかな動作で刀身を振り上げた。

刃《やいば》が虚空《こくう》を走った直後、まるで空間が裂けるようにして黒々とした〝傷〟が浮かび上がる。

状況が呑《の》み込《こ》めずに棒立ちしていると、傷は目にもとまらぬ速さで拡大していって――

目の前の光景が、水面に映る月のようにぼやけた。

「――ん??」

さわさわと春の夜風が吹く。

涼やかな虫の鳴き声が鼓膜を震わせる。

……あれ？　どこだここ？

私は恐る恐る周囲を確認してみた。

どうやら自分は小高い丘の上に立っているらしい。眼下には茅葺《かやぶき》の家屋が建ち並ぶ農村の風景が広がっていた。

夜空に浮かぶのは、輝く星々と、細切れの雲。

そこでふと違和感を覚える。

おかしい。さっきまで満月が見えていたはずなのに、忽然《こつぜん》と姿を消している。

「――無事にこちら側へ来られたようだな」

かちん、と刀を鞘《さや》に納める音が聞こえた。

アマツが何食わぬ顔で立っていた。

「こちら側？　どういうこと……？」

「常世《とこよ》と月齢がちょうど反対の世界。つまり、俺たちがもともと住んでいた世界だ。界隈《かいわい》では〝現世〟や〝第一世界〟などと呼ばれている」

「はあ⁉⁉⁉⁉」

もともと住んでいた世界って……え？　まじ？

じゃあここって常世じゃないの？　こんな簡単に帰ってこられるもんなの？　この人はいったい何をしたの？――困惑が限界に達して踊り出しそうになった時、アマツが「落ち着け」と私を窘《たしな》めた。

「満月あるいは新月の夜に世界をつなぐ橋をかける——それが俺の烈核解放だ。ユーリン・ガンデスブラッドからの手紙をお前に届けることができたのも、この力による。ちなみにここはネオプラスの裏側だ。こちらの世界だと何の変哲もない農村のようだな」

「何で⁉　いや、本当に何で……⁉」

「いいか、これから話すことはおひい様には内緒だ。絶対に口外してはならない。したらお前は不思議な力で死ぬことになっている」

「………」

カルラのお祖母さんもそんなセリフを言ってたような気が……。

まあいい。落ち着こう。ここは情報を引き出すターンだ。

私は深呼吸をすると、まっすぐアマツを見上げ、

「……分かったよ。誰《だれ》にも言わないから、何がどうなってるのか説明してくれるか？」

「元よりそのつもりだ」

アマツは眼下の村の風景に視線を向けた。

夕飯時なのだろう、家々からは人々が談笑する声が聞こえる。

「俺がお前に伝えたいこと——端的に言えば、それは『スピカ・ラ・ジェミニに気を許すな』ということだ」

「気を許したつもりはないけど……」

「どうだかな。お前は敵であっても情けをかけてしまう究極の甘ちゃんだ」

反論はできなかった。たとえ殺し合った仲でもきちんと話せば分かり合うことができる
——私はそういう考えのもとに生きている節がある。

「どこから話したものか悩みどころだが……そうだな。俺はもともと天照楽土《てんしょうらくど》の五剣帝《ごけんてい》だった
のだが、先代大神《おおみかみ》に命令されて逆さ月に潜入をすることになった」

「スパイってこと？　やっぱりアマツは根っからの逆さ月ってわけじゃないんだな」

「ああ。くれぐれもおひい様には言うんじゃないぞ」

もちろん、と私は頷《うなず》く。

「ありがとう。……先代曰く、『神殺しの邪悪を放置しておくと世界が滅びる』だそうだ。こ
れは単なる思い込みではない。実際に未来を視《み》た人間が言うのだから間違いはないだろう」

「先代の大神さんって占いが得意だったの？」

「……、そうか。カルラは言ってないのか……面倒だな……」

アマツは心底面倒くさそうに顔をしかめた。

「先代大神って、顔にお札を貼《は》ってるあの人だよね？」

「そうだ。そしてその先代大神は、二年後の未来からやってきたアマツ・カルラだ」

「は？」

「思い出してみろ、声や仕草が似ているだろう？　あの人は——運命を変えるために十二年

もの時間を巻き戻したアマツ・カルラで間違いない」

「…………え、」

えええええええええええええええええ――――!?

絶叫が新月の夜に轟《とどろ》く。

驚いた村人たちが家の中から出てきた。

いずれも獣人だ。ここはラペリコ王国なのかもしれない。

私は目を丸くするばかりで二の句が継げなかった。

アマツは呆れたように溜息を吐き、天舞祭《てんぶさい》の真相や先代大神の正体、そして彼女が最終的にどうなったのかを説明してくれるのだった。


「――というわけで、先代大神は役目を果たして消えましたとさ」

「う、ううううう、うううううう……‼」

私は知らぬ間に号泣していた。

あまりに悲しい話だった。

まさか先代大神にそんな裏事情があったとは思いもしなかった……いや、よく考えてみれば色々と伏線はあったはずなのだが、あの時の私は天舞祭に必死で頭が回らなかった。

テロリストによって世界が破壊されるのを防ぐため、アマツ・カルラは自分の時間を犠牲にして過去の自分に未来を託した。

私だったらそんな選択はできないだろう。

カルラは本当にすごい大神だったのだ。

「大神カルラが俺の前に現れたのは十年以上前のことだ。もちろん最初は『未来のアマツ・カルラだ』と言われてもにわかには信じられなかった。何故なら当時のカルラは臆病で生意気な幼児にすぎなかったからだ。あれがあんなのに成長するとは誰も思わないだろう」

「『あれ』がどんなのか知らないけど……」

「いや、昔のカルラはどうでもいいな。とにかく最初は信じられなかったが、結局は証拠を突きつけられて信じざるを得なくなった。そして大神カルラからもたらされたのは、テロリストによって破壊された未来の話だ」

それこそ、にわかには信じられない話だ。

レイゲツ・カリンが大神になることで、天照楽土は逆さ月に乗っ取られ、他国に宣戦布告を繰り返した――

「俺は十六の時に逆さ月の調査を命じられ、十八の時に五剣帝を辞任、天照楽土を飛び出して逆さ月に潜入を果たした。同期にはお前が退治したオディロン・メタルもいたな」

逆さ月には無慈悲なテロリストが何人もいる。

私の友達も人生を左右されるような被害を受けた。

「スピカ・ラ・ジェミニに認められるために様々な努力をしたよ。お前が忌み嫌うような悪事にも手を染めた。仕方のないことだった——と正当化するつもりはない。しかし少なくとも大神カルラの命令を遂行するためには必要だった」

「それで……スピカに近づけたってこと？」

「ああ。しかし……」

アマツは少しだけ言い淀《よど》み、

「あの小娘には世界を破壊するつもりなど更々ない。やつの思考はすべて〝部屋の内側〟に向けられている。昔のお前と似たようなものだ」

「どういうこと？　あいつも引きこもりだったの——あ、」

「隠す必要はない。お前が引きこもっていたことなんて知っているさ」

「………」

なんだか恥ずかしくなってしまった。

アマツは「まあいい」と話を戻す。

「俺はスピカが世界を滅ぼすとは思えなかった。あいつは常世に行きたがっているだけだ」

「常世を平和な楽園にしたいとか言ってたもんな……あれ？　でもアマツは常世に行けるんでしょ？　それでスピカを連れて行ってあげたりしなかったの？」

「連れて行けるモノのサイズには限度がある。それに、わざわざ敵の願いを叶《かな》えてやる必要性も感じない。俺があいつにもたらしたのは、『夕星というテロリストが常世で暴《あば》れている』という情報だけだ」

アマツは困ったように眉《まゆ》をひそめ、

「……俺は正直、おひい様よりも夕星のほうが危険なのではないかと思っている」

「夕星って……星砦のボスだよな」

「そうだ。あいつのせいで常世は戦乱の様相を呈《てい》している。お前の母親が食い止めていなければ、今頃《いまごろ》こちらの世界にまで争いが侵食していただろう」

「そ、そうだ！　アマツはお母さんと知り合いなの……⁉」

「五剣帝時代に殺し合ってからの付き合いだ。あの人は六年ほど前、天災に巻き込まれて常世へ転送されてしまった。そして夕星なる人物が戦乱を引き起こしていることを知り、以降その対応に追われている。あれを野放しにしておけば、こちら側の世界にまで侵攻してくる勢いだからな。現にローシャ・ネルザンピは天仙郷《ようせんきょう》をめちゃくちゃにした」

「い、いやちょっと待って。お母さんは……」

「無事だ。死んではいない」

「そうじゃなくて。いやそれもそうだけど、お母さんは……どうして帰ってきてくれなかったの……？」

「戦い続けているんだ。人々の細《ささ》やかな幸福のために……身を削って」

さすがはユーリン・ガンデスブラッドだ。

私のような引きこもり吸血鬼とは全然違う。

でも——

「でも、たまには顔を見せたりとか」

「この世と常世の往来が難しいことはお前にも分かるだろう？　それに俺の烈核解放で運べるのは小さな手荷物だけだ。あの人は背が高いから運べない」

「じゃあなんで私は運べたの？」

「背が小さいからだ。お前はギリギリ〝手荷物〟と判定されるらしい」

「悪かったな手荷物サイズで！」

「むしろ良かったんじゃないか？　このまま元の世界に帰ることだってできるんだぞ？」

私は少しだけ言葉に詰まってしまった。

言われてみれば——あれほど望んでいた故郷が眼前に広がっているのだ。

しかし私にはやるべきことが残されていた。

「……帰るわけにはいかないよ。私は星洞に行かなくちゃいけないんだ」

「そうだな。話を続けよう」

アマツはあっさり言って腕を組んだ。

「俺は逆さ月でスパイをしながら傭兵団《ようへい》〝フルムーン〟にも協力していた。二つの組織で活動した経験から言わせてもらえば、明らかに夕星のほうが危険だ……実際、大神によればトレモロ・パルコステラは第一世界で大暴れをする予定らしい」

「そうなの？　やっぱり糸で人を……」

「あいつには隠された能力がある」

「何だそれ。まだ何かあるのかよ」

「発動条件は不明だが、黒々とした瘴気《しょうき》を操《あやつ》る異能らしい。大神カルラによれば、やつのせいで未来のネリア・カニンガムは命を落としたそうだ」

　言葉を失った。

　固まる私を無視してアマツは言葉を続けた。

「つまり星砦はそれだけ危険だということだ。……しかし、大神カルラに『スピカより夕星に注力するべきだ』と進言しても取り合ってくれなかった。あの人は『自分が見たのはスピカ・ラ・ジェミニが世界を滅ぼす光景だ』と強硬に主張していたんだ。未来ではトレモロもスピカに従っていたらしい」

「むむむ……？　つまりどういうことなんだ……？　トレモロが逆さ月のメンバーになったってことなの……？」

「世の中は曖昧模糊《あいまいもこ》としている。誰が敵で誰が味方なのか未だに分からない」

　アマツは新月の空を見上げて溜息を吐く。

「ただ――霧の中を探るような状況にあって、俺が信じているのはあの人だけだ。あの人が言うのならば、それが正解なのだと思いたい。だからお前に『スピカに気を許すな』と忠告しておく」

「……そうか。そういうことだったのか」

「ちなみにお前はそのうちスピカと戦って死ぬらしい」

「さらりと怖いこと言わないでくれるか……？」

そんなの絶対嘘だ――と主張することはできなかった。

あいつが私をぶっ殺す映像が余裕で脳内再生できるからだ。

アマツは横目で私を睨んだ。

春の夜風に着物を揺らしながら、静かに口を開く。

「逆さ月の連中は信用するな。スピカはもちろん、トリフォンやコルネリウスも邪悪な意志力を湛《たた》えている。あまり馴《な》れ馴《な》れしくしていると、痛い目を見るぞ」

「……アマツとフーヤオは？」

「俺も信頼に値する人間ではない。他人を騙《だま》してばかりの悪党だ。そしてフーヤオは――今のところ、やつがもっとも危険だろう」

「でもあいつ、私のことを助けてくれたぞ？」

「ネオプラスに来てから様子がおかしい。何か思い詰めている気配がある」

心当たりはなかった。

私よりも付き合いが長いアマツが言うのならそうなのだろうけれど。

アマツは「これで話は終わりだ」と踵《きびす》を返し、

「――くれぐれも気をつけろよ、テラコマリ・ガンデスブラッド。お前が死んだらカルラが悲しむ」

☆

アマツが再び烈核解放を発動すると、周囲の景色が常世の酒場に戻った。

スピカが「どこ行ってたのよ〜！」と顔を赤らめて絡んでくる。

酒臭ぇ。完全に酔っ払いだ。

よく見れば、彼女の手にはリードが握られており、リンズの首に嵌《は》められたリングとつながっていた。リンズは涙目になって「たすけて」と訴えかけてきた。

もはや戦争も辞さなかった。

私が「リンズをいじめるな！」と絶叫すると、スピカは「この子は私が飼うの！」と言い出した。激怒《げきど》した私は自分がリンズの名目上の結婚相手であることを論理的に説明した。スピカは大声で爆笑し、リンズは見るも無残に赤面し、恥ずかしくなってしまった私は席について飲みかけのウーロン茶に口をつけた。しかしスピカが大量の辛子《からし》を仕込んでいたらしく、私は噴水のように茶をぶちまけ、その直撃を受けたトリフォンがぴくぴくと顔面を痙攣《けいれん》させながら憤怒《ふんぬ》の波動をほとばしらせると、それを見たスピカがまたまた爆笑して——

そんな感じで飲み会はお開きとなった。

宿屋の部屋に入った途端、どっと疲れが押し寄せてきた。

何なんだ、スピカのやつ。

うちの妹に匹敵《ひってき》するほどのお転婆《てんば》吸血鬼じゃないか。

あいつの元で何年もスパイをやってるアマツは本当に尊敬するな。

「はあ……、お風呂《ふろ》に入ろ」

溜息を吐き、私は部屋に備えつけられた浴室に向かった。

「どうせなら税金で高いところに泊まろうぜっ！」というスピカの鶴の一声で、これまでの安い宿から、お風呂つきの高級宿に変更することになったのだ。

とりあえず、お湯に浸かって疲労を洗い流すとしよう。

アマツがくれた衝撃の情報で頭がパンクしそうだからな。

がちゃり。

浴室の扉を開けると、そこには全裸のフーヤオが立っていた。

「…………」

「…………、」

濡《ぬ》れた金髪、上気した頬、水分を含んで小さくなった尻尾。

ほかほかとした湯気をまとわせながら、じーっとこっちを見つめている。

私も思わずじーっと彼女の身体を見つめてしまった。

傷だらけだった。

胸や脇腹に、転んだ程度では到底つきそうにない傷たちが、大量に刻まれている。

私はぞっとしてしまった。まさか、匪獣との戦いで――

「……何を見ている」

「わあっ⁉　ご、ごめん！」

私は慌てて目を背けた。

フーヤオはひたひたと足音を鳴らしながらベッドのほうに向かう。鞄《かばん》をごそごそ漁《あさ》って下着だの寝巻だのを取り出し、私のことなど少しも眼中にない様子で装着し始めた。

「ど、どうしてフーヤオがここにいるんだ？」

「……聞いてなかったのか？　ここは二人部屋だぞ」

だったら何故この組み合わせなのだろう？

大方の予想はつく。スピカのやつが面白がって勝手に決めたに違いない。

「……あれ？　一緒に酒場から帰ってきたよな……？」

「お前の目は節穴のようだな。私はとっくに一人で抜け出していたぞ。……ああいう空気は心を摩耗《まもう》させる」

私が戸惑っているうちに、フーヤオはパジャマに着替えてしまった。

獣人用のやつで、腰の辺りに尻尾穴が開いているタイプだ。

……どう接したらいいのか分からない。

しかし、確かめておくべきことがあった。

「フーヤオ、怪我してるのか？」

「……？　怪我などしていない」

「でも傷が」

チッと明け透けな舌打ちが聞こえた。

「……どうでもいい」

「どうでもよくはないだろ⁉　はやく病院へ行こう！」

「これは古傷だ。匪獣にやられたものではないぞ」

意味が分からなかった。

古傷って言われても……そんなの魔核《まかく》があれば治っちゃうだろうに。

しかしフーヤオは私の心を見透かしたように「ふん」と嘲り、

「肉体の損傷――つまり変化は、一定時間経《た》つと〝人体そのもの〟と見做《みな》され、魔核の回復効果が及ばなくなるのだ。私は傷を負うたびに魔核の効果範囲外で自然治癒に任せてきた。だから傷跡が残るのは当然」

「な、なんでそんなことするの？」

「痛みは人を成長させるからだ」

こいつは馬鹿なのかもしれない。

痛いのは誰だって嫌なはずなのに。心がどんどん麻痺《まひ》していく毒みたいなものなのに。

だが――今日の戦いで負傷したのでないならば、私がこれ以上とやかく言っても仕方ないのだろう。

「失《う》せろ。私は寝る」

「……尻尾、乾かさないの？」

殺人鬼の瞳《ひとみ》で睨まれた。

怖くて引きこもりたくなってくるけれど、これは間違いなくチャンスである。

こいつには二回も助けられたのに、まだお礼を言えていないのだ。

私は勇気をかき集めて唇を動かした。

「今日は助けてくれてありがとう。おかげで死なずにすんだよ」

フーヤオは「ぼふんっ」と枕《まくら》に顔を埋《うず》めた。

うつ伏せで寝るタイプなのかもしれない。

尻尾をふさふさと揺らしながら、面倒くさそうに「ああ……」と吐息《といき》を漏《も》らし、

「……お前は私が殺す。あんなバケモノに殺《や》られても困る」

「もしかして、天照楽土のことを根に持ってるのか？」

「お前のせいで私は屈辱を味わった。恨《うら》み骨髄だ——しかし、今は殺さない。何故ならお前は死ぬ覚悟ができていないからだ」

私は思わず首を傾げてしまった。

「……それ、前も言ってたけど、どういう意味なんだ？　分別なく人を殺してるわけじゃない……んだよな？」

「それでは獣と変わらない。私は獣じゃない」

アマツはフーヤオに関して「何か思い詰めている気配がある」と言っていた。

言われてみれば彼女の様子はどこかおかしい。

いつの間にか、あのヘラヘラした第二の人格が現れなくなっている。

かといって、レストランに行く前に現れた第三（？）の人格も出てこないし——まあそれはさておき。

ここで彼女に対する理解を深めておくのも悪くはないな。

私はリュックを漁《あさ》ると、パックに入った稲荷《いなり》寿司を取り出した。

フーヤオが食べたそうにしていたので、飲み会の前に購入しておいたのだ。

「なあフーヤオ、どうしてそんな考えに至ったのか、教えてくれないか?」

「五月蠅《うるさ》い。子供は寝る時間だ」

「二次会だよ二次会。稲荷寿司もあるからさ」

「!」

フーヤオの尻尾と狐耳がピンと立った。どうやら興味を持ってくれたらしい。

彼女は「腐らせるのはもったいないな」と適当すぎる言い訳をつけ、もそもそとベッドから起き上がるのだった。


「――フーヤオって二重人格なの? もう一人はどうしてるの?」

「あっちは寝ている。ネオプラスに到着してから〝裏〟の活動が静かになった。いつもはすぐに出てきて場を引《ひ》っ掻《か》き回すのだが――、」

稲荷寿司を食べながらフーヤオは語る。

表情は特にない。相変わらずテロリストじみた険しい顔つきだ。

狐の尻尾がゆらゆらとリズミカルに揺れているのを見るに、少しは機嫌を直してくれたのだろうか?

「――今は反応しない。だから〝表〟の私が常に主導権を握っている。疲れるな」

「いや、普通の人間はそれが当たり前なんだけど……、いつからそんな感じなの? 生まれた時から表と裏があったってわけじゃないよな？」

「数年前からだ。昔はもっと人格があったような気がするが、いつの間にか〝裏〟に集約されていった」

なんだそりゃ。心の専門家じゃないので仕組みが全然分からない。

とにかく、今のフーヤオは〝表〟。

私にとってはこっちのほうが話しやすい気がする。

「そっか。でも、自分の中に別の自分がいるって想像がつかないな……大変そうだ」

「そうでもない。基本的なポリシーは変わらないよ――〝裏〟のやつも『人は死に場所を選べて然《しか》るべき』という思想のもとに動いているのだ」

「死ぬ覚悟がない人間は殺さない、だっけ？」

「ああ。私がこれまで手をかけてきた人間は、私に死ぬ気で立ち向かってきた者だけ。ただの一人も例外はない」

フーヤオは軽く嘆息《たんそく》し、

「……もういいだろう。それだけのことだ。面白い話は何もない」

「フーヤオは何で逆さ月をやってるんだ？　目的は？」

「……私の目的は強くなること。逆さ月にいる理由は……おひい様が私を拾ったから」

「スピカに？　フーヤオってどこの生まれなの？　ラペリコ王国？」

「………」

さすがに質問が多すぎたかもしれない。

怒っているのか、返答に窮しているのか、その固い表情からは何もうかがい知れなかった。

フーヤオはしばらく間を置いてから口を開いた。

「私はラペリコ王国の農村の生まれだが、その村はもうない。滅ぼされたんだ。そして行く当てのない孤児となった」

「え……、」

「しかも運悪く嵐《あらし》に遭遇し、気づいたら見知らぬ場所で地に這《は》いつくばっていた。そんな私を拾ったのがおひい様なのだ。あの小娘は好きじゃないが、恩があるから付き従っている」

フーヤオは三個目の稲荷寿司に手を伸ばす。

飲み会ではろくに食べていなかったようなので、お腹が空《す》いているのかもしれない。

私はどう返したらいいのか分からず黙ってしまった。

村が滅ぼされたという話題は、あまりにも重すぎるのだ。

その静寂を居心地悪く感じたのか、フーヤオが「おい」とぎこちなく声をかけてくる。

「……お前は、何を目的に生きている？　あるいは、何を目指して生きている？」

「それは……」

少し悩んでから答えた。

「……休暇かな？　あとはそう、世界平和とか」

「それは結構なことだな」

「否定しないのか？」

「否定したところで意味はない。どうせお前の意志は揺るがないのだろう。人と人は分かり合えないものなのだ――とトリフォンが言っていた。まさにその通りだな」

「遠回しに否定してくんなよ……」

「だから否定はしていない。お前の理想は全人類の願望でもあるだろう」

私は驚いてフーヤオの顔を見つめた。

「世界が平和であれば、争いによって悲しむ人間もいなくなる。おひい様も私も、他の逆さ月のメンバーでさえ、誰もがそれを望んでいる。……望んではいるのだが、容易には実現できないからこそ苦しみ藻掻《もが》き、テロリストなどと呼ばれるようになるのだ。だから……ぶれない心で世界平和を叫ぶお前みたいな人間は、眩《まぶ》しい」

フーヤオの言葉には嘘偽《いつわ》りのない純粋な心が込められていた。

もしかしたら、もしかしたら、
何かきっかけさえあれば、この狐少女と分かり合うことができるのかもしれない。

どうしようもないテロリストだけど、カルラの夢を馬鹿にした殺人鬼だけど、それでも和解することはできるのではないか。

「――そ、そうだよなっ！」

私は稲荷寿司のパックを引き寄せると、それをフーヤオの口元に持っていき、

「誰だって世界平和がいいに決まってるよなっ！　常世だって平和になれば、自由に稲荷寿司を食べたりできるようになるはずなんだ」

「いや、稲荷寿司はどうでもいいが……」

「ほら食べてよ！　まだいっぱいあるから！」

「いい。お前が食え――ぶッ」

フーヤオの口の中に寿司をねじ込んだ。

最初は抵抗する様子を見せたものの、すぐに大人しくなり、顔を赤くしながらモグモグと咀嚼《そしゃく》し始めた。

殺人鬼に対してあまりにも大胆な行動だ。

しかし彼女が無闇《むやみ》に人を殺すような人間ではないことは分かった。人は死に場所を選べて然るべき――その思想は彼女の本心から発露したもので間違いないのだから。

フーヤオは稲荷寿司をごくんと呑み込んで、私をギロリと睨み、

「……あまりふざけてると殺すぞ」

「で、でも美味しかったでしょ……？」

「…………」

否定も肯定もしなかった。

ひょっとしたら仲良くなれるんじゃないか——私はそんな淡い希望を胸に抱く。

フーヤオに敵意はない。もちろん殺意もない。

テロリストらしからぬ穏やかな空気さえ漂っていた。

だからこそ、私は一歩踏み込んでしまった。

「……世界平和は達成できる。そんなに難しいことじゃないはずだ」

「夢物語だな。この世界にしたって醜い争いに満ちているじゃないか」

「常世の戦争もすぐに終わるよ。だって……私のお母さんも頑張ってるから」

「——————」

フーヤオの表情が凍りつく。

しかし私は気づくことができなかった。

相手が自分の情報を明かしてくれたのだから、こちらも誠意を持って色々と教えてあげよう——そういう余計な気遣いを働かせ、ペラペラとしゃべっていた。

「あの人は本当にすごいんだ。世界平和のために今もどこかで戦っている。実はずっと死んじゃったのかと思ってたんだけど、最近になって無事だって分かったんだ」

「そうか」

「あの人は私に『困っている人を助けなさい』ってメッセージをくれた。だから私は世界平和を目指して頑張りたいと思ってる。いつかお母さんみたいになれればいいなって……まあ、私なんかじゃ到底追いつけないいんだろうけど」

「……そうか」

「もうすぐ会えるような気がするんだよな。でもいざ再会してみたら言葉に詰まるかもしれない。何を話せばいいか分からないし……そうだ、フーヤオも会ってみる？　皇帝によれば、お母さんは戦うのが大好きだったらしいから、意外と気が合うんじゃないか？」

切れる音がした。

私のほっぺたに切れ込みが入る音だ。

鋭い痛みを感じた直後、天地が逆転した。

次いで、ばふんっ！　とマットに叩きつけられる感触。

私は少しも状況を把握できぬままベッドに押し倒されていた。

ざくりっ!!――耳元に刀が突き刺さった。

「え……」

すぐそこには、瞳に殺意を滾《たぎ》らせたフーヤオの顔があった。

寒気がするほど低い囁《ささや》きが漏れた。

「親の罪は子に引き継がれるわけではない。だがあまりにも不愉快だ」

「い、いきなりどうしたの……フーヤオ、」

「ユーリン・ガンデスブラッドは、私の故郷を滅ぼした張本人なのだ」

心臓が止まりそうになった。

間を置かずして、記憶が自動的に掘り起こされた。

桜の花びらが舞う東都《とうと》――おぼろげな世界の中央で、傷だらけの狐耳少女が、声を枯らす勢いで絶叫していた。


――他人の夢など知ったことではない！　私は私の夢を追い求めているだけだ！

――私は誰よりも強くなって見返してやるんだ！

――私の故郷をぐちゃぐちゃにしたユーリン・ガンデスブラッドに一矢報《いっしむく》いてやるんだ！


ずょん。

何かが切り替わる気配がした。

「――悪い、フーヤオがちょっとオイタを働いちまった」

ぎょっとした。

それがフーヤオの口から発せられた言葉だったからだ。

フーヤオの姿をした誰かは、心配そうに眉根《まゆね》を寄せて手を差し伸べてきた。

「怪我はねえか？　おや、頬が切れちまってるな。すまない」

「な、な、何が――」

「フーヤオにも色々あるってことさ」

例のハイテンションな〝裏〟ではない。

不愛想な〝表〟のはずもない。

まったく別の人間が彼女の身体を借りてしゃべっているような気配すらあった。

それとも、彼女の内に眠っている第三、第四の人格なのだろうか――

ずょん。

再び何かが切り替わる気配がした。

「――失礼！　血が出てしまいましたなっ！」

今度は〝裏〟だ。

フーヤオはにっこりと笑い、ベッドに刺さった刀をズブリと引き抜いた。

全身の震えを抑えるのに必死だった。彼女から発せられた濃密な殺気がまとわりついて離れなかった。

私はとんでもない地雷を踏んでしまったらしい。

この少女のことが一気に分からなくなってしまった。

「〝表〟は精神的に脆《もろ》いところがあるのが困りものですな。〝裏〟の私が支えてあげないと地に足をつけることすらままならぬ」

「……お前、お前は」

「怯《おび》えなさるな。殺しはせぬよ。――ただ、ネオプラスの瘴気は私の精神に悪影響を及ぼすのです」

「さっきの人格は何だったんだ……？」

「もともと〝裏〟は複数の人格に分かれていたのです。時を経るにつれ統合されていったはずなのですが――何故か今になってちょろちょろ復活しております。おそらくすべては瘴気のせいなのです。〝裏〟たる私がなかなか浮上できずにいたのも、人格が混線しておかしな出方をするのも、鉱山都市に渦巻く悲しみの意志力が作用した結果でありずょん。――」

再び何かが切り替わった。

「――やかましい。頭が痛い。私はもう寝る」

「ふ、フーヤオ！」

「お前もさっさと寝ろ」

それきり何を話しかけても反応はなかった。

人格のことはさておき――

結局、私たちは相容れぬ運命だったのかもしれない。

母がフーヤオの故郷を滅ぼしたとは思えなかった。

しかし、少なくともフーヤオはユーリン・ガンデスブラッドに恨みを抱いている。

私は歯痒《はがゆ》いものを感じながら頬に手を添えた。

目が冴《さ》えて眠れそうになかった。

この狐少女は、いったいどんな苦しみを背負っているのだろう？

☆

「――っしゃあああああああ!!　脱獄してやったぞオラアアアアアア!!」

夜半。

知事府の裏庭で、月に向かって吠《ほ》える少女の姿があった。

衣服はぼろぼろ。身体のいたるところが泥で汚れているし、いたるところに細かな擦《す》り傷《きず》ができていた。右手に握られているのは先端がすり減ったスプーン、そして彼女の足元には人がようやく通り抜けられるほどの穴。

逆さ月によって幽閉されていた少女――ネフティ・ストロベリィ。

一晩かけて地下牢の壁を掘り、死に物狂いで地上まで這い出てきたのである。

「ふふ……ふふふふ……待っててね。あたしが殺してあげるから」

復讐《ふくしゅう》の炎がメラメラと燃え上がる。

やつらはネフティから全《すべ》てを奪ったのだ。そして今度は星砦からすべてを奪おうと画策《かくさく》している。絶対にこの手で木乃伊《ミイラ》にしてやらねばならなかった。

だが、そのためには柩が必要だった。

生身のネフティではスピカにもテラコマリにも敵《かな》わないから。

とりあえず建物の内部を探索するしかなかった。

処分されていなければいいのだが――ネフティはスプーンを放り捨て、忍者のようにコソコソした足取りで裏門のほうへと迂回《うかい》する。

ところが、

「そこにいるのは誰だ!!」

「げっ」

いきなり衛兵に見つかってしまった。

制服を着た二人組である。また牢獄に逆戻りか!?――と一瞬焦《あせ》ったが、冷静に考えれば焦る必要など一ミリもなかった。何故ならこっちはサンドベリー伯爵、つまり彼らにとっては仕えるべき上司なのだから。むしろ今のサンドベリーが偽物だと証明してやろうじゃないか。

「ごくろーさん。こっちは何も異常はないよ」

「さ、サンドベリー知事!? どうしてこんなところに……それにその恰好《かっこう》は」

「ちょっと転んじゃってさあ。あー大丈夫大丈夫、ケガとか全然してないから。ところであんたら、あたしの柩を見なかった？」

衛兵たちが顔を見合わせた。

しかしすぐに不審そうな視線を向けてくる。

「あれはご自身が『いらない』と仰《おっしゃ》って焼却処分したはずでは」

最悪だった。

人の私物を勝手に燃やしやがってぇええええ！――そんなふうに頭を抱えたくなった時、ふと衛兵たちが奇妙な目つきでこちらを睨んでいることに気づく。

「……失礼ですが知事、『ピザの具は』？」

「ん？　何だって？」

「合言葉です。知事は我々に命じましたよね？　自分と同じ格好をした偽物が現れるかもしれないから合言葉を決めておく、と」

なんだと……。

あいつら頭よすぎかよ……。

「……え、えっと～、何だったかなぁ？　転んだ拍子に記憶が混乱しちゃってさ～、悪いけど合言葉はなかったことにしてくれない？」

「ダメです。さあ、『ピザの具は』」

「……………………………………………………たまねぎ？」

衛兵たちの空気が変わった。

不審者でも見るかのような視線。

目の覚める絶叫が知事府に木霊《こだま》した。

「——偽物だ‼　捕らえろ‼」

「あたしが本物だよおおおおおおおおおおおおおっ⁉」

ネフティは一目散に逃げ出した。

衛兵どもがワラワラと集まってきた。しかも「ぶっ殺せ！」などと公務員にしては不適切な暴言を吐きながら追いかけてくるのである。もう涙すらこぼれてきた。あいつらもネフティの部下だったはずなのに——

ちくしょう。ちくしょう。ちくしょう。

覚えてろ————‼


数分後。

辛《かろ》うじて追っ手を撒《ま》くことに成功したらしい。

ネフティは薄汚れた路地裏でへたり込んでいた。何度も転んだせいで傷だらけだ。つい数日前まで知事として豪華絢爛《けんらん》な生活をしていたというのに、今では逃走犯のようにミジメな状況である——どうして自分がこんな目に遭わなければならないのだろう？

「くそ……ふざけやがって！」

由々《ゆゆ》しき事態だった。逆さ月にいいように踊らされている。

こんなことがあっていいはずがない——

しかし、ネフティはさらに絶望的なモノを目撃した。

路地裏の掲示板。

そこに知事府からの告知が張り出されていたのだ。

「な……何だこれ⁉」

引き千切るように紙をはがす。食い入るように文字を目で追う。そこに書かれていたのは、県知事サンドベリー伯爵が〝大探検〟なるイベントを企画しているという情報だ。

また勝手なことをしやがって——そういう文句を吐き出す余裕すらなかった。

曰く、

◆〈〝大探検〟のおしらせ　みんなで犯罪者を殺しましょう！〉
星洞に巣食う匪獣の被害は日に日に増大しております。先日は星洞前の広場に中型個体が出没し、幼児が攫われるという事件が発生しました。以降も頻繁《ひんぱん》にネオプラス都市部に現れ、人が襲われております。

知事府の調査により、匪獣を操っているのは〝星砦〟というテログループだということが判明しました。彼らは星洞の奥に潜《ひそ》み、ネオプラスの秩序を破壊しようと企《たくら》んでいるのです。放置しておくことはできません。

そこで、知事府はネオプラスの傭兵たちに「討伐指令」を布告いたします。採掘権の有無《うむ》は問いません、なるべく多くの傭兵で大隊を組み、星洞を探索、星砦のアジトを見つけて匪獣もろとも消し飛ばす作戦です。標的は二人――〝夕星〟と〝トレモロ・パルコステラ〟。彼らこそがネオプラスを破壊する諸悪の根源なのです。

もちろん参加報酬、討伐報酬は弾《はず》みます。ネオプラスの未来のために、是非《ぜひ》とも皆様のお力をお貸しください。


「…………………やばくね？」

やばかった。

手が震えて仕方がない。背中から嫌な汗が噴き出してくる。

スピカ・ラ・ジェミニを侮《あなど》っていた。

やつは確かに邪悪な意志力を持ったクソ吸血鬼だが、まさかここまで容赦《ようしゃ》のない計画を実行するとは思いもしなかった。ネフティが死に物狂いで構築してきた地位や財産、権力を根こそぎ奪い、それを利用してネフティ自身を打ち滅ぼそうとするなんて――

「――どおしよぉおおおおおおおおおおおおおおおお!?」

頭を掻き毟《むし》って絶叫した。

トレモロは未だに星洞の地下にいる。

魔核の採掘をしながらテラコマリとスピカを殺すための準備を整えているのだろうが、しかし、ネオプラス中の傭兵を相手にする余力があるとは思えなかった。

どうすりゃいいいんだ。

夕星、答えを教えてよ――

ぽとり。

背後に何かが落ちるような気配。

ネフティは弾《はじ》かれたように振り返る。そして――そこに見覚えのあるウサギのぬいぐるみが座っているのを見て、顎《あご》が外れるほどの驚愕《きょうがく》に見舞われた。

「ゆ……夕星⁉　夕星っ‼」

泡を食ってぬいぐるみを抱き上げた。

夕星で間違いなかった。この子は意志力を操作することで少しなら動くことができるのだ。

ネフティは「よかったぁよかったぁ♪」と号泣しながらウサギの腹に顔をこすりつけた。

「夕星夕星ゆーせぇいっ！　聞いてよぉっ！　スピカがとんでもないことをしたのっ！　このままじゃトレモロも死んじゃうっ！　あたしはどうしたらいいのっ⁉」

ウサギのぬいぐるみから意志力が伝わってきた。

心を落ち着かせてくれる星の力。
やがてネフティはすべてを解決する解答を手に入れた。
「──え？　魔法石？　ネルザンピの？　でもそんなことをしたら星洞が」
ぬいぐるみが少し震えた。
夕星は安心させるように『大丈夫だよ』と囁いていた。
ネフティの不安が霧散した。
彼女がそう言うのならば何も問題はないのだ。
「──そっか。トレモロなら平気だもんね。分かったよ」
夜明けの光がネオプラスに差し込んでくる。
ネフティはぬいぐるみを抱きしめながらニヤリと笑った。
不意に、誰かが近づいてくる気配がした。

※

黒蠍《くろさそり》のボス──ユジナ・スコルピンは、イライラしながら路地を歩いていた。

顔は真っ赤。子分ども（髭《ひげ》と半裸）に支えられながら、よろよろと千鳥足で朝焼けのネオプラスを進んでいく。

「……姉貴、さすがに呑みすぎだぜ」

「呑んでなきゃやってられねえだろうがよ！　次の店行くぞオラ！」

「いや、もう朝ですよ。今日は休んだほうが……」

「うっせえな！」

小うるさい子分どもを引っ叩《ぱた》いて黙らせる。

もう飲み屋を何軒も梯子《はしご》していた。

平たく言えばヤケ酒である。

ユジナはこれまで順風満帆《じゅんぷうまんぱん》なチンピラ生活を送っていた。

弱者やお上《のぼ》りさんに目をつけ、路地裏に引きずり込んでカツアゲをする。嗅覚だけは人一倍優れていたので、欲をかきすぎず、衛兵がやってくる寸前で脱兎《だっと》のごとく逃走を図る――そういう日々を二、三年過ごしてきた。

あと少しでチンピラ界の王になれたのに。

だが、あの小娘どものせいですべてが台無しだった。

名前は確か……テラコマリとフーヤオ。

賞金首を殺すだけの簡単なお仕事だったはずなのに、何故か返り討ちにされ、結果として黒蠍の名声は地に堕《お》ちた。

「絶対に許さねえ……！　次会ったらぶっ殺してやるッ！」

「その意気やよし！　拍手してあげるよ」

ぱちぱちと手を叩く音が聞こえた。

ゴミ箱の横に、ものすごい恰好をした少女が立っている。

褐色の肌と金の髪飾り、ウサギのぬいぐるみ、すべてを嘲笑《ちょうしょう》するかのような鋭い眼差《まなざ》し。

だが明らかに様子が変だった。

全身は泥だらけの傷だらけ。服もあちこち破けているし、あろうことか裸足《はだし》だった。偉そうな態度にそぐわないみすぼらしい恰好である。

それにしてもこいつ、どこかで見たことがあるような――

「姉貴！　こいつサンドベリー知事ですよ！」

「知事……？」

んな馬鹿な――しかし言われてみれば確かに知事だった。

ネオプラスに発展をもたらした希代の名君。

やつは自信満々な笑みを浮かべ、ヒタヒタと近づいてくる。

「あんたら、黒蠍だよね？　ネオプラスの治安を悪化させてるっていう」

「はっ、捕まえに来たのか？　知事様直々《じきじき》とは恐れ入ったね」

「いやいや、スカウトしに来たんだよ」

スカウト？――黒蠍の三人は首を傾げた。

ネフティはくすりと笑い、

「あたしはテラコマリ・ガンデスブラッドとフーヤオ・メテオライトを排除したいの」

「！」

「協力してくれる？　あいつらが憎いんでしょ？」

ユジナは思わず一歩退いた。

確かにテラコマリとフーヤオはぶっ殺してやりたいが——この少女が放つ得体の知れない雰囲気はいったい何だろう？　歴戦の傭兵よりもはるかに凄《すご》みを感じるではないか。

「……いったい何が目的だ、てめえ」

くすくすと笑みがこぼれる。

暁の光に照らされた少女の顔は、死人のごとく無感情に見えた。

サンドベリー知事は言った。

「あたしら〝星砦〟の悲願は人類滅亡。そして盟主たる夕星からは資金調達と護衛を仰せつかっている——ま、今回のお仕事は殲滅《せんめつ》だよ。ネオプラスをぶっ壊そうと企んでいる馬鹿ども、つまりテラコマリやスピカの殲滅。もちろん協力してくれるよね？」

ひ

［10］大探検

ネオプラスの中央広場はすさまじい熱気だった。

どこを見渡しても傭兵《ようへい》だらけ。

やる気と殺気と欲望に満ちあふれたヤベーやつらである。

ざっと見渡しても千人はいる。

こうして隠れて様子をうかがっているだけでも立ち眩《くら》みを覚えるほどの人いきれだった。

何故《なぜ》彼らが広場に大集合しているかというと――、
これからスピカの企画した〝大探検〟の開会が宣言されるからである。

傭兵どもの視線は広場に設置された演台に向けられていた。

正確には、演台に仁王立ちしている少女、サンドベリー知事に向けられていた。

「諸君！　よくぞ集まってくれた！」

知事のよく通る声が耳朶《じだ》を打つ。

傭兵たちは真面目《まじめ》な顔で彼女の言葉に耳を傾けていた。

「知っての通り、ネオプラスは窮地《きゅうち》に立たされている！　匪獣《ひじゅう》どもが星洞《せいどう》からあふれ、善良な市民たちが苦しんでいるのだ！」

匪獣。真っ黒い獣のことだ。

やつらはここ数日、頻繁《ひんぱん》に星洞の外に現れては人を襲っている。

「元凶は明々白々！〝星砦《ほしとりで》〟というテロリストだ！　やつらは星洞の奥に居を構え、匪獣を調教し、人を襲わせるどころかマンダラ鉱石の利権を我々から奪おうと企《たくら》んでいる！」

サンドベリー知事はグッと拳《こぶし》を握って怒りをあらわにした。

傭兵たちが「許せねえ！」と絶叫する。

知事は「許せないだろう⁉」と彼らの声に応《こた》え、

「ネオプラスの平和と発展を阻害する者には鉄槌《てっつい》が下されなければならない！　よって私は傭兵たちによる〝大探検〟を企画した！」

〝大探検〟の告知はネオプラスのいたるところに張りつけられている。ここに集まっているのは知事の考えに共感した者たちなのだった。

「匪獣を一匹倒せば10万ヌコ！　星砦のアジトを見つければ100万ヌコ！　夕星《ゆうせい》あるいはトレモロを仕留めた者には1000万ヌコを進呈する！　ちなみに、もし〝キラキラと輝く星のような球体〟を見つけたら知事府に報告するように！　報告したら100万ヌコ！」

傭兵どもの目がギロリと光った。

私には分かる――あれは金のことしか考えていないやつの目だ。

聴衆の期待が高まっていく。サンドベリー知事は「ビシィッ！」と人差し指を掲げると、金の亡者《もうじゃ》どもに向かって勇《いさ》ましく宣言するのだった。

「――さあ、ともに戦おうではないか！　知事の名において、諸君が星洞で欲望のままに大暴《あば》れすることを大々的に許可するっ！」

うおおおおおおおおおおおおぉぉぉぉぉ――――――――――っ!!

サンドベリーッ!!　サンドベリーッ!!　サンドベリーッ!!

広場の気温が五度は上がりそうな盛り上がりだった。

こいつら第七部隊に似ている気がする。

やっぱりどの世界もバーサーカーってこういう感じなんだな――そんなふうに何の生産性もない感慨を抱いていると、隣に突っ立っていたスピカが一歩前に出て、

「よくやったわフーヤオ！　これで傭兵たちは気合十分ねっ！」

「気合入りすぎじゃないか……？　これまでの経験からなんとなく分かるけど、ああいうやつらってだいたい見境のない破壊行動を始めるぞ……？」

「分かってないわねえテラコマリ！　見境のない破壊行動こそが目的なのよっ！」

リンズが「ええ……」と引いていた。スピカはポケットからお気に入りの飴《あめ》を取り出すと、それをぱくりと口に含み、

「さあ、星砦をぶっ壊す準備がようやく整ったわ！　行くわよテラコマリっ！　楽しい楽しい

殺戮《さつりく》の時間はすぐそこまで迫っているのっ！」

「迫ってこなくていいよっ――こら、髪を引っ張るな！」

私はスピカに引きずられて広場のほうへと向かうのだった。

☆

改めて思うが、スピカ・ラ・ジェミニの行動力はバケモノだった。

〝大探検〟――それはつまり、傭兵たちを動員して星洞を襲撃する作戦だった。

スピカはサンドベリー知事（正体は星砦のネフティ・ストロベリィという人物らしい）の金と権力を強奪することで、あっという間に星砦にチェックメイトを突きつけたのだ。

私がトレモロの立場だったら泣くだろう。

こんなにヤバそうな連中に命を狙《ねら》われることになるのだから。

「――ご苦労様フーヤオっ！　私たちも傭兵に紛《まぎ》れて星洞に行くわよっ！」

「ああ」

ぼふんっ!!――サンドベリー知事の姿が煙に包まれ、あっという間に狐耳《きつねみみ》少女の姿へと変わってしまった。フーヤオは怠《だる》そうに首を回しながら、

「演技は疲れるな。こういうのは〝裏〟の仕事なんだが……」

「でもフーヤオのおかげでネオプラスは私たちのモノよ！　いちばんの功労者はあんたで決定ねっ！　テラコマリもそう思うでしょ⁉」

「え？　ああ……」

フーヤオはそっぽを向いてしまった。

あれ以来——あの宿屋での一件依頼、フーヤオとはろくに言葉を交わしていなかったのだ。

こいつは私の母が故郷を滅ぼした悪人だと思っている。

だが、アマツに聞いても「あの人はそんなことはしていない」と言っていた。

ゆえにこれは不幸な誤解に違いないのだ。きちんと事情を確認しておく必要がある——そう思ってご機嫌《きげん》ナナメのフーヤオに接触を試みたのだが、成果は皆無に等しかった。

話しかけても無視される。

稲荷《いなり》寿司を出しても反応してくれない。

勇気を振り絞って尻尾《しっぽ》を握ってみると、いきなり斬撃《ざんげき》が飛んできて背後の木が真っ二つになった。スピカは爆笑していたが、私は寿命が五十年くらい縮む思いだった。

そんなこんなで時は過ぎ——

こうして大探検の日を迎えてしまったわけである。

「どうしたのテラコマリ、歯切れが悪いわね⁉　フーヤオとケンカでもした⁉」

「いや、そういうわけじゃ……」

「まー当然ね！　ケンカどころか殺し合いをした仲だもん！」

「そうでもなくてだな……」

「でも今日は仲良くしなくちゃダメよ？　決戦の日なんだから――　ほら見て、入場が開始されたみたいっ！」

スピカが星洞の入口を指差した。

知事府の役人の案内により、傭兵たちが続々と穴に足を踏み入れていく。

ついに星砦との戦いが始まってしまうのだ。

とりあえずトイレを済ませておこう――と思っていたら、フーヤオが神妙な顔をして「おひい様」と呟《つぶや》いた。

「……これはただの勘だが」

「どしたの？　テラコマリを殺したいの？」

「違う。何か嫌な予感がするんだ」

「そう？　気のせいじゃない？」

「……かもな」

「ふむ」

スピカは腕を組み、口に咥《くわ》えた棒つき飴の棒をぐるぐると回転させて、

「――じゃあ気をつけなきゃね。獣人の勘ってもんは馬鹿《ばか》にならないんだ」

意外にも大真面目な表情でそう言った。

こいつらは自分で妙なフラグを立てていることに気づいていないらしい。

とにかく死なない程度に頑張るとしよう。

「あの、コマリさん」

リンズがおずおずと声をあげた。

「大探検に参加するにはギルドカードが必要っていうルールだけど、コマリさんって傭兵登録してるんだっけ……？」

「え？　ああ、してるよ。……というか、リンズやスピカこそ登録してるの？」

「もちろん！」

スピカがにっこり笑ってギルドカードを取り出した。

リンズも恥ずかしそうにカードを見せてくれる。

私は思わず眉《まゆ》をひそめてしまった。

何故なら、そこに筆舌に尽くしがたい文字が刻まれていたからだ。

〈傭兵団　スピカ倶楽部《くらぶ》所属〉

「――どう⁉　すっごく小粋《こいき》で瀟洒《しょうしゃ》なチーム名じゃない⁉」

「これ、パクったの？」

「……？　私が自分で考えたんだけど？」

「ってことは偶然かよ。実は私も〝コマリ倶楽部〟っていう傭兵団に所属してるんだ。お前はウチの変態メイドとセンスが一緒だな」

「…………………」

スピカの笑顔が絵画のように停止した。

珍しいこともあるもんだな……と興味を抱いた瞬間、
ばきんっ‼

彼女のギルドカードが真っ二つに折れた。

「おわあああ⁉　何やってんだお前⁉」

「センスあるわねヴィルヘイズ！　殺したくなってきたわ！」

「意味分からんぞ⁉　というかカード折ったら星洞に入れないんじゃないの⁉」

「知事の権力を使えばどうにでもなるわっ！」

「……やかましい。行くぞ」

フーヤオがすたすたと歩き始めた。

スピカが「皆殺し皆殺し～♪」と物騒な歌を歌いながら彼女の後に続く。

先行き不安にもほどがある。できることなら今すぐ逃げ出したい気分だ。

「あ、そうだ」

不意にリンズが荷物をごそごそと漁《あさ》った。

小瓶《こびん》のようなものを取り出して、それを私に手渡してくる。

「コマリさん、ピンチになったら使って？」

「これって……まさか、血？」

「うん。私の血……」

小瓶の中では紅色《べにいろ》の液体が波打っていた。

そうだ。こういうのがあれば私はいつでも超パワーを発揮できるのだ。

この子はなんて気が利《き》くのだろう。これからは一家に一台リンズが必要な時代が来るかもしれない。いや待て。そんなことよりも――

「い、痛くなかった……？　血を出すの……」

「大丈夫。コマリさんのためだから」

「リンズ……！」

よく見れば、彼女の指先には包帯が巻かれているではないか。

私は感激で胸がいっぱいになってしまった。もう「不安だ」とか「帰りたい」とか言っている場合ではなかった。彼女の気持ちに応えなければならないのだ。

「ありがとうっ！　やっぱりリンズは頼りになるなぁっ……！」

「そ、そんなことないよ。コマリさんのためになることがしたいって思っただけだから……一緒に頑張ろうね」

リンズは儚《はかな》い微笑《ほほえ》みを浮かべていた。

私は小瓶をリュックにしまうと、彼女の手を引いて歩き出した。

はやくスピカに追いつかなければ——そんなふうに考えながら傭兵たちの列に身を投じようとして、

ずょん。

「？」

どこかで楽器の音が響いた気がした。

辺りをきょろきょろ見渡す。しかし目に入るのは血気盛んな傭兵たちだけで、それらしきモノはどこにも見当たらなかった。

「どうしたの？　コマリさん」

「……いや、何でもない」

緊張のせいで幻聴が聞こえたに違いない。

私は頬《ほお》を叩《たた》いて星洞の入口に向き直るのだった。

☆

星洞の内部は迷路のように入り組んでいる。

メインルートから外れれば、迷子になって死ぬ確率が格段に上がるそうだ。

一応、出口までの道順を示した矢印も設置されているのだが、際限のない掘削《くっさく》によって日々複雑化しているので対応しきれていない。

毎年行方《ゆくえ》不明者が何十人も出ているようで、知事府からは「来た道をちゃんと覚えておくように」という注意喚起すら出されているほどだった。

「……なあ、もう帰り道が分からなくなっちゃったんだけど」

「そうなの？　遭難して死ぬ運命が見えるわねっ！」

「やだ！　死にたくない！」

「だ、大丈夫だよコマリさん！　私がちゃんと覚えてるから」

リンズが地図を片手に勇気づけてくれる。スピカのようなパワハラ殺人鬼とは大違いだ。

――現在、〝スピカ倶楽部〟は五十人程度のグループで星洞を調査していた。

紫色の光に包まれた、欲望と悲しみが渦巻く地下大迷宮。

前回探索したルートではなく、普段は採掘者たちもあまり利用しない細道だ。

しかし単なる当てずっぽうではなく、《夜天輪《やてんりん》》がこの方向を示しているのだという。

つまり――このまま進めば、星砦と激突する可能性が高いのだ。

「ねえコマリさん。フーヤオさんと何かあったの？」

リンズがちょんちょんと肩をつついてきた。

フーヤオは相変わらずの仏頂面《ぶっちょうづら》で私たちの先を歩いている。

「……ちょっとすれ違いがあってな。避けられてるんだよ」

「そうなんだ……私もさっき稲荷寿司をお裾《すそ》分《わ》けしたら、そのままゴミ箱に捨てられちゃったの。やっぱり機嫌が悪いのかな」

フーヤオが稲荷寿司に反応を示さないなんて相当である。

というか、リンズの稲荷寿司を粗末に扱うとはいい度胸じゃないか。

「なあスピカ、フーヤオって普段からあんな感じなの？」

「いいえ。表とか裏とか関係なく、もっと口数は多いわよ」

スピカはいつものように血の飴を舐《な》めていた。こんな状況でもピクニック気分でいられるのは尊敬に値する。

「フーヤオから色々聞いたよ。あいつはお前に拾われたんだって？」

「そうね、故郷がボロボロに破壊されて、行き場所がなかったみたいなの。だから私が救済してあげたのよ――聖職者として当然のことでしょ？　もう辞めちゃったけどね！」

「故郷がボロボロって……もしかして……、」

「あの子はユーリン・ガンデスブラッドにやられたって主張しているわ」

リンズが「え？」と顔を上げる。

私は身を竦《すく》ませながらスピカの言葉に耳を傾けた。

「当事者はあの子以外にいないから、真相は誰《だれ》にも分からない。けれど、ユーリン・ガンデスブラッドはかつて核領域で暴虐《ぼうぎゃく》の限りを尽くしてきた七紅天《しちぐてん》大将軍よ。まあエンタメ戦争の範疇《はんちゅう》だけど……いずれにせよその武名は六国《りっこく》に轟《とどろ》き、数多くの人間が恐れおののいた。ラペリコの動物軍団は『ユーリン』と聞いただけでバナナが喉《のど》を通らなくなったたって噂《うわさ》よ？　そういう凶暴な前科があるわけだから、フーヤオの故郷をぶっ壊したっておかしくないわよねえ」

「お母さんはそんなことしない！」

思わず大声をあげてしまった。他の傭兵に「うっせえぞガキ！」と怒鳴られた。

びっくりしてリンズの背中に隠れる私をスピカは愉快そうに見つめ、

「あんたのそれも一つの意見ね！　でもフーヤオはそう思っていない。過去の惨劇《さんげき》に囚《とら》われて身動きができなくなっている」

こちらの会話が聞こえているのかもしれない。

フーヤオの尻尾が苛立《いらだ》たしげに揺れていた。

「あの子の目的は、世界最強の力を手に入れて、何者にも脅かされることのない平和を手に入れることよ。そして、誰もが死にたい場所で死ねる世界を——意味のある死を遂げられる世界を作ろうと本気で思っている」

「それは……いいことなんじゃないか？」

「夢物語ね！　でも夢があるから人は強くなれるのよ！　私を含め、朔月《さくげつ》のみんなは誰にも譲れない夢物語を胸に秘めているわ」

テロリストにもテロリストなりの信条がある——逆さ月と行動を共にする中で私が学んだことだ。だからといって彼らの暴力行為が正当化されるわけではないが、その裏側に隠された事情を丁寧《ていねい》に掘り下げていけば、また違った世界が見えてくるのかもしれない。

……私はこいつらに絆《ほだ》されかけているのだろうか？

駄目だ駄目だ。冷静になれテラコマリ・ガンデスブラッド。

サクナやミリセントの時とはわけが違うんだぞ。

〝朔月〟とかいう幹部連中は、私たちとは思考回路が異なる殺人鬼だ。

こいつらは強制されたわけではなく、確固たる信念のもとに悪事を働いている。ゆえに改心という概念は端《はな》から存在せず、ミリセントみたく組織を抜け出すことも有り得ない。

でも。そうだとしても——、
いや、分からない。

あまりにも難しい問題だった。

「それにしても匪獣の気配がないわねえ」

スピカが呑気《のんき》にそう言った。

確かに影も形もなかった。てっきり入った瞬間に襲いかかってくるかと思っていたのに——大勢の傭兵がいるから怖がっているのだろうか？

「このまま出てこなければいいな」

「出てくるはずよ。あれは十中八九星砦の防衛システムなんだから」

「様子見してるんでしょうか……?」

「さあね！　でも嵐《あらし》の前の静けさを感じるわ！　フーヤオの言う通り、嫌な予感がしてきたわね――」

「――見ろよ！　鉱石だ！」

誰かが声をあげた。

いつの間にか視界が開けていた。

ここも採掘場の一つなのだろう、広々とした空間にはピッケルだのリヤカーだのがほったらかしにされている。

そして――私たちの目の前には、マンダラ鉱石の山が屹立《きつりつ》していた。

とんでもない量である。

紫色の光は目を覆《おお》いたくなるほどの輝きで、宝石の類《たぐい》にはあんまり興味がない私でも「すげえ」と呟いてしまうほどだった。

そんなお宝を前にして、傭兵たちが大人しくしていられるわけがない。

「おいてめえら、ぼけっとするな！　さっさと運ぶぞ！」

「誰かが掘った後に放置したのか？　よく分からんが、こりゃ儲《もう》けもんだな」

「待てよ、星砦のアジトを探すのが先じゃねえか?」

「真面目かテメエは! 知事様だって採掘は許可してるだろうが!」

「ヒャッハー! こんな高純度のブツはなかなかお目にかかれねえぜ!」

傭兵たちは挙《こぞ》って鉱石の山に近づいていく。

やっぱり強欲な連中だ。ここにエステルがいたら「真面目に働いてください!」と憤慨《ふんがい》していたことだろう。

ふと、
私の背後で誰かが動く気配がした。

振り返る。黒いローブに身を包んだ三人組が、猛スピードで来た道を引き返しているのが見えた。

何だあいつら?

まるで何かから逃走するかのような——

その時、先頭を走るローブがこちらに一瞥《いちべつ》をくれ、ニヤリと邪悪に微笑んだ。

私はぎょっとした。

何故ならその顔に見覚えがあったからだ。

あいつは——公衆トイレで私をボコボコにした、〝黒蠍《くろさそり》〟の女じゃないか?

「フーヤオ。傭兵どもを止めろ」

ぞっとするほど冷たい声色で呟いたのは、スピカだ。

彼女の視線は背後の黒蠍ではなく、マンダラ鉱石に群がる傭兵たちに向けられている。

フーヤオが眉をひそめ、

「止める……？　確かにやかましいが、揉《も》め事《ごと》を起こすと面倒だぞ」

「分からないのか？　異質なエネルギーの流れが感じられるだろう？」

リンズがハッとして私の腕をつかんだ。

「魔力……！　魔法が発動してるよ……！」

魔法と言われてもピンとこない。何せ私は初級魔法すら毛ほども使えない魔法オンチだ。火を起こす時は魔法じゃなくて火打石とか魔法石を使うタイプ。

ん？　魔法石……？

「急いで袋につめろ！　他のやつらには内緒だぜ！」

傭兵たちは明かりに群がる虫のごとく宝の山に集まっていた。

彼らが我先にと取り合ったせいで、ちょっとした土砂崩れが起きた。

外側の鉱石が、ずざざざ、と流れ落ち、紫色の奥に隠された〝別の石〟が姿を現す。

「……うおっ、なんだこれ？　内側はマンダラ鉱石じゃないぞ⁉」

「おかしな模様が描かれた石だな……」

それは、魔法石だった。

魔法をそのまま閉じ込めた石であり、あっちの世界では戦争などで使われたりする高級加工品だ。てっきり魔力のない常世《とこよ》には存在しないのかと思っていたが――

そこで、私は恐るべき事実に気がついた。

あの魔法石には見覚えがあった。

よく帝国軍のやつらが敵軍をまとめて爆破《ばくは》する時に使用しているものだ。

つまり――爆発《ばくはつ》系の魔法を閉じ込めた魔法石。

「コマリさんっ！　止めないと……！」

「もう無理みたいねっ！　だって――すでに発動しているから」

「なっ――、」

傭兵たちは不思議そうに魔法石を見下ろしている。

すでに何もかもが手遅れだった。

私でも感じられるほど膨大な魔力の波動が膨れ上がった。

リンズが悲鳴をあげてその場にうずくまり、フーヤオが刀を構えて身を翻《ひるがえ》し、スピカの瞳《ひとみ》が紅色の輝きを発した直後――

大量の魔法石が、一斉に爆《は》ぜた。

☆

星洞が音を立てて崩れていく。

ネオプラスをネオプラスたらしめる宝の山が、一人の少女の邪悪な思いつきによって、見るも無残に無に帰していく。

それは天地を突き崩すかのような衝撃だった。

星洞の入口は砂塵《さじん》を吐いて崩壊し、広場にたむろしていた〝まだ入場していなかった傭兵たち〟が吹き飛ばされていった。

崩壊は連鎖し、ネオプラスのいたるところで地盤沈下が発生。

都市の人々はなすすべもなかった。

ある者は瓦礫《がれき》に押し潰《つぶ》され、ある者は地割れに巻き込まれて地下へと落ちていった。

これまで汗水たらして発展させてきた星砦の〝砦〟が、波にさらわれる砂のお城のような感じで壊れていく光景——

「おいおい……魔法石ってこんなに威力があったのかよ……」

ネフティは引き攣《つ》った笑みを浮かべながら都市の惨状《さんじょう》を見下ろしていた。

星洞には魔法石が保管されていたのだ。

ネルザンピが「非常時に使いたまえ」と進呈してくれたモノである。

夕星はこれを起爆させることによって逆さ月や傭兵どもを一網打尽にしようと考えていたよ

うであるが——予想以上の戦果だった。これほどの爆発ならば、いかな〝神殺しの邪悪〟や〝殺戮の覇者《はしゃ》〟といえどただではすまないだろう。

だが、それによって大きな代償を支払うことになったのは否定できない。

星洞はあらゆる意味で星砦の要《かなめ》だ。

これほど破壊されてしまえばネオプラスの経済が停滞するのは必定《ひつじょう》であり、マンダラ鉱石が採掘できなくなる以上、遠からず資金面で苦境に立たされることになるのは目に見えていた。

不祥事を起こした罰として知事をクビにされるかもしれない。

というか、トレモロは死んでないよな？

夕星が言うには「地下深くにいるから大丈夫」とのことだったが——

それに、星洞にある〝大事なモノ〟にまで被害が及んでいたら目も当てられなかった。

「えっと……夕星、これ大丈夫⁉」

ネフティは己《おのれ》の腕に抱いたウサギのぬいぐるみに目を落とす。

しばらく待っていると、意志力が震動して答えが返ってきた。

「——そ、そっか！　よかったぁ！　あいつは無事なんだね——いやいや、別に心配してるわけじゃないけどねっ！　で、あたしはこれから何をすればいいの？」

すぐに指示が飛んできた。

どうやら夕星はここでスピカやテラコマリを仕留めるつもりのようだ。

ならば協力しなければならなかった。枢《ひつぎ》を失った自分がどれだけ力になれるかは分からないけれど。

ネフティは「うん」と頷《うなず》き、建物の影から飛び出すと、星洞に向かって走り出した。

とりあえず、スピカやテラコマリの死に顔を拝んでやろうじゃないか。

人のモノを勝手に奪った罰だ。やつらには霊魂の復活なんて訪れはしないだろう——死ぬほどいい気味だった。

☆

「あああああ⁉ なんか星洞が爆発したぁあああ——————⁉」

ネオプラスの一等地、辛《かろ》うじて崩壊を免れた金持ちの屋敷の屋上で、ロネ・コルネリウスは絶叫していた。

眼下に広がるのは、爆風によってボロボロになった街の光景だ。

被害が大きいのは星洞入口付近——つまりネオプラスの中心部から、半径500メートルといったところか。あちこちで地割れが発生し、無数の建築物が沈下していた。火災も発生したらしく、人々が忙《せわ》しなく行き交っている。

「くそ、これじゃあマンダラ鉱石が採掘できないじゃないか！ 後でこっそり潜《もぐ》ろうと思ってたのに……！」

「お前はまた捕まりたいのか」

隣に立っていたアマツが溜息《ためいき》を吐《つ》いた。

コルネリウスを牢獄《ろうごく》から出してくれたのは彼なのである。

逆さ月の中ではスピカを除いてもっとも付き合いが長く、普段はロクでもない意地悪ばかりしてくるが、こういう肝心な時には頼りになるので利用しがいのある男だった。

「逮捕なんて怖くない！　私はマンダラ鉱石が喉から手が出るほど欲しいんだよ！」

「鉱石なんかどうでもいいだろう。星洞にはおひい様やテラコマリが潜っていたはずだ」

「む……」

聞いた話によれば、スピカたちは本日の大探検に乗じ、星砦のアジトを捜索する予定だったという。だが――こんな大規模な爆発が発生してしまえば、もはやアジトがどうとか言ってられる状況ではない。

「アマツ！　コルネリウス！　そんなところで何をやっているのですか！」

屋根の下から声が聞こえた。

白い髪の男、トリフォン・クロスが険しい目つきでこちらを睨《にら》んでいた。

ちなみにアマツ、トリフォン、コルネリウスら『裏方』は、逃げた知事の捜索を命じられている。どう考えても牢屋を監督していたトリフォンの責任なのだが、何故か連帯責任でアマツやコルネリウスも駆り出されたのだ。

「おひい様が危険です。今すぐ星洞に向かいましょう」

「おひい様の命令は聞かなくていいのか？　あの小娘は『サンドベリーを捕まえるまでついてくるな』と言ってたぜ。知事を放っておけば面倒なことになる可能性が――」

ずどんっ‼

コルネリウスの頬すれすれに巨大な瓦礫が降ってきた。

トリフォンの【大逆神門《たいぎゃくしんもん》】が発動したらしい。

は？　なんで私が狙われたの？――冷や汗が垂れるのを自覚しながら突っ立っていると、蒼玉《そうぎょく》の男は「残念ですね」と本当に残念そうに呟いた。

「手元が狂ってしまいました。アマツの脳天を破裂させる予定だったのに」

「おい、ちゃんと狙えよ⁉　私が死んだらどうするんだ⁉」

「どうでもいいが、今から星洞に向かって事態が好転すると思うのか？　おひい様は今頃《いまごろ》バラバラ死体になっているかもしれないぞ」

「口では余裕ぶっていますが――あなたも気が気ではないようですね、アマツ」

コルネリウスは驚いてアマツの顔を見上げた。

確かに……この男にしては珍しく、焦《あせ》りが見え隠れしているような気配がある。

トリフォンが「愚かなことです」と吐き捨てるように言った。

「いつまでも傍観者を気取っていると、いずれ大切なものを失ってしまいますよ。熱意を持って行動した者だけが栄光を手にすることができるのです」

「………」

アマツはしばらく考えて後、

「……そうだな。今回ばかりはお前に賛成だ」

「では参りましょう。逆さ月の栄光のために」

どうやら星洞に乗り込むことが決まったらしい。

しかしコルネリウスは一抹《いちまつ》の不安が拭《ぬぐ》えなかった。

この街に到着した時から不審に思っていたのだ――鉱山都市ネオプラスは、通常では考えられないほど空気が淀《よど》んでいる。

端的に言えば、あまりにも縁起が悪すぎる土地なのだ。

それはひとえに悲しみの意志力が滞留しているからであろう。

「……タチが悪いね。おひい様よりも、ずっと」

コルネリウスは胸元《むなもと》をぽりぽりと掻《か》いた。

そこには〝消尽病《しょうじんびょう》〟の印、星痕《せいこん》が薄《う》っすらと浮かんでいる。

☆

ぽつぽつ、ぽつぽつと――

雫《しずく》が落ちる音がする。

ひんやりとした空気、噎《む》せ返るような土煙のにおい。

私はゆっくりと目を開けた。

手足を動かしてみると、節々に激痛が走った。

でも命に別状はなさそうなので一安心。

よろめきながら立ち上がり、おっかなびっくり周囲の様子を確認する。

濃密な紫色の輝きに満ちた世界。

天井《てんじょう》はすぐそこで、背の低い私でも手を伸ばせばタッチできる距離だ。

どこかに水脈でもあるのか、岩と岩の隙間《すきま》からぽつぽつと水滴が落ちてきた。

そうしてすべてを悟った。

星洞の崩壊に巻き込まれ、地下深くに閉じ込められてしまったのだ。

恐怖が膨れ上がり、思わず身震いしてしまった。

四方八方が無骨な岩の壁。

グーで殴ってみても手が痛いだけだった。

地上に戻る方法が少しも分からない。このままでは餓死してしまうかもしれない。リュック

に お弁当が入っているけれど、一食ぶんだけだ。

それに、私以外のみんなはどうなったのだろう？

魔法石による爆発は、天地をひっくり返すほどの威力だった。

私は奇跡的に命拾いしたが、リンズやスピカ、フーヤオが無事である保証はどこにもないのだ――

その時、かすかな呻《うめ》き声を聞いた。

光っていない壁のところに、誰かがぐったりと横たわっている。

狐の耳と尻尾を持つ獣人――フーヤオ・メテオライト。

頭から血を流し、苦しそうに喘《あえ》いでいた。

「フーヤオ！」

慌《あわ》てて彼女のもとに近寄った。私はコルネリウスからもらった絆創膏《ばんそうこう》を取り出すと、慣れない手つきで治療を施していった。

「う……、テラ、コマリ……？」

「だ、大丈夫か⁉　私の声は聞こえる⁉」

「ああ……」

どうやら意識はあるらしい。

ひとまず彼女が無事だったことが分かり、私は安堵《あんど》の溜息を漏《も》らすのだった。

☆

「……一応、礼を言っておこう」

「うん。無事でよかった」

紫色の光に包まれた空間――

私とフーヤオは瓦礫に並んで腰かけていた。

彼女の傷はそれほど深くないようで、血もすぐに止まってしまった。しばらくすると問題なく動けるようになり、今ではすっかり見慣れた仏頂面に戻っている。

この密室に閉じ込められたのは、私とフーヤオだけらしい。

それ以外の者たちの安否は見当もつかなかった。

「くそ……いったい何がどうなってるんだ？　他の皆は無事かな……」

「おひい様とアイラン・リンズは問題ないだろう」

フーヤオが頭を押さえながら呟いた。

「私たちがこうして無事でいられるのは、おひい様が爆発の威力を軽減したおかげだ」

「そんなことができるのか……？」

「やつは物事の流れに干渉する力を持っているらしい――とにかく、おひい様がわざわざ力を発揮したのだから、あの二人が呆気《あっけ》なく爆死しているとは思えない」

よく分からないが、ここはフーヤオの言葉を信じておこう。

最悪の展開を予想して絶望するのは精神衛生上よろしくない。

「……さて、これからの話だが、」

フーヤオは水筒の水を少し口に含むと、億劫《おっくう》そうに立ち上がり、

「どうやら我々は崩落に巻き込まれ、星洞の地下深くに落ちてしまったらしいな」

「どうしてこんなことになったんだ……？」

「星砦の策略に決まっている。おそらく逃げた知事が――ネフティ・ストロベリィがやったのだろう」

まじかよ。もう勝利は確定したと思っていたのに。

フーヤオが「ちっ」と忌々《いまいま》しそうに舌打ちをした。

「……全部トリフォンの責任だ。あいつが知事を逃がしたのが悪いんだよ」

「いやまあ、まだ決まったわけじゃないし……それよりも、ここから出ることを考えようよ」

私はきょろきょろと周囲を見渡して、

「刀で壁を切断したりできないの？」

「無理だ。仮に切断できたとしても、この星洞はおそらく非常に危ういバランスの上に成り立っている。どこかを崩せば、それが引き金となって大崩落を起こすかもしれない」

となると私が烈核解放《れっかくかいほう》を発動してぶっ壊すのも避けたほうがいいということか。

そもそもぶっ壊せるのかどうか分からないけど。

「じゃ、じゃあどうするんだ？　まさかこのまま飢え死に……!?」

「そんなわけあるか。――見ろ」

視線で促《うなが》され、背後の壁の下のほうに目を向ける。

猫が出入りできそうなくらいの穴が開いていた。

どうも足元がひんやりすると思ったら、その穴から冷風が吹き出しているのだ。

つまり、壁の向こう側につながっている可能性があるということ。

私は四つん這《ば》いになって穴を覗《のぞ》いてみた。

「……これ、無理じゃない？　途中で引っかかりそうなんだけど？」

「無理じゃない。行け」

「行けって言われても――いたっ！　おい、お尻《しり》を蹴《け》るなよ!?」

私はむりやり穴の中へと押し込まれてしまった。

ゴツゴツした岩が全身に当たって痛かったけれど、こうなったらヤケクソである。

他に手段はないのだから我慢するしかない――必死の思いで狭苦しい道を匍匐《ほふく》前進していくと、にわかに視界が広がった。

隣の空間に辿り着いたらしい。

そこは幅広い隧道《すいどう》だった。傭兵たちが掘削した裏道に違いない。

「よ、よし！　なんとか脱出できた――、あれ？」

違和感に気づいた。

お尻が引っかかって前に進めないのだ。

必死で抜け出そうと暴れてみるが、痛いだけで効果はなかった。

私は耳が熱くなるのを自覚した。

なんてことだ……こんな間抜けな展開は想像もしていなかった。

穴から顔を出したまま餓死なんて冗談じゃねえぞ。

「どうしようフーヤオ。引っかかったんだけど……」

「邪魔だ。さっさと進め」

「え？――おわあああっ⁉」

いきなりお尻をムギュッとつかまれた。

しかもグイグイと容赦《ようしゃ》なく突き上げてくるではないか。

恥ずかしいやら痛いやらで脳味噌《のうみそ》が真っ白になってしまった。臀部《でんぶ》を揉まれながら死を覚悟した瞬間、私の身体《からだ》は「にゅるんっ！」と穴から押し出された。

「ぐへっ」

転がり落ちるような感じで地面に顔面を叩きつける。

痛い。なんて乱暴なんだ。お年寄りだったら絶対に死んでるぞ――そんな感じで内心文句を垂れていた時、フーヤオが穴から軽《かろ》やかに飛び出してくるのを目撃した。すたっ。

私とは月と鼈《すっぽん》レベルの華麗なる着地だった。

「……お前のほうが大きいのに、どうして引っかからないんだ？」

「関節を外した」

なんだよその技術……。

フーヤオはボキボキと関節を嵌《は》めながら周囲に視線を走らせ、

「帰り道の方向を示す矢印が描かれているな。しかしそっちは瓦礫に埋《うず》もれている。深部へ向かうしかないらしい」

私は服についた砂埃《すなぼこり》を払い、

「深部と言ったって、そっちも最終的には塞《ふさ》がってるんじゃないのか？」

「行ってみなければ分からないだろう」

それはそうだった。道が一つしかないならば突き進むしかない。

私は慌ててフーヤオの後を追った。

「この先に魔核《まかく》とか星砦のアジトとかがあるのかな？」

「…………」

「？　どうしたんだ？」

「……いや」

彼女はしきりに辺りの様子を気にしていた。

狐耳が何かを警戒するようにピンと張っている。海千山千のテロリストとはいえ、生き埋めにされれば少しは不安になるということだろうか。

☆

「……なあ、この前の話だけど、」

私はサボテンの針に触れるような気分で口を開いた。

星洞の中は薄暗く、静かで、何かしゃべっていないと恐怖に押し潰されてしまいそうだったのだ。

「お前の事情をよく知りもしないで無神経なことを言っちゃったな。ごめん」

「………………」

話題は選ぶべきだったのかもしれない。

フーヤオの背中から虫をも殺す圧迫感が漂ってくる。

やはり「今日はいい天気ですね」くらいが妥当《だとう》だったか。天気分かんねえけど。

「……私が勝手に不快に思っただけだ。お前に非はない」

ところが、意外にも柔らかな反応が返ってきた。

「お前が私の事情を知らないのは、私が語っていないからだ。わざわざ謝る必要はないし、そうやって蒸し返されること自体が不快なのだ」

「でも、すれ違ったままだと協力もできないぞ」

私は小走りでフーヤオに追いつくと、隣に並んで彼女の顔を見上げ、

「不快なのは承知で聞くが、お前はうちのお母さんと何があったんだ？　本当に嫌ならしゃべらなくてもいいけどさ……」

「宿屋で言った通りだよ」

フーヤオは溜息を吐いて正面を見据えた。

「治療の礼で語ってやるが、少しも面白《おもしろ》い話ではないぞ。私の故郷、ルナル村は、ある日突然ユーリン・ガンデスブラッドに焼かれた」

「焼かれたって……、何でそんなことするんだよ」

「それはお前がよく知っているはずだ。やつは核領域で殺戮を繰り返してきた七紅天。村を滅ぼすくらい平気でやってのけるだろう──そして実際、ルナル村の人々は一人残らず殺されてしまった。生き残ったのは私だけだ」

「お前だけ……？」

それはちょっとおかしな話だ。

「魔核はどうしたの？　神具を使われたってこと？」

「その可能性もあるが、そもそもルナル村は魔核の存在を知らない田舎だった。たとえ通常の武器で殺されたのだとしても、村人の誰一人として無限恢復《かいふく》の恩恵を受けることはできなかったんだ」

「んん？　そんなことがあるのか……？」

「ある。私は幼い頃は魔核なんて知らなかった。そういう村の一つや二つ、存在していたっておかしくないだろ」

ボタンを掛け違えているかのような、奇妙な違和感が付きまとう。

「それ、いつの話？」

「数年前だ」

「もっと具体的に教えてくれよ」

「……八年くらい前」

お母さんがいなくなるよりも前の話だった。

フーヤオは「もういいだろう」と吐息《といき》を漏らし、

「お前が私の話を信じないのはお前の勝手だが、私が私を信じ続けるのも私の勝手だ。私は必ずユーリン・ガンデスブラッドに復讐《ふくしゅう》を果たす。これ以上説明することはない」

「いや、まだ聞きたいことが――」

フーヤオが足を止めた。

何事かと思って私も停止すると、彼女の瞳に殺気が広がっていくのが見て取れた。しかも腰に佩《は》いた刀の柄《つか》に手をかけているではないか。

「ご、ごめん！　話題を変えよう！　私はサボテンなら大きくて丸いやつが好きなんだけど、フーヤオはどういうのが好き？」

「静かにしていろ。――さっそく敵が現れたようだ」

「は？」

つられて視線を正面に戻した瞬間、私は「わあっ」と声をあげてしまった。

そこにいたのは、黒々とした体躯《たいく》を誇る影のような獣たち――匪獣だった。

前に遭遇したものより遥《はる》かに小さいが、かわりに数が多く、総勢で十四近くいる。どいつもこいつも本物の肉食獣みたいに獰猛《どうもう》な瞳をこちらに向けていた。

「フーヤオ！　逃げるぞ――」

ずばっ！

黒々とした影が辺りに飛び散った。

こちらに飛びかかってきた一匹が、フーヤオの刀によって真っ二つにされたのだ。

仲間の死を目撃した残りの匪獣たちは、しばらく様子見をして後、唸《うな》り声をあげて一斉に襲いかかってきた。

フーヤオはにやりと好戦的に笑い、地に落ちたマンダラ鉱石の破片を踏み潰しながら、

「さあ――死ぬ覚悟はできているか？」

律儀かつ呑気に決め台詞《せりふ》をキメていた。

私は怪我《けが》をしないように岩陰に隠れることにした。

運動音痴が出しゃばっても邪魔になるだけなのだ。

☆

テラコマリやフーヤオとは離れ離れになってしまったようだ。

爆発の威力は軽減してみたが、それでも大規模な崩落は免れなかった。

洪水にも似た土砂崩れが発生し、強欲な傭兵たちは押し流されて生き埋めとなった。魔法石を起動させた〝黒蠍〟を含め、ほとんどが死んだに違いない。

これはおそらく星砦の仕業《しわざ》だろう。

迂闊《うかつ》だった。まだそんな手が残されていたとは。

やつらは私やテラコマリ、傭兵どもを丸ごと葬《ほうむ》り去る腹積もりだったのだ。

「――ま、私は生きてるけどね！」

ポケットから飴を取り出し、「う〜ん」と伸びをして周囲の様子をうかがう。

空気の重さからして、かなり下方まで落ちてしまったらしい。

紫色の光に包まれた、何の変哲もない星洞の光景だ。

ただ——岩石に埋もれるようにして、巨大な建築物の柱が見え隠れしている。

私は足元に気をつけながら、ゆっくりと歩を進めた。

過度な装飾を用いない質素な様式。埋もれた円柱はムルナイト宮殿のそれよりも太く、しかもそれが壁の向こうに何本も連なっているらしい。

つまり、星洞の地下深くには、巨大な神殿（？）が聳《そび》えていたのだ。

「これかしら？　星砦の本拠地は……」

だとしたらお粗末なことだ。

黒蠍や魔法石を御しきれず、己らのアジトを埋もれさせてしまうなんて。いや、そうなる可能性があっても爆破しなければならないほど追い詰められていたのだろう。

——ふと、奇妙なエネルギーの流れを感じた。

これは魔力、いや意志力？

何かが神殿を出たり入ったりしているような。

「す、スピカさんっ」

その時、背後でずっとモジモジしていたアイラン・リンズが、たまりかねたように声を発した。気分で無視していたけれど、そろそろ構ってあげなければ可哀想《かわいそう》だった。

「あの、ここってどこなんでしょうか……？」

「リンズ！　腕も脚も捥《も》げていないようね、よかったわ！」

「は、はい。スピカさんも無事でよかったです」

リンズは無垢《むく》そうに笑っていた。

しばらく行動を共にしたことで、愚かにも気を許し始めているらしい。

そういうところが単純で可愛《かわい》いのだけれど。

「コマリさんやフーヤオさんは無事でしょうか……」

「二人なら無事よ！　私の烈核解放で分かるもの！　今は離れ離れになっちゃったけど、すぐに合流できるわ！」

「そうですか……よかった……」

真《ま》っ赤《か》な嘘《うそ》だった。私の烈核解放はそんな便利なものではない。

あの二人が死んだとは思わないが、迂闊に「無事かどうか分からない」なんて言ったら、どうせこの小娘はぎゃあぎゃあ騒ぐ。嘘を有効活用するのが賢く生き抜く秘訣《ひけつ》である。

「でも……ずいぶん深くまで来ちゃいましたね。私たち、帰れるんでしょうか」

「不安だったらまずは行動してみることね！　あんた、歩ける？　挫《くじ》いたりしてない？」

「はい、大丈夫です」

「そう」

私は瓦礫に埋もれた神殿を見上げる。

岩と岩の隙間に、辛うじて入口らしきものを発見した。

細身の人ならギリギリ通れるくらいのスペースだ。

「お城……ですか？　ここが星砦のアジトなんじゃ……」

「その可能性も否《いな》めないわねっ！　さっそく突撃するわよっ！」

「ええ⁉　心の準備が……」

「すべてを殺す覚悟ができていればＯＫ！　うかうかしていると、大事を成し遂げる前に老いてしまうわよっ！」

「うう、コマリさん……」

私はリンズの腕を強引《ごういん》に引っ張ると、わずかな隙間に身を滑り込ませた。

鬼が出るか蛇が出るか。ここが星砦の本拠地であれば、トレモロ・パルコステラや夕星もいるはずだ。

☆

十匹どころではなかった。

隧道のありとあらゆる物陰から黒き獣が姿を現し、次から次へと私たちに牙《きば》を剝《む》いたのである。

「小賢《こざか》しいな」

フーヤオは目にもとまらぬ速度で刀――《莫夜刀《ばくやとう》》という神具らしい――を振り回し、片《かた》っ端《ぱし》から匪獣を撃破していった。私はといえば、岩の後ろに隠れたまま、隧道で繰り広げられる異次元バトルの様子をこっそりうかがうことしかできなかた。

あんなもんに巻き込まれたら死ぬ。

フーヤオの手助けをしてやりたいのは山々だが、リンズにもらった血の小瓶は一つしかないのでこのタイミングで飲むかどうかも悩みどころだし、そうなると私にできることなんて大声を出して囮《おとり》になることくらいで――

べちゃっ!!

破壊された匪獣の残骸《ざんがい》が足元にこびりついた。獣の形だったものがドロドロの液体に溶けていき、やがて破壊されたマンダラ鉱石――コアだけになって地に落ちる。

なんなんだ、この生き物は。

やっぱり誰かが人工的に作ったモノなのか……?

「テラコマリ! そっちに行った!」

「え? うわああ!?」

一匹の獣が雄叫《おたけ》びをあげながら突貫してきた。

私も私で雄叫びをあげながら身をよじり、なんとか死のタックルを回避。

標的を見失った匪獣はその身体を岩石に叩きつけたが、驚異の瞬発力を発揮して方向転換、すぐさま私を目がけて追いかけてきた。

「こ、こっちに来るなああああああああああ⁉――――――――へぶっ」

スッ転んだ。

運動不足が急に全力疾走するからこうなるのだ。

ポケットから血の小瓶が飛び出し、でこぼこした地面をコロコロ転がっていった。

手を伸ばしても届かない、届いたところで飲んでいる暇なんかない。

嗚呼《ああ》このまま獣のエサになるんだな――死を覚悟しかけた瞬間、
ズバッ！　と肉が切断される音を聞いた。

見れば、フーヤオの《莫夜刀》が匪獣の身体を綺麗《きれい》にスライスしていた。

「手間をかけさせやがって！」

だが一件落着とはいかなかった。

刀を振り上げているフーヤオの背後、
別の匪獣が大口を開けて彼女の首筋に食らいつこうとしていた。

「フーヤオ、後ろ――‼」

「ッ」

即座に振り返ろうとする。

しかし、立ち眩みでもするかのように彼女の身体がふらついた。

この少女も怪我人なのである。いくら冷酷無比なテロリストとはいえ、赤い血が流れる人間であることに変わりはない。

つまり、反応が遅れた。

私は後先を考えずに跳ねた。

こいつは私を助けてくれたのだから、私もこいつを助けなければならない――そういう単純な理屈すら頭の片隅にもなく、目の前で傷つこうとしている人を救いたい、ただその一心でフーヤオを突き飛ばしていた。

「おい――！」

黒々とした獣が、すぐそこまで近づいていた。

トゲトゲとした牙が、私の肩にめり込んだ。

☆

――数分後。

隧道には砕けたマンダラ鉱石が散らばっていた。

匪獣のコアとなっていたもので、すべてフーヤオがぶっ壊してくれたのだ。

辺りに新手の気配はなく、星洞内部はひっそりと静まり返っていた。

襲撃はひと段落ついたらしい。

だが――

「――い、いだだだっ！　もっと優しくしてよっ！」

「痛みは訓戒にもなる。これを機に無茶な行動はやめることだ」

私の肩に膏薬《こうやく》を塗りながら、フーヤオは呆《あき》れたように溜息を漏らす。

薬って沁《し》みるんだな……しかも塗ったからといって傷がすぐ治るわけでもない。

魔核がどれだけ馬鹿げた存在なのかが今更になって実感できるぞ。

「……後はガーゼか何かで塞いでおけばいい。私はいつもそうしてきた。吸血種のお前なら、完治までに大した時間もかからないだろう」

「うむ……ありがとう」

私はフーヤオのかわりに匪獣の攻撃を食らった。

牙が肩口に突き刺さったのだ。あの時は痛すぎてもう死ぬかと思ったが、人間の身体というものは案外頑丈にできているらしく、命を左右するほどの深手にはならなかった。

ちなみに匪獣はすぐさま体勢を立て直したフーヤオによって退治された。

私なんかが庇《かば》う必要はなかったのかもしれない。

「……どうして私の身代わりになったんだ」

フーヤオは治療道具を片付けながら口を開いた。

「見捨てればよかった。お前がそんな怪我を負う必要はなかったのに」

「知らない間に身体が動いてたんだからしょうがないだろ。フーヤオだって、目の前に危ない人がいたら助けたくなるだろ？」

絶滅危惧《きぐ》種の動物を発見した時のような視線を向けられた。

すぐさま目を逸《そ》らし、「そうだな」と淡泊に呟く。

「……だが、お前は私を恨《うら》んでいるはずだ。テロリストのためにそんな怪我をしたことを後悔する日がくるだろう。いや、すでに後悔しているんじゃないか」

「勝手に私の気持ちを決めつけるなよ。後悔なんて少しもしてないから」

「嘘だ。私はお前やお前の友達のアマツ・カルラを殺そうとしたのだから」

「捻《ひね》くれすぎだよ。あと考えすぎだ」

私は軍服を羽織り、落ちた小瓶を拾いながら、

「確かにお前は私の仲間を傷つけた悪いやつだけど、でも私を助けてくれた良いやつでもあるんだ。敵とか味方とか、善とか悪とか、そういうのはよく分からない。ただ、お前が傷つくのは嫌だと思ったのは本当なんだ」

「…………」

宿屋で見たフーヤオの素肌は痛ましかった。

これ以上傷が増えるのは可哀想だと心の底から思う。

フーヤオはしばらく尻尾を揺らして沈黙していたが、にわかに立ち上がると、くるりとこちらに向き直り、

「……分かった」

「何が？」

「お前がとんでもない甘ちゃんで、手の施しようもない変人だということが分かった」

「し、失礼だな……私はこの世界における唯一の常識人だぞ」

「そんなことを言ってる時点で常識外れなのさ。……とにかく、お前が多くの人間に囲まれている理由が分かった気がするよ」

空気が和らいだ。

テロリストらしい殺意が薄まっている。

びっくりして見上げると、フーヤオはぶっきらぼうに目を逸《そ》らしてしまった。

視線を合わせてくれない。妙な空気を強引に破壊するような勢いで、それでいてどこか恐るといった調子で、彼女がすっと手を差し伸べてきた。

「……立てるか。問題ないなら、先に進もう」

問題はなかった。

私はフーヤオの手を握り返すと、「うん」と頷いて立ち上がった。

☆

それきりしばらく敵が姿を現すことはなかった。

紫色の隧道を、フーヤオと並んで歩く。

何度か瓦礫の山に突き当たったが、いずれも人が通れるくらいの隙間はあったので、なんとか立ち往生せずにすんでいる。

しかし私は嫌な予感が拭えずにいた。

このまま進めばいつか行き止まりにぶち当たるのは想像がつく。

水や食料には限りがあるし、体力だって無限じゃない。

どうにかして脱出方法を探さなければ、結局は木乃伊《ミイラ》になってしまうのがオチだ。

「……なあフーヤオ、リンズの血を飲んでいいかな？　私が烈核解放を発動すれば、脱出のためのヒントが分かる気がするんだけど」

「それは戦闘の時までとっておけ。この先にはトレモロ・パルコステラだの夕星だのが待ち構えている可能性がある」

「むう……そうは言われてもな……」

でも彼女の言には一理あった。

どうしてもダメという状況になるまでは我慢するべきなのだろう。

「お前の血を吸うのってダメ……？」

「…………それも最後までとっておけ」

私は隣を歩くフーヤオをちらちらと観察する。

これまでよりも雰囲気が柔らかい。尻尾もゆらゆらと揺れている。

何を考えているのか分かりにくいが、少なくとも私が隣にいることに不快感は覚えていないようだ。

どうしよう。世間話でもしようか。

彼女の過去について色々と聞きたいのだが――

「――光が、」

とりあえず「狐うどんは好きですか？」という当たり障りのない話題から始めようと思って口を開きかけた時、フーヤオが目を見開いて立ち止まった。

「光が差している。マンダラ鉱石じゃない」

「え？　あ……、ほんとだ⁉　あれって日光じゃないか⁉」

隧道の奥。

紫色の光が途絶え、かわりにオレンジ色の光が降り注《そそ》いでいる。

というか、あれはたぶん隧道の出口だ。

闇《やみ》に包まれた世界が、ぽっかりと丸く切り取られているのだ。

もう夕方になっていたらしい。出口の向こう――地面に生い茂る草花を照らしているのは、血のように真っ赤な西日。

「やった！　急ぐぞフーヤオ！」

私は肩の痛みも忘れて走り出した。

さわさわと風が吹き抜け、髪が靡《なび》く。

リンズやスピカのことも心配だが、いったん星洞を脱出して体勢を立て直そう――胸を弾《はず》ませながら直走《ひたはし》り、やがて私は数時間ぶりに外の空気を吸うことになった。

が――

「あれ……？」

出口の向こうに広がっていたのは、ネオプラスの市街地ではなかった。

見上げるほどの高い崖に囲まれた、中庭のような窪地《くぼち》だったのである。

冷静に考えれば何もおかしなことはない。

星洞は地下に張り巡らされた巨大な迷路であり、私たちはずっと下に向かって進んできたのだ。外に出られたからといって、そこが地上である保証はどこにもない。というか構造的に有り得ない。
ふと、奇妙なものを目撃した。
窪地には、無数の建物が並んでいたのだ。
最初は傭兵たちが休憩するために作った小屋かと思ったが、違う。
どれもこれも茅葺《かやぶき》の粗末な家屋。
よく見れば井戸もあるし、水の枯れた田んぼらしき土地も広がっている。
人の気配は微塵《みじん》も感じられなかった。
……何だこれ？　さすがに意味が分からない。
でもまあ、今は星洞を脱出することのほうが大事だ。
私は踵《きびす》を返すと、ゴツゴツとした岩肌を手で撫《な》でてみた。
「この崖を登らなくちゃいけないってこと……？　無理じゃね……？」
ロッククライミングなんてしたことないんだが。
ここにリンズがいればフワフワと運んでくれたはずなのに――
いや、大丈夫だ。
私は烈核解放を発動することで色々な魔法を使えるようになる。
飛ぶことだって不可能じゃないだろう。
「フーヤオ！　いったん血を――」

しかし、フーヤオは未《いま》だに出口付近に突っ立っていた。

まるで狐に化かされた人間のごとく驚愕《きょうがく》に染まった表情。

彼女が見下ろしていたのは、荒れ果てた大地に寂《さび》しくたたずんでいる、古ぼけた看板だ。

私は不審に思ってフーヤオのもとへ走ると、横から顔を出して看板に書かれている文字を読んでみた。

「〈ルナル村〉……あれ？　ルナル村って確か」

「嘘だ。有り得ない。ここはルナル村なんかじゃない……」

私はぎょっとしてフーヤオを見上げた。

顔面蒼白《そうはく》。普段の彼女からは考えられないくらいの、それは恐怖の表情だった。

ぬくい春風が吹き下ろし、どこからともなく世界をひっくり返す音が聞こえてくる——

ずょん、

「——いいえ。ここはルナル村で間違いありませんよ」

聞き覚えのある声が耳朶を打ち、私は愕然《がくぜん》として廃村の中央へと目を向けた。

そこに立っていたのは、いつぞやの琵琶《びわ》法師だった。

ひらひらとした法衣《ほうえ》に身を包み、目が不自由なのか何なのか、不思議な模様が描かれた眼帯をしている。背中に背負っているのはあいつを琵琶法師たらしめる弦楽器〝琵琶〟で、戦乱が起きるたびに「ずょんずょん」と不吉な旋律を奏《かな》でる。

星砦の殺人鬼――〝骸奏《がいそう》〟トレモロ・パルコステラが、ポケットに手を突っ込みながら、気味の悪い笑みを浮かべていた。

「で……出たな！　やっぱりここが星砦のアジトだったのか⁉」

「はい。そもそもネオプラス自体が星砦の砦ですから――それにしても、」

トレモロは困ったように手を頬に添え、

「私が地下に潜っている間に色々とあったようですね。知事府が乗っ取られたり、傭兵たちが攻め込んできたり、秘蔵の魔法石が爆発したり――いやはや、ネフティさんのじゃじゃ馬具合にも困ったものです」

足がガクガク震えて仕方がなかった。

相手はプロの殺人犯。こいつには一度殺されかけている。すでに糸がそこかしこに張り巡らされている可能性もあった。一秒後には私の首は宙を舞っているんじゃないか――脳が痺《しび》れるような恐怖が全身を駆け巡る。

それでも私は勇気を振り絞って一歩踏み出すと、喉の奥から辛うじて声を絞り出し、

「投降は無意味だ！　大人しく抵抗しろ！」

トレモロがくすりと笑った。

「可愛らしい。緊張していらっしゃるのですね」

「あ……間違えた！　て、抵抗は無意味だ！　大人しく投降しろ！」

「しかしお気持ちは察します。ここに足を踏み入れた時点であなたは狩られる側の人間なのですから」

「狩る⁉　やっぱり罠《わな》が仕掛けられてるの⁉」

「さて？　それは実際に確かめてみなければ分かりません」

「いや待て！　まずはお話ししようじゃないか！　今日もいい天気だなぁっ！」

「そうですね、とっても綺麗な夕空です。さあ殺生《せっしょう》を始めましょう」

「待て待て待て待て！　お前の好きな食べ物はなんだ⁉　私はオムライスが好きだ‼　ちなみにリンズは白菜が好きで、フーヤオは稲荷寿司と油揚げが大好きだ‼」

「時間を稼ごうというわけですか？――なるほどその手に乗ってあげましょう。実は私からもお伝えしたいことがあったのです」

トレモロは天を仰《あお》ぎながら「狐さん、」と囁《ささや》きかけた。

フーヤオがびくりと肩を震わせた。

「……何だ」

「お久しぶりですね、狐さん。八年前に見かけた時は永久歯も生え揃《そろ》わない子供にすぎなかったというのに。光陰矢の如《ごと》しとはこのことです」

私はびっくりして二人の顔を交互に見た。

こいつら、知り合いだったのか……？

しかし再会を喜んでいるといった様子ではない。

トレモロとフーヤオの間に横たわっているのは、鉄よりも固い殺伐とした空気だ。

「もう一度言いますが、ここはルナル村で間違いありません。あなたの生まれ故郷であり、八年ほど前に村人が死に絶えた悲劇の村。ご覧ください、そこらに遺構が残っているでしょう？あなたが起居していた家屋もあるのではないですか」

「有り得ない。ルナル村はこんな谷底にはなかった」

「大きな地震があったのですよ。村のほとんどは星洞に埋もれてしまいました」

「だから有り得ないと言っているだろう！　そもそも私はあちら側の世界の生まれだ！　常世に〝ルナル〟という名前の村があったとして、私には何の関係もない！」

「ネルザンピ卿《きょう》によれば。あちらのルナル村は今も存続しているようですね」

「……！」

話についていけなかった。

フーヤオが何をそれほど焦っているのか皆目見当もつかなかったし、トレモロがいったい何の目的でルナル村について語るのかも理解できない。

ただ、フーヤオの心がどんどん黒ずんでいくことだけが肌で感じられた。

「第二世界は第一世界と〝ほぼ〟鏡映しになっています。ゆえにルナル村は合計で二つ存在するのです」

「それは……、だから、」

「あなたは気づいているのではないですか？　あちらのルナル村は存続しており、こちらのルナル村は滅びている。あなたが八年前に体験したのは、今ここで亡骸《なきがら》を晒《さら》している常世のルナル村の滅亡だったのです。そして——」

ずょん。

琵琶の音が響く。トレモロは酷薄な笑みを浮かべて言う。

「八年前の時点で、ユーリン・ガンデスブラッドは第一世界にいた。それはテラコマリ・ガンデスブラッドがよくご存知《ぞんじ》の通りです」

「黙れ……」

「つまり、どうやってもユーリン・ガンデスブラッドに常世のルナル村を滅ぼすことはできない。これが何を意味するかお分かりですか？」

「黙れと言っているッ！」

フーヤオが怒りを爆発させて駆け出した。

ずょん、ずょん、
四方八方からマンダラ鉱石の糸が襲いかかる。

フーヤオは《莫夜刀》を振り回して器用に糸を切断していった。

そのたびに「ぴん！」という鋭い音が響き渡り、「ずょん」という絃《げん》のしなる音と組み合わさって不気味な狂想曲を奏でる。

「ちょっ、フーヤオ――」

ずぱんっ！――すさまじい音が聞こえた。

すぐそこに立っていた木が根本から切断され、巨大な幹が回転しながら降ってきた。

喉の奥から悲鳴が衝《つ》いて出て、私は死に物狂いでその場から離脱した。

転がり込むような形で地面にスライディングした瞬間、背後から「ずどぉん！」という巨人の足踏みみたいな衝撃が響いてくる。

やべえ。突っ立ってるだけでも死ぬ。

しかし逃げるわけにはいかなかった。フーヤオを置いてはいけないのだ。

当の彼女は襲いかかる糸を切断しながらトレモロに肉薄していた。その距離はすでに十メートルもない――《莫夜刀》を翻して力強く踏み込み、

「さあ……死ぬ覚悟はできているか⁉」

跳躍。

ずょん。

トレモロが悲しげな声で囁いた。

「――お許しください。私は死にたくありません」

「！」

フーヤオの動きが鈍る。

放たれようとしていた袈裟《けさ》斬《ぎ》りの勢いが減じ、その隙《すき》を好機と捉《とら》えたトレモロがバックステップで再び距離を取り、

ずょん、

肩口から紅色の鮮血があふれ出した。

後方から襲来した糸がフーヤオの身体を抉《えぐ》ったのである。そのまま心臓を切断されなかったのは不幸中の幸いだったのだろう――そんな冷静な分析をしている場合ではなかった。

「ふ、フーヤオぉ！」

私は絶叫して走り出していた。

フーヤオは傷口を押さえ、苦しそうに呻きながらその場で膝《ひざ》立ちになる。

ぼたぼたと垂れる血が枯れた田んぼに水分を注ぐ。

私はその出血を目の当《ま》たり《あ》にし、立ち眩みを覚えた。

とんでもない傷だ――こんなの、魔核がない場所ではどうにもならない。

「大丈夫か⁉　ど、どうしよう、リュックに傷薬が入ってるけど、でも、」

「いい……大した傷じゃない……」

慌てふためく私を押しとどめ、ふらふらと立ち上がった。

何言ってんだよ。どこが「大した傷じゃない」だ。そんなの放っておいたら死んじゃうレベルだろ。ヨハンとかはそのくらいの傷でよく死んでるんだぞ――しかしフーヤオは恐ろしいほどに毅然《きぜん》とした瞳でトレモロを見据えている。

「……卑怯《ひきょう》な手を使う。だが騙《だま》された私が愚かだった。お前はとっくに身を投げ出す覚悟など決めているようだな」

「当然です。――しかし、狐さんも酔狂な方ですね。死ぬべき人間に覚悟の有無《うむ》なんて関係ないでしょうに」

「私はすべての人間が死に場所を選べる世界を求めているのだ。お前のような快楽殺人者には分からぬだろうが……」

「そうですか。それはルナル村を滅ぼされた経験から発露した思想ですね」

私は気味の悪いものを感じた。

あまりにもお喋《しゃべ》りが長すぎる。むしろこいつが時間稼ぎをしているのではないか――そんな得体の知れない不安が胸に沁み込んでくる。

「人の信条は縁によって形成される。あなたは自分と同じように悲しい末路を辿る人間がこれ以上現れないことを願っているのですね。まことにご立派なことです」

「……黙れ。叩き斬るぞ」

「ゆえに殺しに縛りを設けていると。となると〝死にたくない人間〟を殺したことは一度もないということですか？」

「当たり前だ……！　私は世界を変えるために戦っている……！」

「本当にそうですか？　それは無駄ではないですか？」

にわかに地響きがした。

木々がざわめき、ぼろぼろの家屋が震動し、地面に落ちている石ころがコロコロと転がっていく。

巨大な何かが大地を砕いているような気配。

私はハッとして視線を足元に向けた。

――下だ。下に何かいる。

「フーヤオ！　いったん退《ひ》くぞ！　変な感じがする！」

「無駄だと？　何が言いたいトレモロ・パルコステラ」

「いえ、気になっていたのです」

トレモロは口元に指を添え、意地悪な教師のように疑問を叩きつけた。

「あなたはルナル村の人々がユーリン・ガンデスブラッドに殺される光景を、その目で見たのですか？　本当に犯人があの吸血鬼だと思っているのですか？　他の可能性は考えなかったのですか？　どうしてフーヤオ・メテオライトだけが生き残っているのですか？」

「――――」

フーヤオの唇が凍りついたように停止した。

直後――

世界が回転するような大地震が巻き起こった。

大地が下から盛り上がったのである。私はひとたまりもなく転倒してしまった。血に潤された水田がぱっくりと割れ、地層をかき分けるようにして〝腕〟が生えてきた。

黒々とした三本指の〝腕〟。

「ご存知でしょうか。旧ルナル村には常世の魔核が埋まっているのです。マンダラ鉱石の鉱脈が存在するのが何よりの証拠――」

腕が瓦礫を破壊しながら伸びていく。

セミの幼虫が地上に這い出るかのごとく、そいつは徐々に姿を現していった。

「しかし未だに見つかっておりません。この辺りは地震の多発地帯なので、時を経るにつれて地中深くへと沈んでいったのでしょう。ネフティさんが手こずるのも頷けます――だから夕星は採掘の手助けをしてくれる獣を用意しました。とはいえ、彼らの役目は採掘だけではありません。外敵の迎撃も仰せつかっているのです」

「い、意味分かんないよっ⁉ 何だよこいつは⁉」

「もっとも巨大な匪獣――我々は〝羅刹《らせつ》〟と呼んでいます」

地面が爆発するかのような衝撃がほとばしった。

濛々《もうもう》と立ち上がる土煙――その向こうに、巨大な影が佇《たたず》んでいるのを見た。

こないだ遭遇した匪獣の比ではない。

大きさは山かと見紛《みまが》うほどであり、黒々とした皮膚は金属のように照り輝いている。

二本の脚でしっかりと大地を踏みしめ、背中に広がるのはコウモリのような二枚の翼。

殺気に満ちあふれた鋭い眼光で、私たちを見下ろしている――

それは、端的に言えば「でかいドラゴン」。

匪獣は犬以外の形態をとることもできるらしかった。

「私の《名号絃《みょうごうげん》》だけではお二人を仕留めることはできません。それはルミエール村で証明されてしまいました。だからこの子の手を借りることにしたのです」

「ふざけんな！　こんな強そうなドラゴンが来るなんて聞いてないぞ⁉」

「サプライズですからね。――大昔、六国の英雄たちが騎乗していたとされる〝皇蛟竜《こうこうりゅう》〟の模造品です。とはいえ匪獣であることに変わりはないので、頭に嵌められたマンダラ鉱石を破壊すれば倒すことができますよ？」

トレモロが勝ち誇ったようにクスクスと笑う。

あいつが長広舌《ちょうこうぜつ》を振るっていた理由は、この羅刹とかいうバケモノが到着するまでの時間を稼ぎたかったからなのだろう。

それにしてもでかい。ブーケファロスの百倍はある。

こんなのと真正面から殴り合っても勝てる気がしない。

「うぇ」

風を切る音が聞こえた時には遅かった。

しなる鞭《むち》にも似た巨大な尻尾が襲いかかり、私とフーヤオは容易《たやす》く吹っ飛ばされてしまった。

なんとか受け身を取ろうと藻掻《もが》くが意味はなく、そのままフーヤオと縺《もつ》れながら地面をゴロゴロと転がり、
ばこぉん!!

岩肌に勢いよく叩きつけられた。

意識が飛びそうになるのをグッと堪《こら》える。

あまりにも痛かった。いきなり攻撃してくるなんて卑怯にもほどがあるだろ、まだ心の準備ができてないんだぞ、だいたいフーヤオは怪我をしてるんだぞ——

「ふ、フーヤオ!　大丈夫か——ひっ、」

自分の掌《てのひら》が真っ赤に染まっていることに気づいた。

血が止まらない。フーヤオの肩口から湧き水《わみず》のように紅色があふれてくる。放っておいたら死んでしまうだろう——しかし彼女は何故か悪夢に魘《うな》されているかのような表情でルナル村の遺構を見つめていた。

「有り得ない、だって私は、そんな……」

「しっかりしろ！　ほら、肩を貸すから！」

「私はユーリン・ガンデスブラッドを見返すために……誰もが死に場所を選べる世界のために……何者にも脅かされることのない強さを獲得するために……」

明らかに様子がおかしい。

痛みで頭のネジが外れてしまった、という感じではない。

別の理由で異常をきたしている気配があった。

ふと、フーヤオの身体から黒い靄《もや》のようなものが漏れていることに気づく。

これは――意志力、なのだろうか？

「おやおや、なかなかに純度の高い悲しみを抱いているようですね」

トレモロがポケットに手を突《つ》っ込みながら嘲笑《あざわら》う。

「私が世界に悲しみの種を蒔く理由は、負の意志力を集めるためです。人々が悲しめば悲しむほど大量の瘴気《しょうき》があふれ、この琵琶へと溜《た》まっていく。そして夕星を成長させるためのエネルギーとなる。その点、狐さんの悲しみは素晴らしいですね」

「お前……、フーヤオに何をした？」

「さあ？　何でしょうね？」

あふれた瘴気は空中をふわふわ漂い、トレモロの琵琶へと吸い込まれていった。

あの楽器の中には人々の悲しみが恐ろしいほどに詰まっているのだろう。

ふと見やれば、フーヤオの胸元に星のマークが浮かび上がっているのが確認できた。

「なんて素敵なエネルギーなのかしら。やはり時間をかけて育てた甲斐《かい》がありました」

「もういいっ！　行こうフーヤオ、あいつの話を聞いても時間の無駄だ！」

「放せテラコマリ。私は……」

「狐さん、あなたは勘違いをしているのです」

フーヤオの身体が石のように硬直した。

引っ張っても動かない。彼女はトレモロの術中に嵌まってしまっていた。

「あなたは常世出身の獣人です。そしてあなたのルナル村を滅ぼしたのはユーリン・ガンデスブラッドではない――この意味がお分かりですか？」

「…………」

「覚悟のない人間は殺さない？　誰も悲しまないように最強の力を手に入れる？　けっこうなことですね。その努力が苦労を伴うものであったほど、収穫できる悲しみは多くなるのです。ルナル村の人々の死は、そしてあなたの頑張りは、今日この瞬間に悲しみの果実を実らせるための肥料にすぎなかったのですよ」

「お前が……、お前が、お前がやったのか？　私の家族を、兄さんを……、」

ずょん。

琵琶の音が響き渡った。トレモロが絃に指をかけて弾《はじ》いたのだ。

「――はて？　あなたがやったのでは？」

理解が追いつかない。

あいつは何を言っているのだろう。

「私はただ見ているだけでした。村に火を放って人々を手にかけたのは、他ならぬフーヤオ・メテオライト自身でしょうに」

「そ……そんな、」

「死ぬ覚悟がない人間を殺したことがない――そのポリシーは出発点からして破綻《はたん》しているのです。あなたは罪悪感から記憶を抹消したのですね。さらに〝別の誰かになりたい〟と願うようになった――稚拙《ちせつ》な二重人格を演じているのはそのためでしょう？」

「そんな、馬鹿な話が、あるかぁっ！」

フーヤオが怒りに触発されて刀を握りしめた瞬間、
羅刹が咆哮《ほうこう》した。

ずょん、ずょん――不気味な琵琶の響きとともに巨体が突進してくる。

痛みが限界に達したのか、立ち上がりかけたフーヤオがその場にうずくまってしまった。

私はあまりの展開に愕然とした。

ルミエール村だけじゃなかったのだ。こいつらは――星砦は、和解の余地もない悪党なのかもしれない。トレモロはフーヤオの心を縛り上げるためだけに非道を働いた。もしルナル村が今も存続していたならば、フーヤオはテロリストなんかに身を落とさず、普通の少女と同じように楽しい人生を全うしていたかもしれないのに。

私は心がざわつくのを感じながら狐少女を見下ろした。

彼女は戦意を喪失したのか、あるいはこれが現実だと認識できていないのか、その場に呆然《ぼうぜん》と座り込んでいる。

許しておけるはずがなかった。

こんなところで匪獣のエサになるわけにはいかない。

そして——これ以上、あいつらによって悲しむ人を増やしてはならない。

「……トレモロ。ここでお前を止めてやる」

羅刹が雄叫びをあげながら加速した。

私はポケットから小瓶を取り出すと、蓋《ふた》を弾《はじ》き飛ばし、中に入っていた真っ赤な血液を躊躇《ちゅうちょ》なく呷《あお》った。

どくん。

フーヤオが驚いて私の顔を見上げた。

鼓動が速まる。虹色の魔力があふれる。

夕空に虹がかかり、ぽつぽつと甘い雨が降ってきた。

運命が書き換えられていく気配。

強烈な目的意識に突き動かされた私は、迫りくる羅刹を正面に見据え、そうするのが当然だという感じで右手を挙げた。

次の瞬間、すさまじい音とともに地面が陥没した。

耳を聾《ろう》するような絶叫があふれる。

羅刹は突如として発生した地割れに巻き込まれて下半身の動きを封じられてしまった。我武者羅《がむしゃら》に暴れても脱することはできず、むしろどんどん沈んでいくだけ。

さらに、頭上で何かが砕ける音がした。衝撃が伝播《でんぱ》したのか、あるいは元から朽ちる寸前だったのか、とにかく崖の上のほうが崩れて大量の岩石が降ってきた。

トレモロが大慌てで絃を引いた。

いくつかの岩が分解されて小さな粒となった。しかしそれだけだった。全《すべ》てを捌《さば》ききることなど到底不可能——やがていちばん大きな岩石が隕石《いんせき》のごとく落下して、未だに地上で藻掻いている羅刹の頭部に直撃した。

ごつん、
匪獣の核たるマンダラ鉱石に罅《ひび》が入った。

次の瞬間——どぱぁっ!!　と漆黒《しっこく》の意志力が辺りに飛び散った。

どろどろとした液体。羅刹はすでに竜の形を保つこともできなくなり、穴に嵌まったまま見るに堪《た》えない汚泥《おでい》と化していく。さらにその汚泥は重力に引き寄せられるがごとく地面に沁み込み、私たちの目の前から消えていく――

「嗚呼……なんてことなの……夕星から預かった最強の匪獣が……」

崩壊は未だに止まることがなかった。

天からは豪雨のように絶え間なく岩石が降ってくる。

私はフーヤオの手を引くと、彼女に肩を貸しながら星洞のほうを一瞥し、

「戻るぞ！　傷の治療をしなくちゃ――うぐっ、!?」

脳味噌を揺さぶられるような衝撃が全身を襲った。

気づけば私とフーヤオは一緒になって吹き飛ばされていた。

何かに突撃されたかのような感覚――私は星洞の入口の辺りに倒れ伏しながら、恐る恐る羅刹がいたほうに目を向けた。

――なんだ、あれ？

黒い液体はまだ残っていた。

トレモロを取り囲み、まるで蛸《たこ》の足が蠢《うごめ》くかのようにウネウネと波打っている。

どす黒い瘴気があふれ、荒れ放題のルナル村を包み込んだ。

黴《かび》がものすごい勢いで侵食していくかのようだった。

瘴気は崖を伝い、夕空に向かって這い上がると、ネオプラスの市街地のほうに向かって伸び

ていく。

にわかに蛆《うじ》のごとく蠢く瘴気が近寄ってきた。

思わず悲鳴をあげて後退する。

そうして私は人の声を聞いた。

泣き声、呻き声、断末魔の悲鳴——匪獣に込められていた漆黒の意志力は、どこかの誰かの悲しみによって作り出された最悪のエネルギー。

彼らの無念が、怨念が、空気を媒介《ばいかい》にして私の心にまで手を伸ばしてくる。

私たちはこれに突き飛ばされたのだろう。

いや、そんなことよりも、

「うっ、」

私は吐き気を催して口元を押さえた。

何だこれ？　匪獣は核を壊せば終わりじゃなかったのか？

あまりにもおぞましい。こんなの知らない。

「——仕方ない。羅刹は有効活用してやろう」

ずょん、ずょん、ずょん。

トレモロが琵琶を弾いていた。

その絃にまとわりつくようにして羅刹の残骸が収束していく。あの楽器には意志力を集める機能があるに違いない——次の瞬間、漆黒のエネルギーがものすごい勢いで拡散した。触手のような形態となったそれらは、降り注ぐ瓦礫を一つ残らず器用に撃ち抜いていった。

まるで神話の怪物が暴れているかのようだ。

あんなものに太刀打ちできるとは思えなかった。

怖い。純粋にそう思った。

「……、テラコマリ、退くぞ……」

「フーヤオ……!」

息も絶え絶えな様子でフーヤオが立ち上がる。萎《しぼ》みかけていた心が回復した。

そうだ——怖がっている場合じゃない。ひとまず退却する必要があるのだ。

やつが岩石の雨に対応を追われている今がチャンス。

私はフーヤオと支え合いながらルナル村を後にするのだった。

☆

アイラン・リンズと一緒に暗闇《くらやみ》の神殿を進む。

空気が淀んでいる。瘴気が足元を這っているのだ。

この先に進めば、やつのご尊顔を拝めるかもしれなかった。

私は心を弾ませながら階段を下りていく。

「スピカさん……メイファはここにいるんですか……？」

「《夜天輪》が示す座標はここみたいね。もっと地下深くかも」

私はふと天井に視線を向けた。

匪獣どもの気配がする——いや、これは負の意志力の波動だ。

その時、神殿を揺るがすほどの震動が伝わった。

リンズが「きゃあっ」と悲鳴をあげてその場に座り込んでしまう。

衝撃が収まる様子はない。何かが地上で大暴れしているかのようだ。

「な、な、何⁉　もしかして、匪獣……⁉」

「遠いから怖がらなくても大丈夫よ。ほら、立ちなさい」

私はリンズに手を差し伸べてあげた。

彼女は少し躊躇《ためら》ってから、むしろ私を怖がるような感じで握り返してくる。

相変わらずいじめたくなるいじらしさだ。首輪をつけて飼ってあげたい。

「天井、崩れないでしょうか……？」

「ふふっ、今にも落ちてきそうねっ！　生き埋めになっちゃうかもよ？」

「ひうっ……」

「さあ行きましょう」

私はリンズの手を引いて先を急いだ。

ここで星砦を仕留めれば、後はもう消化試合だ。魔核を集めて〝神殺しの塔〟に向かえばい い。そうすれば世界は平和になる。六百年前に離れ離れになったあの子は、今でも塔の最上階で私を待っているはずだから――

やがて運動場のように広々とした空間が現れた。

瘴気の出所はここらしい。私は柱の陰に隠れて部屋の様子をうかがった。

壁や天井はところどころ崩れており、星洞に埋まっているマンダラ鉱石の紫色が見え隠れしていた。だだっ広い閑地には無数の棺桶《かんおけ》が几帳面《きちょうめん》に並べられている。中にはフタが開いているモノもあり、まるで死体が独りでに抜け出したような様相を呈《てい》していた。

そして――前方には祭壇がある。

極めて質素な祭壇だ。

だが見覚えがあった。祭壇の中央に鎮座しているもの――それは、きらきらと輝く液体を湛《たた》えた泉である。その中から黒々とした瘴気があふれているのだ。

あれは〝魔泉《ません》〟に違いない。

現世においては血を魔核に転送する際に使用される魔法現象。

魔泉は血だけではなく、様々なエネルギーを指定した何かに送り込む機能を有しているらしいが――

「メイファ！」

リンズが声をあげて走り出した。

いちばん手前の棺桶に、見覚えのある夭仙《ようせん》が横たわっていた。

リャン・メイファ。

魔核の崩壊によって行方不明になっていたリンズの世話役だ。

星洞にいることは分かっていたが、まさか柩に閉じ込められていたとは想定外である。

リンズは涙をこぼして己が従者にすがりつくと、冷たくなったその手を握りしめ、

「メイファ、メイファ！　しっかりしてよっ……！　ねえ、目を覚ましてよぉっ……！」

「……う、うう……、リンズ……？」

「メイファ……！」

意外なことに、リャン・メイファには意識があった。

顔色は真っ青《さお》で、栄養状態もよくないが、心臓は確かに動いている。

「どうしてリンズが、ここに……？」

「よかったぁ……！　もちろん、メイファを助けに来たんだよっ！」

私は二人を無視して歩き始めた。

まとわりついてくる瘴気を手刀で叩き斬る。

そこらに並べられた棺桶には、メイファと同じように人間どもが収容されていた。いずれも

死んでいるわけではない。ぐったりと宙を見据えたまま、死ぬ瞬間を待ち焦《ま》がれるかのように沈黙している。

彼らの身体には星の形をした傷跡が見て取れた。

さらにその傷跡から意志力があふれ、ふわふわと魔泉に吸い込まれていく。

リンズに介抱されながら、メイファが呻き声を漏らした。

「僕は……、僕は……、」

「落ち着いて。何があったか話してみて……？」

「僕は……鉱山都市に飛ばされて……黒い獣に襲われた。そして気づいたらここにいた……他にも攫《さら》われた人がいたんだけど、彼らは殺されてしまったんだ……」

「でもメイファは……」

「僕は……何故か生かされてここに閉じ込められた。他にも生きている人はいるみたいだけど……やつらの目的は、意志力を奪うことなのかもしれない……」

なるほどなるほど。

攫われた者たちから意志力を奪い、瘴気に変換してこちらに送り返しているようだ。

ここに捕らわれた者たちは、烈核解放の所持者に他ならない。

烈核解放は気骨のある者にだけ宿る。そういう人間は心を挫かれても何度でも立ち上がるから、採取できる意志力の量もけた違いなのだろう。

「ふむ……」

星砦は常世を瘴気まみれにするつもりのようだ。

瘴気は夕星にとってのエネルギー。

やつが暴れ出《だ》すための〝環境作り〟が着々と進んでいる。

見過ごすわけにはいかなかった。

私は祭壇に足を踏み入れ、瘴気まみれになった魔泉を覗いてみた。

六国にあるものと作りは変わらない。だが、この魔泉が接続されているのは魔核ではないだろう。意志力を濁らせて瘴気に変換する特殊な道具か、あるいは――

ぽたり。

帽子に雫が落ちるのを感じた。

思わず頭上を仰ぐ。

広間の天井からぽたりぽたりとどす黒い液体が染み出していた。

――水？　真上に地底湖でもあるのか？

いや、水ではない。これは瘴気だ。

あまりにも濃度が高いため、実体化して液体になっているらしい。

こんなものは見たこともなかった。

これを常世から一掃するには手間がかかるだろう――

ぎュっ。


手首をつかまれた。

ひんやりとした肌の感触。

想定外のことが起きると悲鳴も出てこない。

数百年ぶりに冷や汗が垂れるのを自覚しながら、私はゆっくりと視線を下に向けた。

泉から飛び出してきた細い腕が、私の手首に指を絡《から》めていた。

くすくす、くすくす。

どこからともなく不快な笑い声が聞こえてくる。

無数の波紋の向こう側に、ぼんやりとした少女の影が浮かび上がる。

「お前は何だ」

腕の主《あるじ》は答えなかった。

かわりに彼女の指先からどす黒い意志力が這い上がってきた。

爪《つめ》が食い込んで皮膚が裂ける。血管が抉られて血がにじんでくる。

私は咄嗟《とっさ》に後退しようとしたが、相手の力が予想以上に強かったので転びそうになってしまった。

「爪を切らないタイプ？　そういう人って好きじゃないんだけど——、、、」


誰かが叫び声をあげた。

それは私の名を呼ぶリンズの声だった。

彼女は「逃げて」と必死に繰り返していた。

何故か動くことができなかった。気づけば瘴気どもが私の足首にまとわりついていた。身の竦むような悪意が全身の筋肉を雁字搦《がんじがら》めに縛り上げる。

そうか。

魔泉はこいつの体内につながっているのか。

つまり、こいつが、
こいつが諸悪の根源、
人の心を最悪な方向へと改変していく夕空の星、

『スピカちゃん。死んで』

泉の中の少女が小さく囁いた。

悪意の塊《かたまり》に翻弄《ほんろう》され、反応がわずかに遅れてしまった。

泉から鉄砲水のように瘴気があふれ、またたく間に私の身体を呑み込んだ。

☆

黒。

辺り一面がどす黒く染まっている。

鉱山都市ネオプラスに到着したコマリ捜索隊が目にしたものは、黒ずんだ夕空と、地面が陥没した街並み、そして、往来を這うようにして広がっていく漆黒の瘴気だった。

どこもかしこも大騒ぎだった。

慌てふためく人々。瘴気に呑《の》まれて廃人のように沈黙してしまう人々。何かから逃げるように散っていく人々。

「……何ですかこれ？　地獄？」

「カルラ様、あっちに温泉があるんだって。お湯が紫色に光る〝マンダラ温泉〟。せっかく来たんだし、入っていかない？」

「どう考えても観光してる場合じゃないでしょう⁉」

こはるは「そうだった」と真面目な顔をしてネオプラスの惨状に向き直った。

キルティ・ブランに案内されて南下すること数日。

歩きすぎて足に豆ができたり筋肉痛になったりで大変だったが、ようやくテラコマリ・ガンデスブラッドが連行されたと思《おぼ》しき鉱山都市まで辿り着いた。

だが、なんだこの有様は？

まるでお祖母様にぶん殴られて気絶した時によく見る悪夢みたいな光景ではないか。

――べちゃり。

カルラの履物《はきもの》に瘴気が忍び寄ってきた。

「きゃあっ⁉」

「カルラさん、退いてくださいっ！」

べちょんっ！――サクナが力いっぱい杖《つえ》を叩きつけた。

しかし瘴気はマヨネーズのような質感らしく、打撃を受けても効いている様子は全然なかった。カルラへの不意打ちが失敗したとみるや、ウネウネと躍動しながら、別の獲物を求めてどこかへ移動していくではないか。

杖に付着した液体を眺め、サクナは「うぅ」と顔をしかめた。

「べちょっとしてます。これ、落ちるんでしょうか……？」

「あ、あの。触らないほうがいいと思います」

キルティが躊躇いがちに言う。

「それは負の意志力です。モニクと同じような消尽病になってしまいます……」

「何でこんなものが？」

「ごめんなさい、分かりません……、でも、たぶん、星砦が関《かか》わっていることは確実です。だって……意志力を使ってこんな悪さをするのは、あいつらだけだから……」

こはるが「ねえ」とキルティの服を引っ張った。

「あの黒い動物みたいなのは何？　飼いたい」

つられて街に視線を向ける。

黒々とした体躯の獣（？）が家屋を破壊して回っていた。

わけが分からない。先ほどの瘴気が巨大化したもののようにも見えるが——

「——あれはたぶん〝匪獣〟です。ネオプラスの採掘場に出没するバケモノで、人を襲うって聞きました」

「であれば、その採掘場に向かうのが妥当ですね」

カルラはぎゅっと拳を握って一歩前に出た。

コマリや天津覺明《あまつかくめい》はこの街のどこかにいるのだ。

もしかしたら、瘴気だの匪獣だのに襲われて怪我をしているかもしれない。

一刻も早く見つけてあげる必要があった。

「——行きましょう皆さん！　コマリさんを奪還して元の世界に帰るのですっ！」

捜索隊の面々は、「応！」と力強く頷いた。

ネオプラスの空は不気味な黒色に染まっている。

カルラはふと思う。

未来の自分が体験した世界というのは、この地獄のことだったのだろうか？

11 骸《むくろ》の奏《かな》でる音

Hikikomari the Vampire Countess no Monmon

何不自由ない暮らしを送ってきたはずだった。

家族は四人。

私と兄さん、お母さんとお父さん。

ルナル村はとても小さな村で、王都とは比べ物にならない田舎だったけれど、私はこの村に流れる穏やかな時間が大好きだったのだ。

そうだ。何故《なぜ》忘れていたのだろう。

昔は天に二つの太陽が浮かんでいたはずだ。しかしある時から一つに数を減らした。時を同じくして私の記憶には暗雲がかかるようになったのだ。

——思い出してはいけない。復讐心《ふくしゅうしん》だけを胸に秘めて生きろ。

誰《だれ》かがそう囁《ささや》いていた。

「フーちゃん、そっちのお皿はできた?」

母の声が聞こえる。

お祭りの前日だった。ルナル村では豊穣《ほうじょう》を司る神が信仰されており、年に数回、村人総出で儀式をするのだ。

私や母の仕事はお供物の餅を捏《こ》ねることだった。

しかし私は途中ですっかり飽きてしまい、餅を粘土みたいにこねこねして動物を作ったりしていた。それを見た母が「あらまぁ」と頰《ほお》に手を添えて、

「食べ物で遊んじゃ駄目よ。神様が怒っちゃうわ」

「……だって、つまんないんだもん」

私は昔から外で遊ぶのが大好きだった。

兄や、その友達の男の子に交じって村を駆け回っていた記憶がある。

家の中でずっと料理をしているのは退屈だったのだ。

「お祭りなんだもの、それぞれが自分のお仕事をしなくちゃいけないの」

「兄さんは外で遊んでるよ」

「遊んでません。お兄ちゃんはお父さんと一緒に働いているのです」

納得できなかった。

母の言葉を無視すると、私は餅人形を戦わせて遊び始める。

娘の膨れっ面を目の当《ま》《あ》たりにした母は、「仕方ないわねえ」と呆《あき》れたように笑い、

「じゃあ、お父さんやお兄ちゃんにご飯を届けてあげて」

「……！　うんっ」

私は大きく頷《うなず》くと、母からお弁当箱をもらい、早足で家を飛び出した。

カン、カン、と祭壇に釘を打つ音が響き渡る。

男たちは木を切り倒したり、資材を運んだりしていた。

祭りを目前に控えたルナル村は浮き足立った空気に包まれ、道を歩いているだけなのに心がうきうきしてくるから不思議だった。

はやく兄さんのところへ行こう——気持ちが逸《はや》るのを感じながら道を駆けていると、ふと、桜の木の下に不思議な二人組が立っているのを見た。

一人は、真っ黒くて背が高く、タバコを咥《くわ》えている女の人。

もう一人は、見慣れない楽器を背負った、帯で目を隠している女の人。

……いったい誰だろう?

明らかに村人じゃないし、旅行客だろうか?

「——もし。そこの狐《きつね》さん」

二人のうち、楽器を持ったほうが話しかけてきた。

私は警戒することもなく近づいていく。

好奇心だけは人一倍だったのだ。

何か面白《おもしろ》いことが起きるのではないか——そんなワクワクを抱いてさえいた。

楽器の人は、「こんにちは」と物腰柔らかに頭を下げ、

「とっても賑《にぎ》やかな村ですね。今日はお祭りですか?」

「ううん、今日じゃなくて明日。神様のお祭り……」

にこりと優しげな笑みが向けられた。

「この村の方々は信仰に篤《あつ》いのですね。しかしお祭りよりも大事なことがあるのです。――狐さん、この紫色に光る石を見たことがありますか」

楽器の人は懐《ふところ》から石ころを取り出した。

見覚えがあった。ルナル村でそれを知らない人間はいないだろう。

「それ、よく地面に転がってるやつだよね……?」

「そうですね。となると地面の下にはさらなる宝物が眠っているのです。この世を変革することができる至宝――上手《うま》く利用すれば、すべての苦痛を消し飛ばし、人々の心から悲しみを追放し、永劫《えいごう》の平穏を到来させることができます。ご興味ありませんか?」

「あなたはだぁれ? 旅の芸人さん?」

「私の名前は……そうですね、ユーリン・ガンデスブラッド」

黒い人が「おいおい」と苦笑を漏《も》らした。

タバコの煙を燻《くゆ》らせながら私を見据え、

「――狐のお嬢さん、この旅芸人の言うことを信じちゃいけないよ。こいつはとんでもない悪者なんだ」

「よい素体ではないですか。夕星《ゆうせい》も喜んでくれることでしょう」

「子供だぞ？　いいのかい」

「子供だからです。きれいな漆黒《しっこく》の花を咲かせてくれるかもしれません」

「ふふふ……本当に悪い人間だね。反吐《へど》が出るよ」

「この子はこれから夕星に奉仕をするのです。たとえ土草の上で朽ち果てようとも、その善行を認められ、西方浄土に辿《たど》り着くことができるでしょう。この子のためなのですよ——ああ、ごめんなさい狐さん。難しいお話をしてしまいました」

「二人もお祭りに参加するの？」

「お祭りを始めるのです。さあネルザンピ卿《きょう》、お願いします。私の指示で動くように調整してくださいね」

「しょうがないな。……まあ、精神が未熟だから簡単だろう」

黒い人が面倒くさそうに近づいてきた。

タバコを放り捨て、グリグリと靴で火を消しながら、

「すまないね、お嬢さん。常世《とこよ》で活動するには拠点が必要なんだが、この村がちょうどいいのだ。あと村人たちは知らないようだが、その〝マンダラ鉱石〟は高く売れる。この人——ユーリンさんは、お金が欲しくてたまらないんだよ」

「金銭に対する欲望はとうに捨てております。欲しがっているのはネフティさんですね」

「とにかく、きみの力が必要なんだ。私たちに協力してくれるかい?」

何が何だか分からなかった。

でも、この人たちは困っているのだと思った。

困っている人には優しくしなさいとお母さんが言っていた。

だから私は、素直に「うん」と頷いていた。

「可哀想《かわいそう》にね。だが聞き分けのいい子は好きだよ」

黒い人がにこりと笑った。

間もなくその瞳《ひとみ》が紅色《べにいろ》の輝きを発した。

「【童子曲学《どうじきょくがく》】――さあ、この人の言うことを聞きなさい」

どさり。

手に持っていたお弁当が、地面に落ちた。

「――あれ? フーちゃん、どうしたの?」

兄は広場にいた。

村人たちと一緒に祭壇を組み立てていたらしい。

少し年の離れた、頼れる兄。私はこの人が大好きだったのだ。

村人たちが「おいおい」と呆れたように笑っていた。

「兄ちゃんが恋しくてこっちに来たのか？」「兄離れができん子だなぁ」「こっちで一緒に作業するか？」「餅捏ねてるのは退屈だろうしな」――温かい空気がそこにはあった。

人と人が憎しみ会い、殺し合う修羅の世界で、彼らだけが純朴な心を持っていたのである。

兄は照れたように笑い、私を見下ろして言った。

それが最後の言葉だったように思う。

「フーちゃん、じゃあ手伝ってくれる？　そっちに花があるから、祭壇に飾りつけてほしいんだけど――、え、？」

兄は不思議そうな顔で私を見下ろした。

私の手にはナイフが握られていて、その切っ先は、兄の腹部を深々と抉《えぐ》っていた。

血が滝のように流れ落ち、飾りつけの途中だった祭壇が赤く彩《いろど》られていく。

ずょん――

不気味な琵琶《びわ》の音が村に響き渡った。

「フーちゃん、なんで……」

「ち、違うの、身体《からだ》が、勝手に……、」

兄の身体がどしゃりとその場に崩れ落ちた。もう意識はない。心臓も動いていないのかもしれない。優しかった兄は帰らぬ人となったのだ。

それを理解した瞬間、私の心は完全に崩れてしまった。

「何やってんだフーヤオ!!」

村人たちが殺人犯を取り押さえようと駆け寄ってきた。

ずょん、ずょん――

しかし私の身体はすでに私のものではなかった。

琵琶の音が鳴り響くたびにナイフが振るわれる。

村人が悲鳴をあげて倒れていく。

「やめろ、フーヤオ――ぐあっ」

いつの間にか私の手にはさらに大きな刀が握られていた。

楽器の人がこっそり手渡してくれたのだ。

彼女は私の耳元で悪魔のように囁いた。

「さあ村を滅ぼしなさい。ここは獣人どもが住むべき場所ではありません。私たちの〝砦《とりで》〟になるのですから――」

気がついたら家屋に火を放っていた。

ごうごうと音を立てて炎が燃え盛る。屋根から屋根へとあっという間に延焼していく。知らないうちに油でも撒《ま》いたのかもしれなかった。

料理をしていた女たちが慌《あわ》てて外に出てくる。

私は端々から刀を突き立てていった。何が起きたのか理解する前に息絶えた者もいれば、金切声をあげて抵抗し、結局刃《やいば》の餌食《えじき》になって息絶えた者もいた。

殺す。刀を振るう。追いかける。殺す――まるで機械のように何度も何度も同じことを繰り返した。村を包み込む炎は怪物のように大きくなっていった。焙《あぶ》られて黒焦《くろこ》げになった狐たちも少なくないはずだった。

「フーちゃん……！」

ずょん、ずょん、ずょん――

最後の一人を斬《き》った。

血が飛ぶ。手足から力が抜けて地面に倒れ込む。

そうして、目の前に倒れているのが自分の母親だということに気づいた。

「あ、あ……」

久方ぶりに声が出た。しかし激情のあまりそれが言葉の形を取ることはない。

私は頭を抱えてその場に崩れ落ちた。

――私じゃない。私がやったんじゃない。私は私じゃない。

悪い夢に違いなかった。こんなことがあっていいはずがなかった。

何もかもが突然すぎた。

胸が苦しい。呼吸ができない。血のにおいで感覚が麻痺《まひ》している。

意識が薄らいでいく――

「——あなたの仇《かたき》はユーリン・ガンデスブラッドです」

ずょん、ずょん、
私のすぐそばに誰かが立っていた。

苦しみのあまり顔を確認することもできなかった。

「ゆめゆめ忘れることがなきように。復讐がしたいのならば腕を磨くとよいでしょう」

ユーリン・ガンデスブラッド。

それが犯人の名前なのだろうか。

「……つくづく悪党だな。赤の他人に責任をなすりつけるつもりか」

「これはネルザンピ卿への手助けですよ。第一世界で手を焼いているそうじゃないですか、あの最強の七紅天《しちぐてん》に。この子が強くなって復讐を遂げてくれたら一石二鳥でしょう?」

「そうかそうか。お手を煩《わずら》わせてしまって申し訳ないね。その一石二鳥が何年後になるのか知らないが……」

「気長にお待ちください。——そろそろお帰りですか?」

「ん? ああ——嵐《あらし》はそこまで来ているな。ついでにこのお嬢さんも連れて行こうか」

「都合のいいように記憶を改竄《かいざん》しておいてください」

「お前は儒者を何だと思ってるんだ。催眠術師ではないのだぞ」

ずょん、ずょん、ずょん——

声の主《あるじ》は笑いながら去っていった。

そうだ。私がやったんじゃない。

全部ユーリン・ガンデスブラッドのせいなのだ。

……でも、手に残った感触は消えなかった。

肉を裂いた手応え。心に沁《し》みついた人々の悲鳴。

「ずょん」と響く不気味な音色も頭から離れなかった。

分からない。分からない。

頭がぐちゃぐちゃになっていく。

何もかもが曖昧《あいまい》になっていく。

世界から色が失われていく。

☆

「うぐ……、」

フーヤオはつらそうに顔をしかめていた。

当然だ。肩を抉られて血がたくさん出ているのだから。

「大丈夫かフーヤオ。凸凹《でこぼこ》しているから気をつけろよ」

「分かっている……」

私とフーヤオは助け合いながら紫色の洞窟を進んでいた。

背後から岩石が破壊される音が聞こえてくる。

黒い瘴気《しょうき》をまとったトレモロが大暴《あば》れしているのだろう。

できるだけ距離を取らなければならなかった。

いや——距離を取ってどうする？

あんなバケモノをやっつけることができるのか？

「あ、」

その時、フーヤオがバランスを崩してつんのめった。

私も怪我《けが》をしていたので支えることができなかった。二人してゴツゴツした岩の上に転倒してしまう。

ずしん、と全身に衝撃が響く。

私は慌てて身を起こすと、フーヤオを案じてその表情を覗《のぞ》き込んだ。

何かを反芻《はんすう》するような、濁った瞳がそこにあった。

身体の痛みよりも、心の痛みに苛《さいな》まれているかのような——

「私は……私は、」

フーヤオが途切れ途切れに声を紡《つむ》いだ。

「私は今まで何をやってきたのだろう……復讐を遂げるために強くなって……テロリストとして活動して……多くの人間を傷つけてきた……」

「フーヤオ……」

「死にたくない人間は殺さない？　ご立派な思想だ……それが本当に実行できているのならばな。私は最初から間違っていたんだ……こんな人生に意味はない。私はあの時死んでいればよかったんだ」

フーヤオの目には涙すら浮かんでいた。

こいつのこんな姿は見たこともなかった。私はかける言葉が見つからずに慌てた。彼女の心の内でどんな変化が起きたのか想像もつかなかった。

私は彼女の手を握って声をかけた。

「死ぬなんて言うなよっ！　一緒にここを出ようっ！」

「……駄目だ。全部思い出してしまった」

血があふれて地面に染み込んでいく。

私はリュックから包帯を取り出して彼女の傷口を拭《ぬぐ》った。

そんなことをしても大して意味がないのは分かっていた。

フーヤオは私の手を押しとどめると、自嘲気味に笑い、

「ルナル村を滅ぼしたのは……私だったんだよ」

「え……」

「記憶が戻ったんだ。八年前のあの日、私は我を忘れて刀を振るった。何も分からないまま死んでいった人もいたし、死にたくないと叫んでいた人もいた——」

村人たちを斬ったこと。家屋に火をつけたこと。ルナル村の営為を台無しにしたこと——フーヤオは思い出したことを包み隠さず語ってくれた。

聞くに堪《た》えない悲しい物語だった。

しかもすべての元凶はトレモロやネルザンピではないか。あいつらは単に人を殺すだけでは飽き足らず、無垢《むく》な子供にとんでもない罪悪感を背負わせたのだ。

にわかにフーヤオの身体から黒々とした意志力が漏れてくる。

悲しみやトラウマによって生み出される力——匪獣《ひじゅう》やそこらに満ちあふれている瘴気と同じ成分に違いなかった。

まずい。フーヤオがおかしくなってしまう。

「……これでよく分かった。私は生きるべき人間ではない。自分の夢を抱く権利もない。大勢の人の命を奪ったのだから」

「し、しっかりしろ！　お前に責任はないよ！　全部あいつらのせいなんだ」

「違う。私がやったんだ。私がこの手で……」

「それこそ違う！　トレモロがお前を操《あやつ》ったんだ！」

私は拳《こぶし》を握って立ち上がった。

許せなかった。どこまで他人を虚仮《こけ》にすれば気が済むのだろう。

「でも……」

「これもあいつの精神攻撃みたいなものだ！　ここで挫《くじ》けちゃ駄目だよ！　どうしても辛《つら》かったら私を頼ってくれ」

「え……？」

虚を衝《つ》かれたように狐耳が動く。

私は構わずに手を差し伸べた。

「行こう。歩ける？」

「――――」

驚きに満ち満ちた瞳がこちらを見据えた。フーヤオはしばらく逡巡《しゅんじゅん》してから、目を伏せ、無言で私の手を握り返してくれるのだった。

☆

道に迷ってしまったらしい。

自分が星洞《せいどう》のどの位置にいるのかも分からない。遠くでトレモロが暴れる音が聞こえてくるが、あいつもあいつで私たちの行方《ゆくえ》を見失ってしまったようだ。

しばらく進むと地底湖に到着した。

雨水がここに流れ込んでいるのかもしれない。

湖面は紫色の光を発していた。水の中にもマンダラ鉱石が敷き詰められているのだ。それにしても眩《まぶ》しい――星洞の他の場所とは比べ物にならないほどの輝きだった。

「……魔力の反応がある。よっぽど大量の鉱石があるんだろうな」

「そうなの？　確かに光がすごいな」

私たちは畔の窪地《くぼち》に腰かけると、リュックから水筒を取り出して口をつけた。

気力も体力も尽きかけているため、休息を取らないとぶっ倒れてしまいそうだった。

フーヤオは肩を押さえて苦しそうにしていた。

このまま洞窟を彷徨《さまよ》っていれば、傷が悪化して取り返しのつかないことになる。

はやくリンズやスピカと合流して脱出しなければならなかった。

「大丈夫か？　やっぱり痛いよな……」

「大したことはない。こんな傷は日常茶飯事《にちじょうさはんじ》だ」

「ごめん……」

「……何故お前が謝る」

「私がもっとしっかりしていれば怪我をしなくてすんだのに」

フーヤオが呆れたように溜息《ためいき》を吐《つ》いた。

少しだけその表情が和らぐ。

「馬鹿《ばか》だな。この怪我は私が勝手に負ったものだ」

「でも、私は指を咥えて見ていることしかできなかったし……」

「お前こそ背負いすぎなんだよ。どうでもいいことにまで責任を感じて押し潰《つぶ》されてしまっている。だから背が低いんじゃないか」

「なっ……⁉　関係ないだろそんなの⁉」

「さてな」

笑みが漏れた。殺人鬼らしくない純粋な笑顔だった。

私の視線に気づくと、フーヤオは慌てて顔を背《そむ》けてしまった。

言いにくそうに「ところで、」と話題を変える。

「……お前が謝罪をする必要はないが。私には謝罪をする必要があるかもしれない」

「え?」

「世界がひっくり返ってしまったんだ」

彼女は苦悶《くもん》の表情を浮かべて訥々《とつとつ》と語り始めた。

「私は理想のために戦ってきた。だがその理想はくだらないまやかしだった。これまで傷つけてきた人間は数知れない――彼らはそんなまやかしのために犠牲となったんだ。こんなことが許されていいはずがない」

「フーヤオ……？」

「天照楽土《てんしょうらくど》もそうだ。レイゲツ・カリンやアマツ・カルラを始めとした和魂《わこん》種たちは深い悲しみを背負うことになった。今更こんなことを言う資格はないのかもしれないが――それでもケジメをつけるために言っておく。悪かった」

　いったい何が起きたのだろう。

　ずっと冷酷非道なテロリストだと思っていたのに。

　あのフーヤオが過去のことを反省して頭を下げているではないか。

〝たとえ殺し合った仲でもきちんと話せば分かり合うことができる〟――そういう私の考えは間違っていなかったのかもしれなかった。

「……それはカルラやカリンに言うべきだよ」

　私は笑みを浮かべながら言った。

「あと……お前の理想はくだらないまやかしなんかじゃない。やり方はとんでもなく最低だったけど、根っこの部分には共感できるところもある。お前の話を聞いていてそう思った。だからそんなに落ち込まなくてもいい」

「お――」

　フーヤオは何故か耳をぴくぴくさせて、

「落ち込んでなどいるかっ。勘違いも甚《はなは》だしい」

「そうだな。ごめん」

「………」

私はほっと胸を撫《な》で下ろした。彼女にまとわりついていた瘴気が薄れているのだ。ちょっとは元気を取り戻してくれたのかもしれなかった。

私たちの間から殺伐とした緊張感が消えていった。

やっぱりテロリストとも分かり合うことはできるのだ。

あとは全員が無事に帰還できれば一件落着なのだが――

「ん？」

不意に湖のほうから強い光が差し込んできた。

地底湖の上、水面から十センチほどのところに何かが浮いていた。

目を凝らしてジーッと見つめる。

そうして私は驚きのあまり卒倒しそうになった。

あれは――キラキラと輝く星のような球体？

「魔核《まかく》だ……！」

フーヤオが立ち上がった。

魔核。星洞のどこかに埋まっているっていう常世の魔核。

そんな偶然が——いや違う。

まだ虹色の【孤紅《ここう》の恤《とむらい》】は発動している。神仙《しんせん》種の血によってもたらされるのは度を超した幸運、つまり世界が私たちに味方をしてくれているのだ。だからあれは本物の魔核に違いなかった。

「回収するぞ。星砦《ほしとりで》に奪われるわけにはいかない」

「ど、どうやって⁉　去年の夏にちょっと泳ぐ練習したんだけど、あれからしばらく海にもプールにも行ってないから溺れる可能性があって……」

「私が行く」

「待て！　服を脱ぐな！　お前怪我してるだろ！」

全裸になろうとするフーヤオを慌てて止める。

どうしたものか。長い棒とかあればいいんだけど——そんなふうに頭を悩ませていた時のことだった。

——ずょん、

「なるほど。探し物はこんなところにあったのですね」

星洞に猛烈な砂嵐《すなあらし》が吹き渡った。

私は咄嗟《とっさ》にフーヤオを庇《かば》ってうずくまる。

丸めた塵紙《ちりがみ》のように岩石どもが飛んできた。ドカンドカンと壁に激突し、骨まで響くような衝撃が辺り一面を揺るがす。

わけも分からず顔を上げてみれば、そこには漆黒の瘴気をまとったトレモロが立っていた。蛸《たこ》のような触手が何本も蠢《うごめ》いている。

羅刹《らせつ》の力を継承したのだろうか、相対しているだけで身体が震えるほどの禍々《まがまが》しさだった。

どうやら星洞の壁を抉りながら急接近してきたらしい。

「ネフティさんが爆破《ばくは》してくれたおかげですね。そしてあなた方がここに逃げ込んだおかげでもあります。これで我々は悲願成就《じょうじゅ》へと一歩近づけました」

「おい！　何を、」

トレモロは触手を湖上に向けて放った。

瘴気まみれのウネウネを魔核に絡《から》みつけ、そのまま勢いよく引っ張って自分の手元に手繰《たぐ》り寄せる。琵琶法師は不気味に口角を吊《つ》り上げると、掌中《しょうちゅう》でキラキラと光る魔力の至宝を見下ろして、

「嗚呼《ああ》……これで夕星も喜んでくれることでしょう」

「ひ、卑怯《ひきょう》だぞ！　お前も泳げよ⁉」

「ふふふ。運動はあまり得意ではありませんので」

そう言いながら魔核をポケットに収納してしまった。

なんてことだ。せっかく見つけたのに――

しかしフーヤオが「気にするな」と冷静な声で呟《つぶや》いた。

「魔核は六つ集まらなければ効果を発揮しないと聞いた。あれを手に入れたとしても、せいぜいやつの魔力が強化される程度だ」

「そうは言っても！　魔核はすごく重要なアイテムなんだぞ⁉」

「ここで殺して奪えば問題ないだろ」

トレモロがくすりと笑った。

すべてを馬鹿にするような意地悪な視線。

「無理でしょうね。あなたの心は折れてしまっている」

「何だと」

「本当はね、ルナル村など滅ぼす必要もなかったのです」

フーヤオの動きが停止した。

悪魔のような言葉が私の心をも抉っていく。

「この地には魔核が眠っており、私たちはそれを発掘したかった。確かに狐どもは邪魔でしたが、そうであるならば強制的に移動させればいいだけ。では何故ああいった惨劇《さんげき》を引き起こしたかというと、悲しみの意志力――瘴気を収穫したかったからなのです。瘴気はこの琵琶に取り込まれ、夕星を成長させるエネルギーとなる」

「はあ……？」

「私は常世のあらゆる村々で殺戮《さつりく》を繰り返してきました。ルミエール村と同じです。しかしすべての人間を殺すわけではありません。必ず生き残りを用意するのです」

黒い触手がうねうねと動く。

いつ襲いかかってくるかも分からない。

私はフーヤオの服をつかんで身を固くしていた。

「ある者は復讐に駆られ、ある者は怒りに身を焦《こ》がし、ある者は失意の底で泣き叫ぶ。こうした感情の奔流《ほんりゅう》は負の意志力となって体外に放出され、世界を黒く汚していくのです」

「何を言ってんだお前……」

「狐さんは最高傑作ですね。あなたから発せられる瘴気で夕星も喜んでおられますよ。八年前にルナル村を壊しておいて正解でした」

「っ……！」

フーヤオが憎しみのこもった視線を走らせた。

「やはり……お前はすべての元凶……殺さなければならない……」

「元凶とは少し違いますね。この世のすべての事象は因縁によって成り立つのです。ルナル村が滅びるのは遥《はる》か昔から決まっていたのでしょう。だのに祭りだ何だと大騒ぎをして——人間とは可哀想で可愛《かわい》らしい生き物です」

フーヤオが叫んだ。それは怒りの絶叫だった。

「ま、待てフーヤオ――うわっ、」

私は強引《ごういん》に振り払われて尻餅《しりもち》をついてしまった。

力強く《莫夜刀《ばくやとう》》を握りしめると、壮絶な意志を漲《みなぎ》らせながらトレモロ目がけて駆ける。迫りくる触手を何本か両断し、琵琶法師の胸元《むなもと》までその刃が届くかと思われた矢先――

「あぐッ」

傷の痛みが響いたのか、がくんと身体のバランスが崩れる。

その隙《すき》を狙《ねら》って触手が腹部に突撃した。

フーヤオは短い悲鳴をあげて吹っ飛ばされた。

無骨な地面を何度もバウンドし、再び私のもとまで戻ってきてしまう。

「哀れですね。しかしお喜びください――あなたには幸福が約束されております」

黒い触手がゆらゆらと立ち上った。

その先端が鎌のように鋭く変形する。

私たちを仕留めるための準備が整いつつあるらしい。

「夕星の贄《にえ》となった者は浄土へ行けるのです。そこには苦しみも悲しみも存在しない。またお母さんやお父さんと会えますよ、フーちゃん」

「――――」

フーヤオの身体がびくりと震える。

立ち上がろうとしても立ち上がれないようだ。

傷のせいで身動きが取れないらしい。

怒り、悔《くや》しさ、悲しさ――あらゆる負の感情に押し潰され、フーヤオは涙を浮かべて震えている。彼女の尻尾《しっぽ》が萎《しな》びたように地面に垂れるのを見つめながら、私は鼓動が五月蠅《うるさ》いほどに加速していくのを感じた。

あまりにもひどい。

この少女はトレモロにすべてを奪われた。

あの琵琶法師さえいなければ、今でもルナル村では狐の獣人たちが平和に暮らしていただろうに。

ネルザンピもそうだが――星砦はやり方が邪悪すぎるのだ。

このまま放置しておくわけにはいかなかった。

「……大丈夫だよ、フーヤオ」

「！」

私はフーヤオの肩にそっと手を置いて、

「お前はよく頑張った。もう何も心配しなくていい」

「な……なんだその目はっ……！　私を心配するなっ！」

「心配だよ！　だってお前は仲間だから」

「ッ――な、な、」

フーヤオは瞠目《どうもく》し、身体を震わせながら、

「仲間じゃない！　私はお前みたいな人間とは違うんだ！　死んで当然の人殺しだ！」

「違うだろ！　全部トレモロのせいだ！」

「そうだ、だからあいつを殺すんだっ!!　もう止まれないいっ!!　家族やルナル村のみんなに……せめてもの償いとして……あいつをここで仕留めるんだよっ!!」

「でもフーヤオ、怪我してるよ」

「痛くも痒《かゆ》くもないッ！　これは掠《かす》り傷で――」

「私がかわりにやる。だから力を貸してくれ」

私はフーヤオの傷口に顔を近づけていった。

トレモロがそれを許すはずもなく、無数の触手が嵐のような勢いで群がってきた。

フーヤオが「避けろテラコマリっ！」と絶叫する。

ところが――ばこおぉん!!　という爆発音《ばくはつ》とともにトレモロの身体が傾《かし》いだ。

足元が不自然に崩れたのである。

琵琶法師は「おや」と慌てて体勢を立て直した。

そのせいで触手の軌道が大きく逸《そ》れ、ヒュンヒュンと空を切る音が鼓膜を震わせた。

リンズの血によって獲得した幸運が尽き果て、虹色の魔力が爆散する――

ぺろり。

その間に私は血を舐《な》めていた。

フーヤオが「うっ」と嫌そうな顔をする。

そんな反応をする必要はない。これから訪れるのは誰もが夢を叶《かな》えられるはっぴーえんど。

トレモロの悪事を砕いてほしとりでをはんせいさせてやるのだ。

どくん、
膨大な魔力が心の内側からあふれ出し――世界が一気に明るくなった。

☆

「がはっ――!?、え……!?」

光が拡散するのをトレモロは見た。

同時に腹部に何かが突き刺さるような感触。

目の前には太陽のように眩《まばゆ》い光を棚引かせる少女――テラコマリ・ガンデスブラッド。

その小さな拳に腹を抉られたのだと理解した瞬間、トレモロはあらゆる物理法則を無視して背後に吹き飛ばされた。

触手がぶちぶちと引き千切《ちぎ》れる音がする。

汚泥《おでい》じみた意志力を彗星《すいせい》のように振り撒きながら、トレモロは星洞の壁に背中から叩《たた》きつけられた。あまりの衝撃に意識が飛びかけた。掻き集めた瘴気が霧散し、羅刹から引き継いだ力がみるみる溶けていく――

ふと気づいた。

辺りが真昼のように明るいのだ。

星洞の天井《てんじょう》が崩れたのかと思ったが、それは有り得なかった。

ここは地下深くだし、たとえ空が見えたとしても、今は夕方のはず。

「――とれもろ」

そうしてトレモロは恐るべきものを目の当たりにした。

太陽はすぐそこにあった。

ぼろぼろに破壊された空間の真ん中――傷ついたフーヤオ・メテオライトを守るようにして立っていたのは、恒星のごとく光り輝く吸血鬼だった。

頭には狐の耳らしきものが生えている。

そしてお尻《しり》の辺りには巨大な尻尾。

なるほど――これが獣人種の血を吸ったときの【孤紅の恤】か。

なかなかユニークな形をしているじゃないか、とトレモロは笑う。

「面白いですね。それでいったい何ができるというのです？――」

テラコマリが一瞬にして消えた。

トレモロはハッとして周囲を見渡した。

右方に巨大な熱源。

「おまえを、ゆるさない」

「⁉」

ひ弱そうなグーが目の前にあった。

まさに光の速度だった。

トレモロは咄嗟に触手を操って防御を試みた。しかし無駄だった。

瘴気はテラコマリの光に晒《さら》されると、まるで氷が解《ほど》けるようにしゅわしゅわと崩れ落ちていった。マイナスに対するプラスの意志力――すべてが中和されている。

否《いな》、呑《の》み込《こ》まれている。

直後、拳が顔面に突き刺さった。

「きゃあああああああああ――ッ⁉」

悲鳴を撒き散らしながらトレモロは再び吹っ飛んだ。

頭が痛い。血が出ている。

しかしただで転ぶわけにはいかない。ずょんずょんと琵琶の音色を響かせながら触手に意志力を込めると、黒い瘴気をマット状に変形させて受け身を取ろうとして――

「むだ」

吹っ飛んだ先からテラコマリの声が聞こえた。

今度は回し蹴《げ》りが腹に叩き込まれた。

「げぶっ」

トレモロの身体はそのまま湖面に墜落――さらに水中を急降下して湖底に叩きつけられてしまった。

衝撃。骨がいくつか折れたかもしれない。

あまりにも速すぎた。

目で追えるようなスピードではなかった。

ごぼごぼと泡を吐きながらトレモロは頭上を振り仰《あお》ぐ。

湖上の天井に張りつくようにして獣耳の太陽がこちらを睨《にら》み据えていた。

なんてやつだ。暗闇《くらやみ》の水中が嘘《うそ》のように明るく照らされている。

本物のそれのように強力な太陽の力。

湖中にいたところで光に焼かれるのがオチだろう。

トレモロは触手をバネにして浮上した。

ざぱぁんっ‼――噴水のように飛沫《しぶき》をあげながら陸へと上がる。

身体が重い。服や髪からぼたぼたと水滴がこぼれる。

ふざけている。いったい何をどうすればそんな力が発揮できるんだ――トレモロは激痛を堪《こら》えて強がりの笑みを浮かべた。

「ふ、ふふ……さすがはテラコマリ・ガンデスブラッド。一筋縄ではいかないですね」

「……みんなに、あやまれ」

どがんっ!!――吸血鬼が地面にめり込むような勢いで着地した。

トレモロは絶望的な気分でその威容を見つめた。

神々《こうごう》しい姿がそこにあった。

それはまさに自然を統《す》べる王の姿だ。

生きとし生けるものの根源たる陽光――獣人たちが信仰する生命の象徴。

千年に一度と謳《うた》われる天下無敵の烈核解放《れっかくかいほう》・【孤紅の恤】。獣人の血によって実現された奇跡の異能は、瘴気を滅して縦横無尽に世界を駆け巡る旭日昇天の究極奥義。

「いいでしょう。相手をして差し上げます」

やつの能力は単純。

圧倒的な身体能力――そして魔を滅ぼす強力な光。

相性は最悪と言うよりなかった。

お得意の《名号絃《みょうごうげん》》は仕掛ける暇もなかったので使用できない。

かわりにトレモロはありったけの瘴気を集めた。

羅刹に貯《た》め込まれていた、邪魔者を殺害するための力。

眩《まばゆ》い洞窟の中、トレモロの周囲にうねうねと漆黒の意志力が集まってくる。

確かに相性は最悪だが、必ず勝利して凱旋《がいせん》しなければならない。

それが星砦のメンバーとしての仕事だった。

「さあ、テラコマリ・ガンデスブラッド。最後の殺し合いを始めま――」

じゅっ。

瘴気は一瞬にして消え失せてしまった。

トレモロは困惑して周囲を見渡す。これから触手を操ってテラコマリを串刺しにしようと思っていたのに――影も形もなくなってしまった。

テラコマリの光に照らされただけで。

「こ、これは……」

頬を冷や汗が伝っていくのを自覚した――その瞬間。

「しね」

目の前に、小さな小さな拳が迫ってくるのを見た。

☆

心が太陽の光に包まれていく。

先ほどまでの鬱屈《うっくつ》とした気持ちはどこへやら、テラコマリが放つ光を眺めているだけで無限の希望が湧《わ》いてくるから始末に負えない。

フーヤオは傷の痛みも忘れて目の前で繰り広げられる戦いに見入っていた。

トレモロの不気味な触手は一瞬で蒸発してしまった。

テラコマリは動揺する琵琶法師に情け容赦《ようしゃ》なく拳や蹴りを叩き込み続ける。

まさに一方的な虐殺《ぎゃくさつ》だった。

絃《げん》も触手も使えないトレモロにはなすすべもない。

光のような速度で飛び回る狐耳の吸血鬼。なんて不思議な光景なのだろう。

「落ち着いてください。これでは星砦の悲願が――うぐぇっ」

再びトレモロの顔面に拳が突き刺さる。

骨が砕かれるような気配があった。

「だめ。――おまえはゆるさない」

テラコマリの瞳は輝かしい殺意に彩られていた。

なるほどなとフーヤオは思う。人々が惹《ひ》かれるのも無理はなかった。

悪を許さず、困っている人には優しく、心の底から平和を願っている殺意の瞳。

あれは……間違いない、スピカ・ラ・ジェミニを凌駕《りょうが》する傑物《けつぶつ》だ。

「小癪《こしゃく》な。調子に乗るんじゃない」

トレモロの表情からはとうに余裕が消えていた。

ずょん、ずょん――再びどこからともなく琵琶の音色が聞こえた。

琵琶法師の足元から大量の触手がにょきにょきと生えてくる。一本一本が意思を持っているかのように蠢き、テラコマリに向かって猛烈な勢いで突き進む。

しかし光速を誇る吸血姫《きゅうけつき》に攻撃が当たるわけもなかった。

テラコマリが獣らしい動きで飛んだり跳ねたりするたび、鞭《むち》のようにしなる触手が星洞の壁に叩きつけられて崩落が巻き起こる。彼女は降ってきた瓦礫《がれき》を足場にしながらトレモロへ肉薄すると、何気ない動作で手をかざした。

じゅっ、
またしても触手が蒸発してしまった。

トレモロが懐からナイフを取り出して絶叫した。

「止まれっ！　テラコマリ！」

テラコマリが大地を蹴って加速する。

それはもはや「加速」と形容するのもおこがましい、【転移】を発動したかのような瞬間移動にも見えた。

「星砦の悲願を邪魔すれば必ずや神罰が下るだろう！　仲間のネフティ・ストロベリィや夕星

が黙っているはずがありませんっ！」

「だからなに？」

「だから――」

きんっ！――トレモロのナイフが小指で弾《はじ》かれた。

琵琶法師の顔が真《ま》っ青《さお》に染まっていく。

ずょん、ずょん、
しかしどこまでも往生際が悪かった。トレモロは懐から魔法石を取り出すと、それをテラコマリ目がけて投擲《とうてき》しようとして――

「じゃま」

曲芸のような回し蹴りが魔法石をさらっていった。

そのまま湖に着水、中身の魔法が飛び出して大爆発が巻き起こった。

テラコマリは意に介した様子も見せない。雨のように降り注《そそ》ぐ湖水のど真ん中で、燦々《さんさん》たる輝きを放ちながら、諸悪の根源に向かって冷ややかな視線を向けていた。

「あ、嗚呼……」

どさりとトレモロが尻餅をついた。

もはや打つ手はないように思われた。

フーヤオは万感の思いでその光景を見つめる。

自分で仇を討ちたかった——でもそんな些細《ささい》なことがどうでもよくなるほどテラコマリが眩《まぶ》しかった。あの吸血鬼なら、かつて自分が思い描いた世界を実現してくれるのではないかと思った。

なんてきれいなのだろう。自分なんかとは大違いだ。

もっと早い段階でこいつの為人《ひととなり》を知れていたら。あるいはもっと別の状況でこいつと出会うことができたならば——いや、仮定の話を考えても意味はないのだ。

テラコマリの唇が、小さく動いた。

「とれもろ。かくごはできているか」

「!!——で、できておりません。私は死ぬのが怖いのです」

「そうか。しね」

光り輝く拳が振り下ろされた。

トレモロは呆然《ぼうぜん》とその様子を見つめ、

顔面に拳骨《げんこつ》が炸裂《さくれつ》した。

物体が爆《は》ぜるような音が聞こえた。

骨が砕け、法衣《ほうえ》が翻《ひるがえ》り、すさまじい衝撃波がほとばしり——気づいたときには背中から地面にめり込んでいた。それきりトレモロ・パルコステラは死人のように沈黙する。

☆

光の魔力は徐々に消えていった。

烈核解放が終わりを告げたのだろう。耳や尻尾も魔力の粒子となって空気に溶け(物理的に生えていたわけではないらしい)、私はいつも通りの状態に回帰していった。

回帰した瞬間、ガクリとその場にしゃがみ込んでしまった。

疲労がひどい。あと全身がズキズキと痛む。

普段使わない筋肉を使いすぎたせいかもしれないな……。

「おい、テラコマリ……」

掠れたような声が聞こえた。

フーヤオが壁に寄りかかりながら立ち上がっていた。

やはり怪我が重いようだ。お医者様のところへ行かなければ大変なことになる。

「大丈夫?　はやく一緒に脱出しようよ」

「……お前こそ、」

何故かフーヤオは泣きそうな顔をしていた。

歯を食い縛り、大きく深呼吸してから言葉を続ける。

「お前こそ傷だらけじゃないか。痛いだろうに……」

びっくりしてしまった。

まさかこいつに心配されるとは思わなかったからだ。

「痛みは人を成長させる」――得意げにそう主張していた彼女からは想像もつかない。

私は笑みがこぼれるのを禁じ得なかった。

「痛みなんて関係ない。いやもちろん痛いのは嫌だけど……でもフーヤオが無事でよかった」

「っ……」

それは心からの言葉だった。

確かにこいつは私を苦しめたテロリストだ。

でもネオプラスでは一緒に星砦と戦った仲間なのである。

「……お前は本当にどうかしているな。甘すぎるといずれ寝首をかかれるぞ」

「お前はそんなことしないだろ。私には死ぬ勇気なんてないんだからな」

「そうだな……しかし……」

フーヤオは何かを悔《く》いるように目を伏せる。

「私はとんでもない殺人鬼だった。今までルナル村のために……ルナル村のような目に遭う人々がいなくなればいいと思って活動をしてきた……でも最初から歯車は狂っていたんだ。助けてもらっておいて悪いが、私には生きていく資格なんてない」

「そんなことないよ！」

私は慌てて大声を出していた。狐耳がびくりと震える。

このまま放っておけばフーヤオがどこかに消えてしまうような気がした。

「私が何かを言えるような立場じゃないけど……でも生きていく資格がない人間なんていないんだ。お前は殺すばかりじゃない。私を助けてくれたじゃないか。確かにお前はとんでもない殺人鬼……っていう一面もあるかもしれないけど、いいところもあるってことは私が知ってるから」

「……知ったふうな口をきくな」

「知ってるよ。だから……お前は生きたいように生きていけばいいんだ。もちろん人殺しとかはやめたほうがいいと思うけど、私にも何かできることがあったら協力するから」

「しかし……」

「それにスピカがいるだろ。あいつならお前を受け入れてくれる」

「………」

フーヤオが少しだけ口を噤《つぐ》んだ。

私から視線を逸らしてぼそりと言う。

「私は、おひい様よりも………」

「え？」

「……何でもない。お前は本当に酔狂なやつだ。いずれ殺してやるよ」

「何で殺すの⁉」

「言葉の綾《あや》だ。いずれ決着をつけてやろうという意味さ」

「そ、そうか……」

確かにミリセントやフレーテも「殺す殺す」って言ってくるしな。

テロリスト気質のやつは「殺す」が挨拶《あいさつ》みたいなもんなのかもしれない。

いずれにせよ――

これで戦いに一区切りはついた。

瘴気は浄化され、星洞には清浄な空気が漂っている。

フーヤオはまだ気持ちの整理がついていないだろうけれど、それは時間が解決してくれるはずだ。ルナル村の人たちも彼女が平穏に暮らしていくことを願っているに違いない――私は少しだけ晴れやかな気持ちを抱きながら、ゆっくりと手を差し伸べると、

「さあ、行こう。リンズやスピカも捜さなくちゃだし」

「ああ……いや、その前に魔核を回収しないとだな」

フーヤオも私の手を握り返そうとして――

しかし、結局私たちの手が触れ合うことはなかったのである。

ずょん。

世界を反転させる琵琶の音が響いた。

　フーヤオがかすかな声をあげた。

　私は奇妙な気分で彼女の顔を見つめていた。

　どうしてそんなに驚いたような顔をしているのだろう?

　どうしてそんなに悲痛な叫びをあげるのだろう?

「う、」

　腹の奥から込み上げてくるものを感じた。

　私はびちゃびちゃと口から血を漏らしていた。

　ひとたまりもなく倒れ込む。

　気づけば黒い触手のようなものが私のお腹《なか》を抉っていた。

「トレモロぉっ!!」

　フーヤオが怒りの咆哮《ほうこう》をあげて振り返った。

　私のお腹を貫いていた触手が、にゅるにゅると持ち主のほうへと引っ込んでいく。

　引っ込んでいった先は——地面にめり込んだまま停止しているトレモロ・パルコステラの法衣の内側だった。

　おかしい。どうして。

　あいつは完全に意識を失っているはずなのに。

　ふと気づいた。

彼女の目を覆《おお》っていた帯が引き裂かれていた。

満月のように見開かれた、真っ赤《か》な瞳があらわになっている。

「烈核解放・【反魂呪殺曼荼羅《はんごんじゅさつまんだら》】」

トレモロの唇が動いた瞬間、
彼女の身体の穴という穴から、おぞましい量の瘴気があふれ出しだ。

さらにその瘴気は蛇のような形をとって襲いかかってくる。

ありえない。なんだこれ。

完全勝利したはずなのに――

アマツの言葉が脳裏をよぎった。

――あいつには隠された能力がある。

そうか。トレモロの〝隠された能力〟とは、烈核解放だったのだ。

「うぐぇ」

私はついに力尽きてしまった。

痛みや出血のせいで思考が破壊され、気づいたときには地面に崩れ落ちていた。

もはや立ち上がることもできない。フーヤオが何かを叫んでいたが、聴覚も完全に機能停止しているらしく、耳障りな雑音のようにしか聞こえなかった。

ただ、何故だか「ずょん」という琵琶の音だけが明瞭に反響していた。

「さあ、これで全てを出し尽くしました。テラコマリ・ガンデスブラッド、あなたを地獄に誘《いざな》って差し上げましょう」

黄泉《よみ》に引きずり込むような声。

トレモロの怨嗟《えんさ》によって実現した奇跡の異能——それは、道連れの呪いだった。

☆

ずょん、ずょん。

トレモロ・パルコステラの肉体が風に吹かれて消えていった。

まるで風葬によって朽ち果てるかのごとく。

後に残されたのは——地に落ちた琵琶、破れた帯と法衣、そして彼女の身体からあふれ出した呪いの塊《かたまり》、無数の蠢く触手たちだった。

フーヤオ・メテオライトは尻尾の毛が逆立っていくのを感じた。

人の情念がここまで悍《おぞ》ましい形を取るとは思ってもいなかった。

命と引き換えに渾身《こんしん》の一撃を放つ烈核解放——トレモロ・パルコステラは、野望のためなら自分の身を投げ打つ覚悟ができていたというわけだ。

テラコマリの光によって浄化されたはずの世界が再び漆黒に染まっていった。

あまりにも強大な意志力。

こんなものをどうやって滅すればいいのだろうか。

「くそ……テラコマリ！　しっかりしろ！」

小さな吸血鬼はぐったりと伏していた。

返事はない。息はある。でも出血がひどい。鼓動が弱まっている。放っておけば十分もしないうちに死ぬ。これまでの経験からそれがよく分かった──

触手が一斉に襲いかかってきた。

フーヤオは《莫夜刀》を構えて迎え撃つ。あまりの硬さに刃が弾かれてしまった。まるで岩に刀身をぶつけたかのような感触。手がじんじん痺《しび》れるのを感じながらバランスを崩し、勢いよくその場に叩きつけられる。

「ぐはっ──、」

しかし触手どもは最初からフーヤオなど眼中にないようだった。

やつらは不気味な軌道を描いてテラコマリを狙った。

動けない相手に何故？──そんな疑問を抱いている余裕はなかった。

フーヤオは残された力を振り絞って立ち上がると、死に物狂いでテラコマリを抱えて走り出した。

骨はもう何本も折れているのかもしれなかった。

それでもフーヤオは懸命に走った。

「なんなんだ――こいつはっ⁉」

間近に迫っていた一本を、振り向きざまに叩き斬ろうとする。

しかし切断はできなかった。

方向を逸らされた触手が壁にぶつかって大激震が轟《とどろ》く。

つんのめり、それでもテラコマリを落とすまいと全神経を研ぎ澄まし、フーヤオは我武者羅《がむしゃら》に大地を蹴った。

触手どもは大蛇のように暴れ回りながら星洞を蹂躙《じゅうりん》していった。

やつらの狙いは明らかにテラコマリだった。

テラコマリがあまりにも眩しいから、日陰者が妬みを増幅させているのだ。

死ぬなら一人で死ねばいいのに。未来への希望に満ちあふれた者まで地獄に引きずり込もうだなんて、醜いにもほどがある。

「テラコマリ‼　死ぬなっ‼」

小脇《こわき》に抱えたテラコマリは何も言わなかった。

これ以上、この馬鹿な吸血鬼に痛い思いをしてほしくなかった。

こいつは生きるべきだ。あらゆる人間の心を変えていけるような、そういう優しい性質を持っている。こんな場所で死んでいいような吸血鬼じゃない。

「うっ」

その時、フーヤオの脳裏に誰かの声が響いた。

それは瘴気からもたらされた殺人鬼の声だった。

――死ね。死ね。死ね。星の野望を砕くものは許さない。

「五月蠅いっ！　お前らが死ねッ‼」

――夕星に栄光あれ。栄光あれ。栄光あれ栄光あれ栄光あれ。この世を手中に収めるのは夕星なり。さすれば世界は恒久の平和に包まれるだろう。

「有り得ないっ！　お前たちのやり方は間違っているッ！」

――テラコマリ・ガンデスブラッドは星の障害。ここで死ね。死ね。死ね死ね死ね死ね死ね死ね死ね死ね死ね死ね死ね死ね死ね死ね死ね――

「五月蠅いと……言っているだろうがぁあああああああああ‼」

迫りくる触手に《莫夜刀》を叩きつけた。

やはり効果は薄かった。むしろフーヤオのほうが吹っ飛ばされ、そのまま紫色の壁面に叩きつけられてしまった。

心を抉るような死の気配にさらされ、意志が挫けそうになる。

だがテラコマリを離すわけにはいかなかった。

こいつを見捨てるのはフーヤオ・メテオライトの矜持《きょうじ》に反する。いや、矜持云々《うんぬん》以前に、この小さな吸血鬼を死なせたくないという単純な願いが燃え上がっていた。

黒い触手が四方八方から襲いかかった。

フーヤオは裂帛《れっぱく》の気合で刀を振りかざす。

刃が激突した瞬間、触手はボロボロと崩れて漆黒の意志力を拡散させた。

触手には硬い部分と柔らかい部分があるらしかった。

それさえ見つけられれば――

衝撃。次いで激痛。

別の触手の先端がフーヤオの脇腹《わきばら》に刺さっていた。そんなことは関係なかった。フーヤオは絶叫しながら刀を振り回した。血がこぼれ、狐耳が引き千切れ、それでもテラコマリを殺させまいと死に物狂いで奮闘した。

だが、無駄な努力だったのかもしれない。

死を覚悟したトレモロの意志力は、フーヤオのそれを遥かに凌駕していた。

手首を叩きつけられ、《莫夜刀》が回転しながら遠くへ飛んでいった。

回収する暇などあるはずもなく、気づいた時には鋭利な触手どもがこちらに向かって直進していた。

死ぬ。

そう思った瞬間、

星洞の壁面が音を立てて崩れた。

正確に言えば爆発していた。

瓦礫まじりの爆風が駆け抜け、触手どもはなすすべもなく吹き飛ばされていった。

フーヤオはテラコマリを庇いながら必死で周囲の状況を探る。

何かが起きて窮地《きゅうち》を脱したことは分かった。

まさかテラコマリの虹色の魔力がまだ残っていたのだろうか？――しかしその直後、場違いに甲高《かんだか》い声が響き渡った。

「おわあああ⁉　なんだそいつ⁉　匪獣か……⁉」

破壊された壁のところに、ロネ・コルネリウスが立っていた。

さらにその背後から、魔法石を握りしめた和装の男が現れた。

「――あれはトレモロ・パルコステラの最終奥義だろうな。こんな爆発程度ではどうにもならん」

朔月《さくげつ》の一人、アマツ・カクメイ。

相変わらず何を考えているのかよく分からない瞳で辺りを見渡していた。

ふと目が合う。アマツは「なるほど」と全《すべ》てを見透かしたような表情を浮かべ、

「意外と元気そうだな」

「お前の目は節穴か……？」

「だがテラコマリは危ない。はやく退却するぞ──コルネリウス！」

「ああ、分かった！」

触手は壁際に追いやられてうねうねと躍動していた。

爆発で一時的に動きが鈍っているようだが、大したダメージになっていないことは直感で分かってしまった。

コルネリウスが慌てて肩を貸してくれる。

アマツがひょいと瀕死のテラコマリを抱え上げ、

「急ごう。あいつは普通のやり方では倒せない」

「お前、知ってんの？」

「まあな」

アマツが爆発によって開いた穴を潜《くぐ》った。

フーヤオはコルネリウスに支えられながら彼の後に続く。

ちらりと振り返る。触手どもが獲物を求めるかのように蠢いている。

アマツが再び魔法石を投擲した。

すさまじい爆発が起こり、上手い具合に天上が崩落。

こちらと触手どもを隔てる壁が出現した。

「とにかく戻るぞ。出口までのルートは確保してある」

☆

アマツ、コルネリウス、トリフォンの三人はサンドベリー知事の追跡が仕事だった。
しかし星洞が大爆発したので慌てて駆けつけたのだという。
ちなみにトリフォンはスピカを捜索しているので別行動らしい。
「やべえなあいつ……そろそろ壁が壊れるんじゃないか？」
背後からどす黒い意志力の気配がする。
ばごんばごんと瓦礫を叩くような音も聞こえてきた。
追いつかれるのは時間の問題かもしれない。
フーヤオはふとアマツの腕に抱かれたテラコマリに視線を向けた。
苦しそうに呼吸をする姿を見ているだけで心が痛んだ。
〝心が痛む〟――？
やはり自分はおかしくなってしまったようだ。
他人の心配をするなんてフーヤオ・メテオライトらしくもない。
テラコマリには冷酷無比な殺人鬼の心さえも変えてしまう不思議な力があるのだ。
「――端的に説明しよう」

アマツが走りながら淡々と言った。

「トレモロ・パルコステラのあれは、対象を殺すまで決して止まることがない。しかも時間経過とともに意志力が増幅し、攻撃の激しさは増していく」

コルネリウスが「おいおい」と呆れたように溜息を吐き、

「どうして分かるんだ？　だいたいあれはトレモロの能力なのか？　私に言わせれば匪獣みたいに特定の目的を与えられた意志力の集合体に見えるが——」

「いや、アマツ・カクメイの言う通りだ」

フーヤオは息を切らせながら口を挟んだ。

「え？　そうなの？」

「あれはトレモロ・パルコステラの烈核解放。私がこの目で見たから間違いない。——だが、どうしてお前がそんなことを知っている？」

痛みを堪えながらアマツを睨む。

しかし和装の男は韜晦《とうかい》するように視線をずらした。

「それを逐一《ちくいち》説明している暇はないだろう。とにかくあの状態になったトレモロは手がつけられない。標的を殺すためだけにこの世に存在しているのだ」

「どういうことだ」

「どんな攻撃を加えても絶対に消えることがない漆黒の意志力だ。おそらく世界の物理法則を書き換える力なのだろう——聞いた話では煌級魔法《こうきゅう》を叩き込んでも滅ぼすことはできなかったらしい」

「煌級魔法でも⁉　打つ手なしじゃないか」

アマツは「いや」と首を振り、

「打つ手ならある。あれは一つの目的を達成するためだけに極限まで強化されたバケモノだ。つまり目的を達成させてしまえば消える」

「目的だと……？」

「やつの狙いはテラコマリ・ガンデスブラッドだと思われる。テラコマリをここに置いていけば、これ以上犠牲を出さなくてすむということだ」

「…………」

口の中が渇いていった。

この男は信用ならないが、かといって戯言《ざれごと》をほざいている様子もなかった。

確かにトレモロは徹頭徹尾《てっとうてつび》テラコマリを狙っていた。

触手の矛先は徹頭徹尾テラコマリだったし、事実、フーヤオ自身には少しも殺意や害意といったものが向けられなかった。テラコマリ以外は最初から眼中にないのだろう。

「なぁんだ簡単じゃないか！　よし、テラコマリンは見捨てよう！」

「——させるか」

　フーヤオは自分でもぎょっとするほど低い声を漏らしていた。

コルネリウスが「ひっ」と身を強張《こわば》らせる。

　意外そうな顔をしてアマツが振り返った。

「どうした。お前はテラコマリに死んでほしいんじゃなかったのか」

「そいつはまだ子供だ。死ぬ覚悟さえできていない」

「だがテラコマリ一人を見捨てれば大勢が助かるんだ。トレモロのあれを放置しておけば何の罪もない一般人が悲しむことになる」

「そんなことはさせない。どちらもさせない」

テラコマリを死なせるわけにはいかなかった。

　理論や理屈じゃない。

フーヤオ自身が思うのだ――こいつには生きていてほしいと。

そしてフーヤオにはすべてを解決するための策があった。

一か八かの賭《か》けだが、フーヤオにしかできない、とっておきの秘策が――

これ以上逃げる必要はなかった。

フーヤオはその場で足を止めて呟いた。

「……不思議なものだ。少し前までそいつのことが憎たらしくてしょうがなかったのに、今はそんな気持ちが少しもない」

瓦礫がミシミシと罅割《ひび》れる音がした。

バケモノが咆哮をあげている。

「私のような殺人鬼よりも、そいつが生きていたほうが世のため人のためになる。そいつに助けられて確信した」

フーヤオはくるりと踵《きびす》を返した。

テラコマリはこれから多くの人を救うのだろう。

多くの人の心を明るく導いていくのだろう。

それは彼女以外の誰にもできないことだ。

だからこそ、自分がここで死力を振り絞るしかなかった。

「いいのか」

「ああ」

フーヤオは力強く頷いた。

バリケードが突破される。触手どもが獲物を目がけて迫る。

身体が震えてきた。その震えを意志の力をねじ伏せ、小さく唱える。

――烈核解放・【水鏡稲荷権現《みずかがみいなりごんげん》】

ぼふんっ‼

フーヤオの姿は一瞬にして変貌《へんぼう》を遂げていた。

それまでの狐少女の姿から、すぐそこで眠っている小さな吸血鬼の姿へと。

「テラコマリによろしく言っておいてくれ」

フーヤオは首だけ振り返り、アマツとコルネリウスに向かって告げた。

それは紛《まご》うことなき訣別《けつべつ》の言葉だった。

「短い間だが、世話になった」

☆

アマツは傷だらけのテラコマリを抱えて出口を目指す。

背後では壮絶な戦いが始まっていた。

トレモロはフーヤオを標的だと誤認しているらしい。これで本物のテラコマリに害が及ぶ可能性は限りなく低くなった。あとはこの少女の傷を治療できるかどうかだが――

「………」

仕方のないことだったのだ。

あれはフーヤオにしかできないことだ。

大のために小を切り捨てる行為――これまで何度だって繰り返してきた。

本人が納得しているのであれば、こちらが内心であれこれ杞憂《きゆう》しても詮のないこと。そう思わなければ足が重くなって走ることもできなくなる。

「——ひどいな。まったくもってひどい」

ぎくりとした。

しかしコルネリウスの呟きはアマツに向けられたものではなかった。

「こんなひどい傷、クーヤ先生だって治せるか分からないぞ。どうするんだよ」

「お前の烈核解放で何とかならないのか」

「治療用の神具を作れってことか？　言っておくが、私の烈核解放は万能の秘密道具を生み出せるわけじゃないんだぞ。一応やってみるけどさ……」

「頼む」

コルネリウスが不審そうに見上げてきた。

「お前、この子をそんなに高く買っていたのか？」

「そうでもない。人が死ぬのは悲しいだろう」

「……ふうん」

嘘八百《うそはっぴゃく》だった。

カルラが平穏な未来を迎えるためには、この少女の力が必要不可欠だった。

邪悪な瘴気に蝕《むしば》まれた世界をひっくり返すことができるのは、人の心を明るく変革していくテラコマリ・ガンデスブラッドだけなのだ。

しばらく走ると、星洞の出口が見えてきた。

まずは病院に直行する必要があるな――そんなふうに考えながら光に向かって飛び出した瞬間、

「お、おお、おおにおに、お兄様ぁあっ⁉⁉」

「！」

聞き覚えのある声が鼓膜を震わせた。

そうしてアマツは自分が数奇な運命の渦中《かちゅう》にあることを知った。

そこにいたのは――アマツ・カクメイの従妹《いとこ》にして天照楽土の大神《おおみかみ》、アマツ・カルラ。

指先を震わせ、顔を真っ赤にし、幻でも見るかのような目でこちらを凝視していた。

しかもよく見れば、カルラの他にも見知った顔がある。

鬼道衆《きどうしゅう》の峰永《みねなが》こはる、七紅天のサクナ・メモワール。その他、数名の政府要人――そして、アマツの同僚たるキルティ・ブラン。

捜索隊が常世に転移したとは聞いていたが、すでにネオプラスまで辿り着いていたとは思いもしなかった。

「――どうしましょうこはる⁉　お兄様がいるんですけど⁉　これ夢じゃないですよね⁉　私はちゃんと起きていますよねっ⁉　私の頬をつねってくださいますか⁉――いだだだだ痛い痛い痛い⁉　ってことは夢じゃない⁉　やっぱり本物のお兄様なんですねそうなんです

ねっ」

「静かにしろ。俺《おれ》は本物だ」

「はうっ⁉　ご、ごめんなさい……」

カルラは耳まで赤くなって縮こまってしまった。

こはるが「それどころじゃない」と主人の着物を引っ張った。

「大変なことになってるよ」

「た、確かに大変なことですっ！　お兄様に怒られてしまいました……落ち着きのない女って思われたかしら⁉　どうやったら巻き返せると思いますか⁉」

「もう無理だしどうでもいいよ。ほら見て」

「え？――」

サクナ・メモワールが絶叫して詰め寄ってきた。

カルラも気づいたらしい。アマツが抱えている傷だらけの吸血鬼の正体に――

「コマリさんっ⁉」

「そうだ。テラコマリはトレモロの攻撃を受けて昏睡《こんすい》している」

「コマリさん……しっかりしてくださいコマリさん……！　どうしてこんなに血が……そのトレモロって人を殺せばいいんですか……？　許せない許せない許せない……」

サクナが涙を浮かべて歯軋《はぎし》りをしていた。

その他の面々も似たような反応だ。

無理もない――血が恐ろしいほどにあふれている。

魔核がなければ普通は治らないような傷だ。

アマツはサクナを押しのけて一歩進み、

「退《ひ》け。これから病院でコルネリウスが治療する」

「待ってください」

目の前にカルラが立ちはだかる。

真剣な表情。決意のこもった大きな瞳に見据えられる。

「私が治します。烈核解放を使えば一瞬です」

「やめろ。それは魂を削る力だ。先代がどうなったかは知っているだろう」

「それでもですっ！　魂が削れたからって何だというのですか！　大切な人がつらい思いをしているのに、それを黙って見過ごすなんて私にはできませんっ！」

「しかし――」

「お兄様こそどいてください。これは私にしかできないことです」

止めても無駄だった。

カルラの瞳が紅色に煌《きら》めいた。間もなくテラコマリの身体を透明な魔力が包み込み――やがて傷口がみるみる塞《ふさ》がっていった。

☆

「あれ？　ここは……」

気づいたら夕空を見上げて寝転がっていた。

どうやら即席のベッドに寝かされているらしかった。

ゆっくりと身を起こす。何故か身体はどこも痛まなかった。

おかしい。

私はトレモロの烈核解放でずたずたにされたはずなのに。

服に血はついているが、身体には少しもダメージがない。

いったい何が——不思議に思って辺りを見渡した瞬間、

「コマリさんっ！」

「ぐえっ」

いきなり白銀の超絶美少女が抱き着いてきた。

ひんやりとした人肌の温《ぬく》もり。

私の同僚にして友達、サクナ・メモワールが、私の胸に顔を埋《うず》めてわんわん泣いていた。

「……え？　サクナだよね？　どうしてここにいるの……？」

「本当によかったです……ああ……コマリさん……いいにおい……ずっと抱きしめていたいです……」

「本当にサクナだよねっ⁉」

なんだか変態メイドじみた空気を感じたけれど気のせいかもしれない。

とりあえず状況を確認するのが先だ。

いったい何が起こったのだろう――

「お前の傷はカルラが治したんだ。魂を削ってな」

不機嫌《きげん》そうな声が聞こえた。

私はびっくり仰天して顔を上げた。

そこには何故かカルラのお兄さん――アマツ・カクメイが立っていた。

というかその隣にはカルラが立っていた。いやカルラどころじゃない。カルラの従者のこはる、逆さ月のコルネリウス、その他どっかで見たことがあるような軍人たち――

なんだこれ。

夢の続きでも見ているかのような状況である。

カルラが「お兄様」と頬を膨らませ、

「魂なんてどうでもいいと言ったでしょう。余計な心配をかけてしまいます――コマリさん、具合はいかがでしょうか？　どこか痛いところはありませんか？」

「いや、ないけど……」

「よかった。【逆巻《さかまき》の玉響《たまゆら》】は正常に機能したようですね」

なるほどなと私は納得した。

カルラが烈核解放で治してくれたらしいのだ。

感謝してもしきれなかった。あのままだったら絶対死んでいただろうし。泣きながら抱き着いてくるサクナの頭を撫でながら、私は「それにしても」とカルラの顔を見上げ、

「何でカルラやサクナがここにいるの？　常世に来てたんだっけ……？」

「コマリさんやネリアさんを捜すために転移してきました。詳しい事情は後で説明するといたします。こんなところでは落ち着かないでしょう？」

「まあ確かに……」

「これで一件落着です。コマリさんは何も考えずにお休みください」

「…………」

一件落着。

そうだ。傷も治って一件落着――

どくん。

心臓が急速に暴れ回った。

……待て。

まだ一件落着と決まったわけではない。

どうして気づかなかったのだろう――ここにいるべき人間がいないじゃないか。

星洞で一緒に戦ってきた狐耳の少女の姿が見えないじゃないか。

嫌な予感がしてならなかった。

私は思わず叫んでいた。

「フーヤオは⁉　フーヤオはどうしたんだ……⁉」

一同が呆気《あっけ》に取られて瞬《まばた》きをした。

「ふ、フーヤオさんですか？　あの狐の……？」

「あいつが危ないかもしれないんだ！」

私はサクナを押しのけて立ち上がった。

きょろきょろと辺りを見渡す。一人だけ私と目を合わせない者がいた。ひらひらとした着物をまとった和魂――アマツ・カクメイ。

「アマツ！　何か知ってるんじゃないのか⁉」

「……知らない。フーヤオは見かけていない」

「そんな馬鹿な……」

「コマリさん、この人嘘を吐いてますよ」

サクナが真面目《まじめ》な顔で呟いた。

「私には分かります。星座がちょっと揺らぎましたよね」

「だそうだ！　やっぱり何か知ってるよな!?」

「………」

黙ってしまう時点でおかしい。何かあったに違いなかった。

いてもたってもいられなかった。理性と本能の二人が「はやく行け」と命令していた。私は大急ぎでベッドから飛び降りると、そのまま星洞に向かって全速力で駆け出した。

「待て」

アマツに腕をつかまれてしまった。

「今行けばあいつの努力が無駄になる。大人しく休んで――」

「休んでられるか！」

私はアマツを振り払って駆け出した。

カルラやサクナも慌ててついてくる。

フーヤオの身に危険が迫っていることは明らかだった。

絶対に助けなければならない。

だって……あいつは私を助けてくれたのだから。

見かけによらず、優しい心の持ち主なのだから。

12 陽《ひ》だまりの世界

これまで多くの人間を悲しみの底に突き落としてきた。

その最たる例がルナル村の人々だ。

フーヤオがテロリストとして活動し、あまつさえ「死ぬ覚悟がない人間は殺さない」などという馬鹿馬鹿《ばかばか》しい矜持《きょうじ》を口走っていると知った時、彼らはどんな反応をするだろうか。

恨《うら》まれて当然だった。殺されて当然だった。

自分はこの日のために生きてきたのかもしれない、とフーヤオは自嘲する。

トレモロに血も涙もない真実を明かされ、絶望のどん底に突き落とされて、後悔を胸に死地で剣を振るう。邪悪な殺人鬼にはお似合いな末路ではないか。

「死ね」

フーヤオは触手に向かって何度も《莫夜刀《ばくやとう》》を振るった。

――フーヤオ！　誕生日プレゼントにこの刀をあげる！　あんたの邪魔をするやつを全員叩《たた》き斬《き》ってくれるわよ！

――《莫夜刀》？　奇妙な銘だな。

――なぁに言ってんのよ！　フーヤオの生き様にぴったりじゃない！


おひい様がくれた神具。

触手が一本、瘴気《しょうき》を撒《ま》き散らしながら引き千切《ちぎ》れた。

たかが一本だった。

トレモロの怨念は勢いを衰えさせず、次から次へと無限に増殖していく。

むしろ時間が経《た》つにつれてどんどん禍々《まがまが》しさが増していった。

どこから生えてくるのかも分からない。

まるで世界そのものを敵に回しているかのようだった。

肩口を漆黒《しっこく》の刃《やいば》が掠《かす》めた。

死に物狂いで耐えた。

フーヤオの役割は〝テラコマリに扮《ふん》して死ぬこと〟、しかし簡単に殺されてやるつもりはなかった。むしろこの怪物の血液を《莫夜刀》に吸わせてやるつもりでいた。

フーヤオは身を翻《ひるがえ》すと、星洞《せいどう》の奥に向かって走り出した。

隧道《すいどう》は瓦礫《がれき》ばかりで動きにくい。

もっと広い場所で存分に殺戮《さつりく》を謳歌《おうか》しようではないか――

「ぐ、」

背後から触手のタックルが叩《たた》き込《こ》まれた。

辛《かろ》うじて《莫夜刀》の刀身で防ぐが、衝撃を殺しきれずに吹き飛ばされてしまった。

吹き飛ばされた先はすでに洞窟の外だった。

枯れた水田と物寂《ものさび》しい家屋が建ち並ぶ廃村――ルナル村の遺構。

毒々しい夕焼けの光が降り注《そそ》いでいる。

なんて胸を抉《えぐ》る光景なのだろう。

この村がこうなった原因の一端は自分にあるのだ。

だからこそ、星砦《ほしとりで》のやつらが許せなかった。人々の命を奪っておいて、それを反省する素振りも見せず、性懲《しょうこ》りもなく不幸の種を蒔《ま》き続けている。

しかもあの琵琶《びわ》法師は、すでに自ら命を絶ち、言葉の通じない獣に身を堕としていた。

「大役を果たして満足だ」――そんな気配すら感じられた。

自分だけ理想の死に場所を選ぶなんて、胸糞悪《むなくそ》いにも限度というものがある。

あまりにもやりきれない。

絶対に仕留めなければならない。

触手どもが星洞の出口を抉り取りながら襲いかかってきた。

刀を構えて迎え撃つ。

一本を弾《はじ》き、一本に切れ込みを入れ、一本によって肩口の傷をさらに抉られた。

視界が白く弾け、【水鏡稲荷権現《みずかがみいなりごんげん》】によって顕現《けんげん》させていたテラコマリ・ガンデスブラッドの幻影が消えかける。

踏ん張った。

ここで烈核解放《れっかくかいほう》を解除しては元も子もない。

自分はテラコマリ・ガンデスブラッドとして戦い、テラコマリ・ガンデスブラッドとして死ななければならない――否《いな》、勝利しなければならない。

トレモロだったものが耳障りな咆哮《ほうこう》を放った。

触手どもが暴《あば》れ回り、ルナル村の家屋を次々に破壊していった。

フーヤオは飛び回るようにして触手から逃げ回る。

なんとかして敵の弱点を見つけ出さなければならない。

匪獣《ひじゅう》と同じようにコアを破壊すれば殺せるのか？――そう思って触手どもの動きをじっと観察してみる。どれだけ目を凝らしてもマンダラ鉱石の光は見つけられなかった。あれは悲しみの意志力によって構成されているが、匪獣とは根本的に構造が異なるらしい。

つまり、弱点などない。

斬っても斬っても新しい触手が生えてきて、敵を殺すまで決して止まることがない。

アマツの言っていた通りだ――あれはトレモロ・パルコステラの絶対的な意志力によって

顕現した無敵のバケモノに他ならなかった。

だが。

それでも。

むざむざ殺されてやるつもりは毛頭なかった。

弱点がないのならば、敵が死ぬまで刀を振り続ければいい。

――あなたは変身能力を持っているくせに直接的すぎるのです。もう少し姑息《こそく》な手を使ってもいいと思うのですがね。

いつかのトリフォンの言葉が蘇《よみがえ》った。

確かに直接的すぎる戦い方だ。しかしフーヤオはそれ以外の方法を知らなかった。

愚直に刀を振るい続け、殺すべき人間のみを殺してきた。

それが自分のやるべきことだと思っていた。

ルナル村の宿敵を仕留めるために、あらゆる人々が死に場所を選べる世界を作るために、家族――兄さんやお父さん、お母さんから「よくやったね」と認めてもらうために、ただただ我武者羅《がむしゃら》に、全力で戦ってきた。それがフーヤオ・メテオライトの生きる道だった。

「ッ……、」

村長宅の家に飛び乗った時、ぬるりとした立ち眩《くら》みを感じた。

血を流しすぎたかもしれない——そういう危機感を抱いた直後、触手がしなる鞭《むち》となって
フーヤオの身体《からだ》を弾き飛ばした。

衝撃。

地面に叩き落とされ、さらなる衝撃。

好機と見た触手どもが生ゴミにたかるハエのように集まってきた。

フーヤオは慌《あわ》てて立ち上がろうとした。

しかしバランスを崩して転倒してしまう。

息を呑《の》む余裕すらない。

触手どもがフーヤオの頭上で輻輳《ふくそう》し、五芒星《ごぼうせい》を描いて回転していた。

ずょん。ずょん。ずょん。

なんて禍々しい夕空の星——

意識を失いかけた瞬間、やつらが獲物の息の根を止めるべく襲いかかってきた。

☆

走る。

フーヤオの居場所を目指して、ひたすらに走る。

星洞はどす黒い瘴気で満たされていた。私の烈核解放によっていくらか中和されたはずなのに、いつの間にか地獄のような光景に逆戻りしていた。

どうして気絶なんかしていたのだろう。

お腹《なか》をぶっ刺されたくらい、どうってことはないのに。

何が何でも踏ん張って、フーヤオと一緒に戦えばよかった。

私は肝心なところで非力だった。たとえ烈核解放を発動してもすべてが解決するわけではない、そんなことは吸血動乱や華燭《かしょく》戦争で学んだはずなのに、フーヤオの血を舐《な》め、太陽の光に包まれたあの瞬間から、幼い全能感に包まれて舞い上がっていた。

そんなことはない、お前に落ち度はない、とフーヤオは言うかもしれない。

自分を責めても問題が解決しないことは分かっていた。

これは逃げなのだ。あの不愛想な狐《きつね》少女が大変な目に遭っているかもしれない——そういう抗《あらが》いようのない不安をかき消すための、気休めのおまじないなのだ。

転んだ。

背後でカルラやサクナが叫んでいる。

その時、私は床面のマンダラ鉱石に大量の血液が付着しているのを見た。

金色の毛も落ちている。

もふもふとした、あいつの尻尾《しっぽ》に生えていた毛。

意外に触り心地がよく、後で「触ってもいい？」と正式にお願いするつもりだった、あのもふもふの尻尾。

絶望が脳内を走った。それでも私は歯を食い縛って立ち上がる。膝《ひざ》を擦《す》りむいたことなんて欠片《かけら》も気にならない、私の頭にあるのはフーヤオのことだけだった。

フーヤオ。せっかく仲良くなれたと思ったのに。

こんな展開はあんまりじゃないか。

どうか無事でいてくれ。

お前は頑張ったんだ。

これ以上、苦しむ必要はないんだ。

だから――

☆

まだ意識があるのは奇跡だと思った。

いや、すでに三途《さんず》の川を渡っているのかもしれなかった。

「げほっ」

口から血が噴き出した。

それでもまだ《莫夜刀》を握りしめている自分に驚く。

【水鏡稲荷権現】も解除されていないらしく、辛うじてテラコマリ・ガンデスブラッドの姿を保っていた。我ながら大した意志力だ。

しかし、立ち上がるだけの体力はなかった。

上空では邪悪な触手どもが様子見をするかのごとく蠢《うごめ》いている。

――ああ、私はここまでなのか。

精も根も尽き果て、フーヤオはゆっくりと目を閉じた。

思い返せば、これまで散々な道を歩んできた。

故郷を滅ぼされ、復讐《ふくしゅう》を決意し、強くなるためにひたすら修行をした。スピカ・ラ・ジェミニと出会い、逆さ月として非道なテロリストの仲間入りを果たし、世界を変えるための殺し合いに身を投じた。

誰《だれ》もが死に場所を選べる世界のために。

理不尽に殺される人間がいなくなるように。

だが、結局フーヤオ・メテオライトの信条など砂上の楼閣にすぎなかった。

ルナル村の人々が今のフーヤオを見たら、呆《あき》れ果ててモノも言えなくなるに決まっていた。

空回りし続ける殺人鬼。彼らは天国でフーヤオのことを侮蔑《ぶべつ》し、憎んでいることだろう。

（兄さん……お母さん……お父さん……）

家族はいつだって優しかった。それを手にかけたのが自分なのだ。

また会いたい。あの頃に、戻りたい。

でもそれは叶《かな》わない。フーヤオはすでに殺人鬼としての道を歩み続けた。家族に顔向けできるような人間ではないのだから――

ずょん。

何かが切り替わる気配がした。

（〝裏〟……今頃《いまごろ》出てきたのか……）

ネオプラスに到着した辺りからめっきり姿を消していた、フーヤオの別の人格。

今更あいつが出てきたところで状況は何も変わらないだろうけれど。

（……？）

だが、様子がいつもと違った。

人格が切り替われば、身体の主導権は自動的に移譲されるはずだった。

ところがそうなっていない。

不審に思って目を開けた時、フーヤオは不思議な光景を見た。

懐《なつ》かしい村の風景が広がっていた。

青々とした地面、舞い散る桜の花びら。

茅葺《かやぶき》の家屋は少しも壊れておらず、そこかしこで煮炊きの煙がもくもくと上がっている。空は澄み渡り、星などは一つも浮かんでいなかった。

（――どこだ、ここは）

幻覚かもしれなかった。

そうでなければ、あの日のルナル村がこんなにも鮮明に立ち現れるはずがなかった。

いよいよ自分は参っているらしい――

「こんにちは！　こうして会うのは初めてでありますな！」

すぐそこに誰かが立っていることに気づく。

狐の耳と狐の尻尾を生やした獣人、フーヤオ・メテオライト。

ただしそれは〝表〟ではない。

あの災厄の日以降、いつの間にかフーヤオの内側に宿っていた〝裏〟だ。

最初はもっと大勢の〝裏〟がいたけれど、時を経るにつれ、人を食ったようなこの性格に統一されていったのである。

「〝裏〟……これはどういうことだ」

「思い出したのです」

〝裏〟は珍しく真面目《まじめ》な顔をして言った。

「〝裏〟たる私は〝表〟の内側から湧《わ》き出した人格ではない。もちろん【水鏡稲荷権現】の副作用として人格が分裂したわけでもない。ルナル村が滅ぼされたあの日から、私は――否、私たちはあなたのそばに付き添っておりました」

「何を言っている……」

「身体に大量の人格があると身体にかかる負担が大きいので、しばらくは一つに集約されていました。ゆえに私はあなたではないのです。私が浮かび上がる時に『ずょん』と響くのは、あの時の悲劇を忘れないための戒《いまし》め……」

「だから何を言ってるんだ。お前は私の分身じゃなかったのか」

「はい分身です。……でも、フーちゃんじゃない」

どきりとした。

その声色が、仕草が、立ち居振る舞いが、記憶の中の人物と一致していたからだ。

〝裏〟だったはずのフーヤオが、桜の花びらとなって弾けた。

そよそよと爽《さわ》やかな風が吹いた。

あまりの事実に棒立ちしていると、にわかに「フーちゃん」と優しい声で呼びかけられる。

そこに立っていたのは、死んだはずの兄だった。

「フーちゃん、よく頑張ったね」

「に、兄さん……?」

フーヤオは恐怖のあまり二、三歩後退した。

理屈は分からない。でもそこにいるのは死んだはずの兄に相違なかった。

穏やかな笑み、優しそうな眼差《まなざ》し――すべてフーヤオが自分の手で壊したものだった。

兄はあの時と同じ声で「怖がらないで」と囁《ささや》いた。

「僕は味方だ。きみの兄だから」

「で、でも」

「ずっとそばで見ていた。〝裏〟は、僕たちだったんだ。ルナル村を壊されたあの日から、生き残ったきみのために、片時も離れず見守っていた……」

そんなことが。

そんなことが有り得るのだろうか。

確かに兄だった。

声も、においも、その優しい意志力も――

「フーちゃんは罪悪感に囚《とら》われているかもしれない。でも、それは大きな間違いだ」

「ま、間違いだなんてことは……だって、私は、あんたを殺したんだぞ……⁉」

「テラコマリさんも言っていたよ。フーちゃんは悪くない」

「でも、私は、私は……」

烈核解放は心の力。

今になって思う――変身能力【水鏡稲荷権現】は、フーヤオ・メテオライトに秘められた罪悪感から発生した異能なのだろう。村を滅ぼしたのは私じゃない、家族を手にかけたのは私じゃない——心の奥底では自分の罪に気づいていて、だけどそれを認められなくて、「別の誰かになりたい」という願いへと発展していった。

だが、目を背《そむ》ける必要はなかったのか？

ルナル村の人たちは、私のことを許してくれるのか？

「ほら、見てごらん」

兄に促《うなが》され、フーヤオは周囲に視線を向けた。

いつの間にか大勢の人間が集まっていた。誰も彼もが懐かしい顔。それは、かつて幼いフーヤオに優しく接してくれた、今は亡きルナル村の人々だった。

彼らはずっとフーヤオの中に眠っていた。

最後の生き残りを陰から支え、悲願が果たされる瞬間を待っていた。トレモロ・パルコステラに、平穏な日々を台無しにした不埒《ふらち》な破壊者に、一矢報《いっしむく》いるその時を待ち望んでフーヤオのそばにいた——

ネオプラスで発生した第二、第三の人格は、この中の誰かだったに違いない。

まったく、なんてやつらだ。

死してなおこれほどの意志力を現世に残していたとは。

「フーちゃん、無理しなくてもいいのよ」

母親が不安そうな眼差しをこちらに向けていた。

懐かしい。いつだって母はフーヤオのことを心配してくれた。

「お母さんは復讐なんてどうでもいいわ。フーちゃんが幸せに生きていてくれればそれでいいの。村の皆だって同じよ」

「な、なんで……？　トレモロを倒してほしいんじゃないの……？」

「そんなのは二の次だ」

誰かが笑った。父だった。

よく庭で軍人ごっこをして遊んでくれた覚えがある。

「親にしてみれば、お前が生きていればそれでいい。復讐なんてのは、手が空いた時にやってくれればいいんだ。辛《つら》かったら逃げてもいい」

「でも……」

「現にお前は傷だらけだ。もうすぐこっち側へ来てしまう。でもな、ここにいる連中はな、お前がどうしようもなくなった時に痛みを肩代わりしてくれるんだ。そのためにずっとお前のそばにいた。戦いをやめて逃げれば、まだ助かる道は残されている」

彼らの一人一人が光の粒子――意志力に変換されて身体に沁《し》み込んでくる。

フーヤオは我知らず涙を流していた。

ずっと孤独に剣を振るい続けてきた。

自分に寄り添ってくれる人間なんてどこにもいないと思っていた。

しかしそれは間違いだったらしい。

世界には優しい人たちがたくさんいる。

そういう人たちが無残に失われていくのはこりごりだった。

だからこそ——だからこそ。

フーヤオが立ち止まるわけにはいかなかった。

「ごめん。私は戦わなければならない。その優しさに報いなければならない」

「フーちゃん……！」

村人たちはしばし呆然《ぼうぜん》としていた。

フーヤオは安心させるように笑みを浮かべ、

「大丈夫。死にはしないよ。力が湧いてくるんだ——ここにいる皆が分けてくれた力だ。これがあれば琵琶法師も倒せるだろう」

兄は「そっか」と諦《あきら》めたように溜息《ためいき》を吐《つ》く。

「分かった。テラコマリさんもいるから大丈夫だろうね」

「テラコマリ……？」

「僕たちが出てこられたのはテラコマリさんのおかげなんだ」

父と母が光となってフーヤオに吸い込まれていった。

残っているのは兄だけだった。

「とても眩《まぶ》しい光だった。心を覆《おお》っていた霧が振り払われていった。あの人みたいにすれば、何も心配いらないよ」

眩《まばゆ》い太陽の光が辺りを埋め尽くした。

テラコマリと同じような、柔らかく、温かで、どす黒い瘴気を一掃するエネルギー。

それが自分の身体から発せられていることにフーヤオは気づいた。

《――烈核解放・【水鏡稲荷権現】・旭日昇天――》

光の魔力があふれ出た。

それは深紅《しんく》の吸血鬼が放っていたものとまったく同じ力だった。

そうだ――自分はあの少女のようになりたかったのだ。

【水鏡稲荷権現】は鏡映しの奇跡。罪悪感ではなく、敵に対する殺意から進化を果たした究極の変身能力。

これさえあれば、欠けた太陽を取り戻すことだってできる。

テラコマリのように世界を明るく照らしていくこともできる。

「さあ、フーちゃん。みんなの夢を叶えてくれ」

兄がふと笑って言った。

フーヤオはこくりと頷《うなず》いた。

それを見届けた兄は、しばらく微笑《ほほえ》んでいたが、やがて他の村人たちと同じように光となって消えていった。

世界がカラフルに彩《いろど》られていく。

それまで失われていた〝色〟が取り戻されていく。

強さを求めることは芸術に似ている、そう思っていた。

それは正しかった。真の強さとは、他人を思いやる優しさだったのだ。融和の心があればこそ、モノクロの世界は美しく色づいていく。

ここまで旅を続け、ようやく気づくことができた。

ルナル村の人々には頭が上がらなかった。

彼らの意志は、遺志は、すべてフーヤオ・メテオライトが引き継いだ。

もう何も心配はいらないのだ。

不意に視界が白む。

懐かしいルナル村の景色がぼやけて削除されていく――

――そうしてフーヤオは地獄に舞い戻ってきた。

汚水をぶちまけたような色の夕空が広がっている。

星々が輝き、肌寒い風が物寂しく吹いている。すでに夜の帳《とばり》が下りつつあるようだ。

頭上には禍々しい触手が蠢いている。

トレモロ・パルコステラのなれの果て。

悲劇の元凶、そしてルナル村の仇敵《きゅうてき》。

フーヤオは刀を杖《つえ》替わりにしてゆっくりと立ち上がった。

次の瞬間、身体の奥底からすさまじい光の魔力がほとばしる。

上空の触手どもが蒸発する。汚れた空が漂白されていく。

それはまさに太陽の所業だった。テラコマリ・ガンデスブラッドの【孤紅《ここう》の恤《とむらい》】――それをそっくりそのままコピーした破格の烈核解放。

触手どもが一瞬だけ怯《ひる》んだ。

真昼のように浄化された世界の中、フーヤオは《莫夜刀》を掲げて敵を見据える。

もはや後顧の憂いはない。目の前の愚か者を撃滅すればいいだけだ。

血があふれる。全身の感覚が麻痺《まひ》している。

ルナル村の人々の意志力をもってしても完全回復は不可能だったらしい。

だが、それでもフーヤオの心は晴れやかだった。

「……待たせたな」

邪悪な星は夜に浮かぶもの。

この一刀で、夜の莫《な》き世界を実現してやろう。

「さあ——トレモロ・パルコステラ。死ぬ覚悟はできているか？」

言葉による返答はなかった。

かわりに触手の海が迫ってきた。

フーヤオは《莫夜刀》を構えて迎え撃った。大半は陽光を浴びただけで溶けてしまったが、しぶといやつらは親の仇《かたき》に突貫するような執念深さで光のベールを掻《か》い潜《くぐ》ってきた。

刀を振る。触手が弾ける。再び刀を振る——

匪獣のようにマンダラ鉱石のコアはない。

ならば敵が動かなくなるまで斬り続ければいいのだ。

「うぐ」

死角から襲いかかった触手に背を打たれた。

絶叫で痛みを誤魔化《ごまか》しながら跳躍、壊れかけの茅屋《ぼうおく》を足場にして空中で触手どもを薙《な》ぎ払った。

払い損ねて肩が抉れた。

恐怖はなかった。テラコマリから受け継いだ光が心を温かくしてくれるから。

——お前は生きたいように生きていけばいいんだ。

決まっている。これがフーヤオ・メテオライトの生き様なのだ。

あの吸血鬼のために死力を尽くして戦えばいい。

それがルナル村のため。世界のため——

触手は斬っても斬っても際限がなかった。光を照射して一掃する。しかしやつらはゴキブリのごとくあらゆる隙間《すきま》からウネウネと発生した。

頬《ほお》が切れる。全身を地面に叩きつけられる。たとえ烈核解放をコピーしてもテラコマリのように使いこなせるわけではないのかもしれなかった。

そんなことは関係なかった。

何が何でもここで仕留めなければならなかった。

「終わらせてやる」

フーヤオは刀の柄《つか》をぎゅっと握りしめて飛び上がった。

斬る。斬る。斬られる。血がぶちまけられる。そんな攻撃は通用しない。痛みはとうに忘れている。でも痛い。痛がってはならない。すべては平和な世界のため。優しいルナル村の人々のため。テラコマリのため。弱者でも死に場所を選べる世界のために、斬って、斬って、斬って、斬って、斬って、斬って——

気づけば、夜になっていた。

ほどなくして、フーヤオはすべてが壊れる音を聞いた。

☆

静かな月の光が降り注ぐ。

生き物すべてが死に絶えたようなひっそりとした空気。

私はその静寂を切り裂くように彼女の名を叫びながら、ついにそこへと到達した。

ルナル村。

無慈悲な星に蹂躙《じゅうりん》された、悲劇の村。

すでにトレモロの意志力は消えており、そこにあったのは、瓦礫によって抉られた廃村の風景だった。ふと、村の端っこに立つ桜の木の根元が淡く光っているのを見た。まるで風前の灯火《ともしび》のごとく弱々しいその光は、確かに私を待っていたように思える。

桜の木に寄りかかるようにして、フーヤオ・メテオライトが座っていた。

私はつんのめりながら彼女の元へ駆け寄った。

無事だったんだ！　フーヤオがトレモロを倒してくれたんだ！――そういう浅はかな希望が砕かれるまで時間はかからなかった。

彼女の様子がおかしいことに気づいた。

当然のごとく血塗れ。肩もお腹も太腿《ふともも》も取り返しがつかないほど抉れている。

中ほどから真っ二つにへし折れた《莫夜刀》が、桜の根元に突き刺さっていた。

一瞬、頭が凍りついて動けなくなった。

フーヤオの身体を包み込んでいた光が収束し、その意外にも安らかな表情があらわになった瞬間、ねじくれた悲鳴が腹の底から飛び出した。

「──フーヤオ⁉　大丈夫か⁉」

言ってから馬鹿馬鹿しくなる、誰がどう見ても大丈夫ではなかった。

こんなの、どんなお医者様でも治せやしない。

「テラコマリ……無事だったのか」

フーヤオが意識を取り戻した。虚《うつ》ろな視線は、私を見つめているようでいて、微妙に焦点がズレていた。

「フーヤオ！　いったい何が……」

「……心配するな。トレモロなら私が仕留めておいた。お前やルナル村のみんなのおかげだ」

確かにトレモロの気配は完全に消えていた。

星洞を覆っていた邪悪な瘴気が薄くなっている。

フーヤオは視線を斜め下に投げかけ、掠れたような声で、

「それを受け取ってくれ。なんとか奪うことができたんだ。お前ならば上手《うま》く使うことができ

るだろう」

木の根元。

そこにはキラキラと輝く宝石が――常世《とこよ》の魔核《まかく》が落ちていた。

彼女は星砦の野望に楔《くさび》を打ってくれたのだ。

しかし魔核なんてどうでもよかった。

「ふ、フーヤオ、その傷は、」

「いい。もう何をやったって治らない」

「治るよ！　そうだ、カルラが来てるんだ！　カルラに頼めば――」

「傷が治っても治らないんだ。私はもうやるべきことを果たしてしまった」

何を言っているのか分からなかった。

不意に無限大の恐怖に心を絡《から》めとられた。フーヤオの奇妙に穏やかな表情は、まるで「やり残したことはない」と告げているかのようだった。

「自分はどうしようもない人間だと思っていた。でも、案外そうでもないのかもしれない。村の人たちの力を借りて、最後の最後でやつを仕留めることができた。復讐を果たすことができた。そして……お前の命が摘み取られるのを、防ぐことができた」

「そうだよ、フーヤオはすごいやつだ。私なんかじゃ到底及ばないくらい……」

「いいや、私よりもお前が生きているべきだ」

「違うっ！」

私は我知らずフーヤオの右手を握りしめた。

ぎょっとしてしまった。あまりにも冷たかったからだ。

その冷たさが何を意味するのか分からないほど私は馬鹿ではない。

「違うよ……お前だって生きるべきなんだ……もう仇は討ったんだ。これからは平和に暮らせばいいだろ。そうだ、稲荷寿司を買ってきてあげるよ。また一緒に食べようよ……」

「お前は優しいな」

フーヤオが呆れ気味に笑った。

「それがお前の武器だ。その優しさに私は救われた。お前ならば、人類滅亡をほざく邪悪な馬鹿とも渡り合っていけるさ」

「でも……」

「頼みがある。聞いてくれるか」

視線がぴったりとこちらに合わせられる。

迫力に負け、私は「う、うん」と頷いていた。

「トレモロは倒した。でも馬鹿はまだいる。覚悟なき者を痛めつけ、自分勝手に振る舞っている邪悪なやつはまだ生きている。そいつを何とかできるのは、私じゃない、お前なんだ。戦いが嫌いなお前に苦労を押し付けるのは申し訳ないが、やつらを止めてくれないか。その優しい光で、灰色の世界に色をつけていってくれないか」

「も、もちろん。私にできることなら何でもやるけど……」

「ありがとう」

　フーヤオの口から血があふれた。

　慌ててその血を両手で受け止める。

　そんな私を見つめながら、フーヤオ・メテオライトは、これまで一度も見たことがないような、それでいて彼女らしい、満足そうな笑みを浮かべて言うのだった。

「お前が私の夢を引き継いでくれるなら、それで十分だ。……後は頼んだぞ、テラコマリ」

「……！」

　フーヤオの意志力が消えた。直感で分かってしまった。

　私は何度も彼女の名前を呼び、ボロボロになった身体を揺すった。

　それでも狐の獣人が目を覚ますことはなかった。

　かつてのルナル村で、桜の木に抱かれながら、眠るように――

　絶叫が喉《のど》の奥からまろび出た。

　あんまりだ。こんなことってない。

　フーヤオは頑張ってきた。私が彼女とマトモに話せるようになったのはつい最近だし、その為人《ひととなり》や趣味嗜好《しこう》を深くは知らないけれど、こいつが頑張ってきたことは知っている。私のた

めに命を懸けてくれたことも知っている。

そんな心優しい少女が、無残に朽ち果てていいはずがなかった。

星砦。なんて邪悪な連中なのだろう。

ただの少女に重苦しい罪業《ざいごう》を背負わせ、戦いの日々を強《し》いた。

彼女の痛みは、苦しみは、すべてあいつらのせいなのだ。

絶対に許せない。

絶対に――

「――コマリさんっ！」

そこで私は希望の光を見た。

カルラが、時間を巻き戻せるアマツ・カルラが、すぐそこまで来ていたのだ。

私は泣きながら彼女に縋《すが》りついた。「フーヤオの時間を戻してくれ」と何度も懇願《こんがん》した。最初は少し戸惑っていた様子だったが、彼女は最終的に私の願いを聞き入れてくれた。

烈核解放・【逆巻《さかまき》の玉響《たまゆら》】――

無色透明の魔力が、ゆっくりとフーヤオの身体を包み込んでいった。

時間が巻き戻り始める。

傷口が塞《ふさ》がり、服についた血が浄化され、あらゆる汚れが一気に消え失《う》せていく。

眠るように座り込む、いつものフーヤオ・メテオライトが戻ってきた。

私は必死に彼女の名を呼んだ。

これで助かったんだ――そういう希望を胸に抱き、信じて疑わず、何度も何度も何度も何度も彼女の名前を呼んだ。

しかし、だんだんと様子がおかしいことに気づいた。

フーヤオは、何も反応を示さなかった。

目を開けることもない。言葉を発することもない。身体も冷たい――心臓も動いていない。

なんで。どうして。

絶望的に苛《さいな》まれて固まっていた時、カルラが言いにくそうにこんなことを言った。

「駄目です、コマリさん。……もう、この人の心はここにはありません」

「――――」

サクナやアマツ、コルネリウスも駆け寄ってくる。

そうして私は理解してしまった。

人の根本は心なのだ。

心はいかようにも世界を変革する力を持っている。

この少女は、私を守り、仇敵を討ち滅ぼし、自分の夢を誰かに託し――やるべきことを、すべて終えてしまったのだ。

心が失われてしまったのならば、フーヤオが戻ってくることは永久にない。

私は泣いた。

いつまでも、いつまでも、涙を流していた。

——私はすべての人間が死に場所を選べる世界を求めている。

——言葉の綾《あや》だ。いずれ決着をつけてやろうという意味さ。

——お前が多くの人間に囲まれている理由が、なんとなく理解できた気がするよ。

——お前が私の夢を引き継いでくれるなら、それで十分だ。

「…………、…………」

夜空には不気味な星が輝いていた。

涙を流している場合ではないのかもしれなかった。この世には、フーヤオをこんな目に遭わせた殺人鬼どもが、まだ平気な顔をして闊歩《かっぽ》しているのだから。

それでも私は、しばらくフーヤオの身体に縋りついてわんわん泣いた。

カルラも、サクナも、それ以外のやつらも、誰一人として口を開かなかった。

にわかに風が吹く。

桜の木がさわさわと揺れ、フーヤオの頰に一枚の花弁を落とした。

月明かりに照らされた少女の表情は、どこまでも安らかだった。

12.5 月と星と血と

Hikikomari the Vampire Countess no Monmon

骸《むくろ》の奏《かな》でる音が聞こえる。

霊音《れいおん》種は死を迎えると、親しき人に音楽を届けて悲しみを報《しら》せるのだ。

ずょん。ずょん。

ネフティ・ストロベリィの鼓膜を震わせるのは、あの不気味でお節介焼きな琵琶《びわ》法師、トレモロ・パルコステラが遺《のこ》した調べだった。盛者必衰《じょうしゃひっすい》の理《ことわり》を表すその音色は、とりもなおさず星砦《ほしとりで》の未来に暗雲が広がり始めたことを示している。

初めて会った時からそりが合わないと思っていた。

だが、それでも、彼女は間違いなくネフティの盟友だったのだ。

「無茶しやがって……」

星洞《せいどう》の内部。地底湖のほとりに落ちた琵琶を見下ろしながら、ネフティは胸の疼《うず》きをぐっと堪《こら》えた。

テラコマリやその仲間たちを舐《な》めていた自分に腹が立つ。

ネフティが到着した時には、すでにトレモロは息絶えていた。

もっとはやく駆けつけてあげられればよかった。

ネフティがトレモロに加勢すれば、少なくとも【反魂呪殺曼荼羅《はんごんじゅさつまんだら》】を起動させる展開にはならなかったと思う。

「夕星《ゆうせい》。トレモロが死んじゃったよ」

ネフティは小脇《こわき》に抱えたウサギのぬいぐるみに話しかけた。

夕星の大元たる肉体は、常世《とこよ》とは違う場所で眠っている。

彼女が外界と接触する手段はただ一つ、自分の意志力を他の物体に宿らせて依《よ》り代《しろ》とすることだ。そして現在、このぬいぐるみが仮の肉体として利用されているのだった。

『――泣かなくていいわ。ネフティ』

夕星が語りかけてきた。

意志力を利用したテレパシーだった。

『死んでもまた会える。星砦はそのためにあるんだから』

「でも」

『大丈夫。心配する必要はないの』

「でも！　トレモロもネルザンピもいなくなっちゃったよ。あたしらは本当に願いを叶《かな》えることができるのかな……」

星砦の三人は、いずれも世界から爪弾《つまはじ》きにされた背教者だ。

夕星に従っていれば、真の幸福を得ることができると思っていた。

だが、この胸の苦しみは何なのだろう？

こんな戦いを続けていれば、自分はいつか心が壊れてしまうのではないか――

夕星は『そうだね』と優しく笑い、

『苦難を乗り越えた先に幸福があるの。創業はいつだって苦しいものよ、でもこの苦しみを我慢すればきっと救われる。――さあ、琵琶を』

「……――」

夕星がそう言うのならばそうなのだろう。

ネフティは指示されるままトレモロの琵琶を担《かつ》いだ。

この楽器は神具《星彩弦《せいさいげん》》という。

内部に意志力を収納できる仕組みになっており、トレモロはこれを利用して夕星に捧げるための瘴気《しょうき》を集めて回っていたのだ。

「重っ！　なんじゃこら……あいつ、どんだけ瘴気を集めたんだよ」

『それがあればユーリンも倒せるかも』

「ユーリン……？」

『気づかれちゃったみたい、私の居場所』

「は？」

『大規模な探知魔法を使ったのよ。世界の壁を超えるほどの煌級《こうきゅう》探知魔法――たぶん、常世の魔核《まかく》の魔力を利用したのね』

ユーリン・ガンデスブラッド。

やつは星砦の野望を打ち砕くために常世で戦っている。

今までは夕星の尻尾《しっぽ》をつかむことすらできなかったようだが――

『すぐ戻ってきてくれると嬉《うれ》しいわ。今度はフルムーンと戦いになるかもしれないから』

「敵、多すぎない？　フルムーンにテラコマリ、天文台……前途多難だよ」

『あと逆さ月。さっきスピカちゃんにも会ったんだけど、ギリギリ殺せなかった。やっぱりあの子は強いよ』

「本当に前途多難だね。嫌になってくるよ」

『そうなの。だからネフティ、私を見捨てないでね？』

「……そっちに行くのはいいけど、ネオプラスはどうすんの」

『見捨てるわ。使い物にならなくなったら、さっさと処分してしまうのが賢明よ』

「ちっ……せっかく知事になったのに……」

ネフティは琵琶を背負って歩き出した。

星の行く手を阻《はば》む者は次から次へと湧《わ》いてくる。

だが屈するわけにはいかなかった。

散っていった仲間たちのためにも。
そして――ネフティ自身が幸せになるためにも。

☆

あれから数日が経《た》った。

世界は混迷を極め、あらゆる国があらゆる国に対して宣戦布告を始めた。常世のあちこちで血も涙もない戦いが展開され、多くの人々が苦しみに喘《あえ》いでいる。

星砦の置き土産だ、とアマツやキルティは言う。

やつらはトレモロが敗北した後、どこかへ姿を消したらしい。

その去り際、トレモロが構築しておいた〝緊張の糸〟をぷつりと切断することによって、新たな争いを誘発したのだ。やつらはいつでも常世をさらなる混沌《こんとん》に突き落とすことができたらしい。結局、私たちは最後まであの琵琶法師の掌《てのひら》の上だったのかもしれない。

そして――その琵琶法師を打ち取った狐《きつね》少女は、
フーヤオ・メテオライトは、
すべてをやり遂げ、静かに息を引き取った。

すでに弔《とむら》いの儀式は終わり、彼女の亡骸《なきがら》は旧ルナル村に葬《ほうむ》られている。

カルラの力を使っても彼女が戻ってくることはないのだ。

こんなところでお別れだなんて悔《く》やんでも悔やみきれなかった。

もっと私がしゃんとしていれば違った結果になっていたかもしれない、そういう後悔と絶望に蝕《むしば》まれて頭がくらくらする。

けれど、いつまでも子供のように泣きじゃくるのは間違っていた。

フーヤオは後のことを私に託してくれたのだ。

どれだけ辛《つら》くても、悲しくても、確固たる意志を持って立ち上がらなければならない。

それが七紅天《しちぐてん》大将軍としての仕事。

引きこもっている場合ではなかった。

「……ありがとう。お前のかわりに頑張るよ」


夜。

私は宿屋の窓から星を見上げていた。

常世の空気はどんよりしていた。

何日も水を替えていない水槽のように濁った世界。

あらゆる場所で見境のない争いが継続しているからだろう。

「──おいテラコマリ。なにしょげてんの」

誰《だれ》かが背後に立っていた。

奇妙な帽子を被《かぶ》った吸血鬼、スピカ・ラ・ジェミニ。

「スピカ？　怪我《けが》は大丈夫なのか？」

「怪我なんかしてないわ。ちょっと眠っていただけよ」

スピカはポケットから飴《あめ》を取り出して咥《くわ》えた。

私の隣の椅子《いす》に腰かけると、偉そうに足を組んで夜空を見上げる。

こいつは星洞の奥で夕星の奇襲を受けたらしい。

リンズやトリフォンによって辛《かろ》うじて地上まで運び出されたが、そうとう深いダメージを負ったようで、しばらくベッドで昏睡《こんすい》していたのだ。

しかし、本人曰《いわ》く「大したことはない」。

どう考えても強がりだった。

この少女にも人間らしい一面があるのだな、と私は感心する。

そして——スピカ・ラ・ジェミニすら戦闘不能に追いやる夕星の恐ろしさ。

「まったく！　ああまったく！」

スピカが不気味なほどの大声で叫んだ。

「まったくもって度《ど》し難《がた》いわ！　やつらは常世をめちゃくちゃにした挙句《あげく》、どこかへ逃げてしまった！　トレモロ一人でこれじゃ割に合わないわっ！」

「そうだな……」

「だってフーヤオが死んでしまったもの！　あの子は私の思想に共感してくれる貴重な人材だったのに！　とっても腕っぷしが強い、私の大切な用心棒だったのに！　でもまあよかったのかもねっ！」

私はびっくりしてスピカの顔を見た。

「あの子は理想の死に場所を得ることができたものっ！　〝死こそ生ける者の本懐〟――逆さ月の理念を全うすることができて喜んでいるはずだわっ！　そうよ、私が望んでいたのは誰もがフーヤオのように綺麗《きれい》に死ねる世界だったのよっ！」

「スピカ……、」

「さすが私が見込んだだけはあるわね！　歴代の朔月《さくげつ》たちと同じように自らの人生に満足して死んでいった……よかったよかった。本当によかった。フーヤオならあっさり復讐《ふくしゅう》を遂げて帰ってくるんじゃないかって思っていたけれど、意外とそうはならなかったわね。そうはならなかった……私の目論見《もくろみ》は外れていたのかもね……フーヤオ……」

ぽたりと雫《しずく》が落ちる。

驚くべきことにスピカは涙を流していた。

驚くべきことではないのかもしれなかった。

こいつにとってフーヤオは大切な仲間だった。そしてこの少女にも仲間の死を悲しむことができる〝普通の心〟が備わっていた――ただそれだけのことだ。

どんな言葉をかけるべきか分からなかった。

だから私は事実だけを述べることにした。

「フーヤオはいいやつだったな」

「でしょうね」

「自分の夢のために頑張っていた……」

「でしょうねッ!!」

ばごおんっ!!――いきなり近くのテーブルが真っ二つに割れた。

スピカが拳《こぶし》を叩《たた》きつけたのである。

私は「おわあああああ!?」と絶叫して立ち上がった。

「な、何すんだよ!?　ヌコを支払うことになるぞ!?」

「やつらは世界を壊してるのよっ！　テーブルで騒いでる場合じゃないでしょーが！」

「落ち着け！　暴《あば》れるなっ！」

「分かってるわっ！　ここで暴れても解決しないもの」

飴をバキバキと噛《か》み砕《くだ》き、殺意のこもった瞳《ひとみ》で夜空の星を睨《にら》みつけ、

「今回は痛み分けってところか。でも次は必ず殺してやるわ――それがフーヤオのためにもなるもの。時が来たらあんたも力を貸しなさいよね」

「……なあ、」

私は疑問に思っていたことを素直にぶつけた。

「お前っていいやつなのか？　悪いやつなのか？　どっちなんだ……？」

「そんなの聞くだけ無駄よっ！　常世の戦乱を鎮めようと努力している平和主義者であることは間違いないけれど」

「そっか……」

不思議な吸血鬼だった。

アマツによれば、私は将来、スピカによって殺されるという。

またこいつとぶつかり合う日が来るのかもしれなかった。

だが——今はまだ協力するべきターンなのだ。正直言って怖いところもあるけれど、この少女が本気で常世を変えたいと思っていることは分かったから。

スピカは腹立たしそうに腕を組み、

「夕星はひとまず放置しておきましょう。今やるべきことは常世をなんとかすることよ」

「どうやってなんとかするんだよ」

「〝神殺しの塔〟」

「え？」

「常世の中央、かつて私が根拠地にしていたルミエール村のほど近く、白くて大きな塔が建っているの」

知っている。ネリアと一緒に実物を見た覚えがあった。

確か常世の世界遺産だよな？

でもそれがどうしたんだ……？

「塔には封印が施されているから、誰も入ることはできない。でも常世の魔核を集めればその封印を破れるわ」

「魔核で封印されてるってこと……？」

「その通り。常世の魔核の〝役割〟は、神殺しの塔を封じることなの」

魔核は六つ集まればすごい力を発揮する。

あっちの魔核が〝国家の礎〟としての機能を与えられたように、こっちの魔核はあの白い塔を封じる役割を与えられているらしい。

「……その封印を破ったらどうなるんだ？」

「友人と再会することができる」

スピカは懐《なつ》かしむように目を細めて言った。

「あの子は愚者との戦いに敗れて塔に身を隠した。魔核によって封印を施したのは、彼女の身の安全を守るためよ。そして『六百二十二年後に再会しよう』っていう約束を交わして別れたの。あの子は未来を視《み》ることができる巫女《みこ》だったから、その約束は必ず果たされるはずよ」

「はあ……」

「そして──私の数え間違いでなければ、今年がその六百二十二年後。あの子の未来視の力を借りることができれば、世界平和の道筋を描くことができる。だから私は常世の魔核を集めてその〝役割〟を解除し、塔の封印を解いてあの子と再会しなければならない」

「ちょっと待て……それって大昔に離れ離れになったっていう友達のこと？」

「そうよ。封印されているから時の流れとは無縁、つまりまだ生きている」


──この世界を創ったのは、六百年前に存在した最強の吸血鬼──通称『賢者』よ。彼女は能力を使って混沌とした世界に秩序をもたらしたの。今でも世界の中央にある〝神殺しの塔〟に住んでるらしいけど……、まあこれは迷信よ。人間が六百年も生きられるはずがないし。


「え？　あれ……？　常世を創った賢者様……？」

「それは私よっ！　あの子は賢者じゃなくて巫女姫。塔に封印されたのは私じゃなくて巫女姫のほう。常世の口碑伝承には虚実の混同があるみたいだけど」

「……巫女姫？　巫女姫ってルミエール村の巫女姫のことか？」

「巫女姫って言ったらそれしかないでしょ。あの子は常世の初代巫女姫にしてルミエール村の始祖」

「じゃあ……コレットのご先祖様ってこと⁉」

「殺すわよ？」

「何でだよ！？」

「あの子に子供なんていなかったわ！　あくまで〝始祖の一族の娘〟ってだけよ」

もう意味不明すぎて絶叫したくなってきた。

頭を整理するにはもう少し時間が必要だ。

きちんと話を聞いてメモを取らなければ全容が把握できそうにない。

だが――一つだけ分かることがある。

常世を平和にする道はまだ残されているのだ。

私はこれまでの旅で多くの人が悲しむのを目撃した。彼らが平穏無事な毎日を過ごせるようにするためには、私やスピカが死力を尽くして頑張るしかないのだ。

そしてそれは、フーヤオが私に託した願いでもあった。

「塔の封印を解けばすべてが解決する――信じていいんだな？」

「嘘《うそ》を吐《つ》いてもしょうがないわ！　今の私たちは同盟を結んでいるんだから！」

星のように青い瞳がきらきらと輝いている。

涙を流した直後だからかもしれない。

今のこいつなら少しは信用できそうだった。

「……分かった。お前に協力するよ」

「そうでなくっちゃね！」

スピカがニヤリと笑った。

私とこいつには似ている部分があるのかもしれなかった。

手段は違う。気質も違う。

しかし目指している場所は一致しているように思えた。

ならば存分に協力しようではないか――私は決意を胸に秘めながらスピカと握手を交わすのだった。

☆

同刻――

ポワポワ王国はすさまじい熱気に包まれていた。

ポワポワ王国って何だよと思うかもしれないが、常世にはそういう国が存在するのである。

二百年ほど前にラペリコから分離独立した獣人たちの楽園だ。

王宮前の広場には群衆が集《つど》っていた。

誰も彼もが興奮して叫び声をあげている。

今宵《こよい》、革命が成ったのだ。

バナナやブドウを独《ひと》り占めしていた悪辣《あくらつ》なる王が倒れ、その豪華絢爛《けんらん》な居城《きょじょう》は、一人の蒼玉《そうぎょく》によって乗っ取られた――いや〝浄化《じ》〟された。

「――ポワポワ王国の諸君！　これにて階級闘争は完了した！　不法に富を独占する特権階級はもう存在しない！　これからは公平な社会が実現されるであろう！」

王宮のバルコニー。

そこに仁王《におう》立ちしている少女――プロヘリヤ・ズタズタスキー。

獣人たちは憧憬《どうけい》と尊敬、興奮の眼差《まなざ》しでもって彼女を見上げ、勇壮なる言葉が広場に反響するたび「ズタズタ王！　ズタズタ王！」という絶叫が波紋のように広がっていった。

「安心したまえ！　さっそく果物を平等に分配しようではないか！　たくさんあるからケンカはするなよ！」

「「「ズタズタ王！　ズタズタ王！　ズタズタ王！」」」

「王じゃなくて書記長と呼べ――と言いたいところだが、いきなり体制が変わっては諸君も困惑するだろう！　よって私は今日から〝ポワポワ国王〟に即位するッ！」

わーっはっはっはっはっはっは――!!

うおおおおおおおお――!!　ズタズタ王!!　ズタズタ王!!　ズタズタ王!!

群衆の熱狂はとどまるところを知らない。

ある者は飛び跳ね、ある者は逆立ちし、ある者は叫び声とともに広場を駆け巡る――

その様子を見下ろしながら、プロヘリヤはニヤリと笑みを浮かべた。

世界征服への準備は着々と進んでいた。

太陽が二つある奇妙な世界に流されてから数週間。

帰る方法は未《いま》だに分からない。できることならすぐに故郷に凱旋《がいせん》したい。しかし目の前で無益な争いが繰り広げられていたら見過ごすわけにはいかなかった。この腐った世界は私が変革してやろう——プロヘリヤはそう決意して銃を手に取ったのだ。

常世には合計で四十二個の国が存在する。

そのうち三つがすでにプロヘリヤの手に落ちていた。

「こちら王の証《あかし》です！　どうぞ被《かぶ》ってください！」

「うむ」

ワオキツネザル男が王冠を差し出してきた。

それを上手く帽子の上に載《の》せようと四苦八苦していると、背後から「ねえプロヘリヤ～」と気の抜けた声が聞こえた。

「あと三十九回もこんなことするの～？　もう疲れたんだけど……」

猫耳の少女——リオーナ・フラット。

プロヘリヤと同じ場所に流れ着き、これまで一緒に戦ってきたのである。

「そう言うな。いずれ統一政府を樹立した暁《あかつき》には重要なポストを与えようではないか。〝お魚大臣〟とかどうだ？」

「普通にいらないけど……っていうか本当に世界征服するの？」

「無論！　こんな世界は間違っているのだ！」

プロヘリヤは拳を握って力説した。

「聞けば大国同士は戦争をさらに拡大しようとしているそうではないか！　これでは無辜《むこ》の民《たみ》が血を流すことになる！　私がこの手で止めなければならない！」

「テラコマリもそんなこと言いそうだよね。そういえば新聞に書いてあったよね、アルカ王国がテラコマリを追跡してるって……無事かなあ？」

「やつのことだから無事に決まっている。今頃私のようにどこかの国の王にでもなっているのではないか？　そうなると三十九個も支配する必要はなさそうだな」

「どうでもいいけど、プロヘリヤには王冠が似合わないよねえ」

「当たり前だ。私は王侯貴族ではなく人民の代表なのだから」

「そういう意味で言ったんじゃないんだけど……」

プロヘリヤは大あくびをした。

そろそろ夜も遅いので寝たほうがいい。今日はクーデターを起こして疲れた。ポワポワ王国の運用を考えるのは明日に回そう——そう思って一歩踏み出した時、
ふと、リオーナの手元が光っているのを見た。

「お前、それは何だ？」

「これ？　ポワポワの王様が持ってたんだけど、キレイだから貰ってきちゃった」

「勝手に宝物を独占するのはよくないぞ。それもいずれ人民に分配しよう――ん？」

そこでプリヘリヤは奇妙なものを感じた。

リオーナの手にあったのは〝キラキラと光る星のような球体〟。

そこから魔力が発されているのだ。しかもこの魔力には覚えがあった。

プロヘリヤの部下・ピトリナが持っているオルゴール――《氷花箏《ひょうかそう》》に似ているような。

☆

「ジッとしてられないわ！　コマリのもとへ行きましょう！」

ルミエール村。

政府の援助のもと急速な復興が進む中。

ネリア・カニンガムは仲間たちを振り返ってそう宣言した。

ヴィルヘイズ。エステル・クレール。

彼女たちの傷は本日で完治した――というかお医者様から「まあ出歩いても大丈夫じゃろ」というお墨付きをもらったのだ。であるならばすぐに出発しなければならなかった。何故《なぜ》ならコマリがテロリストに攫《さら》われてしまったのだから。

「あの……閣下はどこにいらっしゃるのでしょうか……？」

エステルがおずおずと切り出した。

「それはまだ分からない。これから虱潰《しらみつぶ》しに捜す予定よ」

「そうです。一刻も早く逆さ月を叩き潰して肥溜《こえだ》めの肥《こやし》にしなければなりません。やつらはコマリ様にヒドイ仕打ちをするつもりなのです……許さない……許さない許さない……」

エステルが「ひぃっ」と声をあげた。

ヴィルヘイズの顔がサクナ（暴走モード）みたいになっていた。

「許さない許さない許さない許さない許さない許さない許さない許さない……」

「で、でもヴィルさんも仰《おっしゃ》ってましたよね？　あの人は……〝神殺しの邪悪〟は、閣下を利用するために攫ったんだって」

――下ろしたら死ぬわよ？　それでもいいの？

――テラコマリは私が上手く使ってあげるから。

「だから閣下は無事だと思います。焦って行動を見誤るのはよくないかと……」

「……エステル。今まで逆さ月がやってきたことを知らないわけではありませんよね」

「え、えっと、でも、瓦礫《がれき》に潰されそうになっていた私を助けてくれたのも逆さ月の人だったんです。狐の獣人でした」

「フーヤオ・メテオライトのことですか?」

「そうそう!　後でお礼を言わなくちゃ……」

むぎゅっ。

ヴィルヘイズがエステルの胸を正面から鷲摑《わしづか》みにした。

「——ひやあ⁉　な、な、何事ですかヴィルさん⁉」

「テロリストにお礼とは片腹痛《かたはらいた》いですね。あなたは真面目《まじめ》すぎるのですよ……その清楚すぎる根性《こんじょう》は私が腐らせてあげましょう……」

「わ、私は清楚じゃないっていうか、あのっ、顔が怖いですヴィルさんっ……!」

「忘れたのですかエステル……我々第七部隊の伝統は無策で突撃して散っていくこと……『慎重な行動』や『綿密な計画』なんていらないのです……一刻もはやくコマリ様のもとへ参上してコマリ様のふとももを舐めなければ死んでしまいます……」

「いつものクールなヴィルさんはどこへ行ったんですか⁉　目を覚ましてくださいっ!　あとこの手をどけていただけると助かるのですが……!」

ぎゃあぎゃあと騒ぐ二人を無視してネリアは考える。

エステルの言葉は正論だ。

焦って行動を見誤るのは得策ではない。しかし座《ざ》して機を逸《いっ》するのも愚かだ。

逆さ月がどこにいるのか分かればよいのだが——

そんなふうに悶々としていた時。

「いたいた！　ヴィル、ネリア！　お客さんが来てるわよー！」

元気潑剌《はつらつ》な声が響いた。

遠くから空色の少女——コレット・ルミエールが近づいてくる。

右腕を失ったせいでフラフラしているが、大事には至らなかったようなので一安心。

彼女は傍《かたわ》らに〝お客さん〟らしき人を連れていた。

背が高めな女の人。長い髪が風に靡《なび》いている。

誰だろう？　わざわざ訪ねてくる人に心当たりはないけれど。

「え……」

しかしネリアは驚きのあまり言葉を失った。

——なんで。どうして。いやおかしくはない。

だって〝あの人〟は常世にいるのだから——

コレットが得意げに胸を張って言った。

「聞いて驚け！　なんと〝宵闇《よいやみ》の英雄〟よ！　テラコマリがいないのは残念だけど……すごくない⁉　あの最強の傭兵が来てくれたのよ⁉」

取っ組み合いをしていたエステルとヴィルヘイズまでもが振り返る。

紅色《くれないいろ》の瞳、金色の髪、そして昔と変わらない優しげな表情。

ネリアは凍りついたように停止した。

会いたい会いたいと思っていたのに、いざその時が訪れてみると用意していた言葉がぜんぶ異次元の彼方《かなた》に吹き飛んでしまう。

そんなネリアを置き去りにして、彼女がふと微笑《ほほえ》んだ。

心が温かくなっていくのを感じた。

そうだ。この人がいるなら何も問題はない。

コマリ倶楽部の前途が明るく開けていく——

※

六百年ぶりの世界は歪《ゆが》んでいた。

すべての秩序が崩れかかっているのだ。

魔核は〝賢者〟を封じ込めるため、常世の勢力を殺《そ》ぐため、そして現世に魔力による永久の繁栄をもたらすための装置だった。

この六百年、第一世界は魔核による均衡《きんこう》を保っていたはずである。

しかし近年はどうだ？

逆さ月の活発化。星砦の侵食。

そして――テラコマリ・ガンデスブラッドなる不埒者《ふらち》による〝人心の変化〟。
こちらが眠っている間にとんでもない革命が巻き起こっていた。
これらは決して見逃すことができない邪悪な存在だ。
現に夭仙郷《ようせんきょう》の魔核は壊れてしまったではないか。
「排除しなければ」
常世の街道を一人の神仙《しんせん》が往《ゆ》く。
ぐちゃぐちゃに破壊された街が広がっていた。
常世のいたるところで大規模な戦闘が繰り広げられているのだ。
騒動の元凶である星砦はすでに気配を消しているようだ。
しかしテラコマリやスピカは未《いま》だに常世にとどまっている。
特にスピカ・ラ・ジェミニは危ない。
やつを放置しておけば第一世界の秩序が崩れてしまう。
魔核は絶対に守らなければならない――
神仙は拳を握って正面に突き出した。
それは秩序を乱す敵への宣戦布告だった。
「――六百年前の続きだ。我ら〝天文台〟が秩序を正してくれよう」

常世の夜は更けていく。

世界を変えようとすれば、必ず〝元に戻ろうとする力〟が働くのだ。

この神仙は魔核の守護者〝天文台〟の一員。

スピカやテラコマリを殺すために目覚めた古代の愚者だった。

あとがき

こんにちは。小林湖底《こばやしこてい》です。

今回は逆《さか》さ月《づき》の話、と見せかけて半分フーヤオの話でした。

フーヤオの初登場は4巻ですが、あの頃からすると予想外な活躍をしているように感じられます。この狐《きつね》、コマリのお腹《なか》を捌《さば》いたりしてますからね。これは巻数が増えていく中でキャラ設定や関係性が更新されていった結果――というのも勿論《もちろん》ありますが、「どんな過去があったとしても話し合ったり殴り合ったりすれば仲直りすることができる」、それが作品テーマの一つでもあるので、こうなるのは必然だったのかなと思います。やはり二人は手を取り合い、最終的には願いを託《たく》し託される関係になるべきだったのでしょう。敵を許すのも大事なことなんだと思いたいです。

コマリンはよく「しね」とか「ゆるさない」とか言ってますが、たぶんあれはノリです。だからコマリンがトレモロとも仲良くする未来があった……はずなのだと思いますが……、いや、トレモロはちょっと無理っぽい気が……（テーマ全否定）。

ちなみに話が進むにつれて当初の想定から捻《ね》じれていったキャラクターはフーヤオだけではありません。サクナとかアマツとかプロヘリヤとかキルティとかもそんな感じですね。これから彼らがどんなふうに飛躍していくのか楽しみでもあります。どうかお付き合いいただけますと幸いです。

9巻はちょっと暗くて残酷な雰囲気になってしまいましたが、次は明るい雰囲気にしたいです。10巻もよろしくお願いいたします！

遅ればせながら、謝辞を。

お洒落《しゃれ》でカッコよいイラストを描いてくださったイラスト担当のりいちゅ様。今回も素敵なデザインに仕上げてくださった装丁《そうてい》担当の柊《ひいらぎ》椋《りょう》様。色々とアドバイスをくださった編集担当の杉浦よてん様。その他、刊行&販売に携わっていただいた多くの皆様。そしてこの本をお手に取ってくださった読者の皆様。すべての方々に厚く御礼申し上げます——ありがとうございました！

また次回お会いしましょう。

小林湖底

ファンレター、作品の
ご感想をお待ちしています

〈あて先〉

〒106－0032
東京都港区六本木2－4－5
SBクリエイティブ（株）
ＧＡ文庫編集部 気付

「小林湖底先生」係
「りいちゅ先生」係

本書に関するご意見・ご感想は
右の QR コードよりお寄せください。

※アクセスの際や登録時に発生する通信費等はご負担ください。

https://ga.sbcr.jp/

ひきこまり吸血姫の悶々 9

発　行　　2022年10月31日　初版第一刷発行
　　　　　2023年　9月15日　　第四刷発行

著　者　　小林湖底

発行人　　小川　淳

発行所　　SBクリエイティブ株式会社
〒106－0032
東京都港区六本木2－4－5
電話　03－5549－1201
　　　03－5549－1167（編集）

装　丁　　柊椋（I.S.W DESIGNING）

印刷・製本　中央精版印刷株式会社

ISBN978-4-8156-1643-4

Printed in Japan　　GA 文庫